SHQIPE SYLEJMANI

Bürde & Segen

EIN ROMAN

typed.ch
1. Auflage 2020

Shqipe Sylejmani: www.shqipesylejmani.com
Die deutsche Erstausgabe erschien 2020 durch den Vertrieb mbassador
Umschlagsillustration nach einer Fotografie von Valentina Pezzo, Model Luarta Koraqi
Covergestaltung durch Ekke Wolf (typic.at)
Illustration der Karte nach einer Zeichnung von Stefania Pezzo
Portrait der Autorin von Fadil Berisha, New York
Layout von Oliver Nicolaus, Proacteam AG, Schweiz

ISBN Book: 978-3-033079-74-8
ISBN ePub: 978-3-907128-75-6
ISBN Mobi: 978-3-907128-76-3

https://www.instagram.com/buerdeundsegen/

Für Kadire und Vahide.
Auf das ihr eines Tages gemeinsam
die Berge Albaniens erklimmt.

MONTENEGRO
KOSOVA
NORDMAZEDONIEN
ALBANIEN
Peja
Mitrovica
Medvedja
Prekaz
Prishtina
Gjakova
Rugova
Prizren
Ferizaj
Gilan
Kumanova
Shkup
Shkodër
Ulqin
Buna
Shtoj
Mrizi i Zanave
Kruja
Tirana
Ohridsee
Pogradec
Korcë
Gjirokastër
Syri i Kaltër
Saranda
Ksamil
Korfu

1

Im Garten meiner Großmutter blühen die Blumen, gewärmt von der aufgehenden Sonne an diesem strahlenden Frühlingsmorgen. Großmutter hatte die Samen vor zwei Jahren gestreut, nun war aus ihnen ein wunderschöner Blumenteppich geworden.
Diese Blumen sind eines der Erbstücke, die Großmutter uns nach ihrem Tode letztes Jahr hinterließ.
Letztes Jahr – wie die Zeit vergeht. Ich sitze auf der Holztreppe, die zum großen Garten führt, unser Haus im Rücken und die Sonnenstrahlen im Gesicht. Mit einem Notizbuch vor mir genieße ich das Vogelgezwitscher und wünsche mir von Herzen, Großmutter wäre hier.
Wäre sie es, würde sie mich allerdings eher mit Fragen löchern, als mit mir die Ruhe zu genießen. Doch ihre stets liebevollen Ratschläge, beispielsweise wie mein zukünftiger Ehemann sein sollte, waren mehr Ermunterung als Tadel. So als wollte sie mich an meinen eigenen Wert erinnern.
«Finde denjenigen, der zu dir passt. Keinen Besseren und auch keinen Schlechteren», pflegte sie zu sagen. Was mir fehle, solle ich in jemand anderem suchen – so dass wir uns ergänzen würden. Diese Vorstellung einer Beziehung war mittlerweile die einzige, die ich zuließ.

* * *

Meine Familie schlief noch, als mich in der Früh die Unruhe weckte – ich war bereit zu gehen. Gestern war ich in Kosovo gelandet und in unser Quartier «Veternik» nach Prishtina gefahren, um mich auszuruhen, bevor es weiter nach Albanien ging.

Albanien hatte ich immer als magischen Ort empfunden, der mich mit seiner Geschichte, seiner Literatur und dem Ursprung unserer Kultur lockte. Doch nie hatte ich den Mut, all dies zu erkunden. Ich verdrängte den Wunsch, meine Wurzeln zu erforschen, denn die Gegenwart faszinierte mich mehr als die Vergangenheit.
Und wenn mich meine Gedanken doch nach Albanien zogen, so drängten sich plötzlich andere Ziele in den Vordergrund: Ich bereiste Europa, ließ mich von New York verzaubern und entdeckte die gesamte Ostküste der USA für mich. In Südamerika und Afrika sammelte ich Eindrücke der jeweiligen Kultur wie Bilder in einem Album. Albanien geriet dabei in Vergessenheit.
An jedem Ort der Welt suchte ich etwas, das mir ein Gefühl der Freiheit, der Ruhe und der Vollkommenheit schenkte. Doch diese Erfüllung war immer nur von kurzer Dauer, und sobald ich wieder im Alltag integriert war, begann sich wieder eine kleine, störende Leere in mir auszubreiten.
Ich konnte dieses Gefühl mit niemandem teilen, denn die Menschen verstanden mich nicht. Ich versuchte, mit meiner Liebe zur Familie, meinen Freunden oder in meinen Beziehungen diese Lücke zu füllen, doch meine Hingabe wurde ihnen zu viel, ich wurde ihnen zu viel.
Und teilte ich doch, in einem seltenen Anflug von Mut, diese Gedanken mit jemandem, so entgegnete man mir, meine Sehnsucht nach Erfüllung sei lediglich jugendlicher Irrsinn, eine Phase, die vergehen werde. Man unterstellte mir Übermut und erklärte mir, ich suche etwas, das es nicht gebe und ich solle mich vielmehr dem Fluss des Lebens anpassen, wie alle das tun würden. In einem Punkt waren sich alle stets einig:
Ich erwartete zu viel von diesem Leben.
Ihrer Meinung nach war das Leben eine Abfolge von Ereignissen, eine Art Treppe, die jeder Einzelne Schritt für Schritt besteigen müsse: Ausbildung, Arbeit, Ehe, Kinder, Tod.

An diesem Punkt hatte ich gelernt zu schweigen. Zu nicken und zu lächeln. Denn ab hier würden meine Argumente versagen, meine sonst so laute und starke Stimme würde brechen.

* * *

Die ersten Bewohner im Quartier waren aufgestanden, bereiteten sich auf den Tag vor und verließen ihr Haus, um ihrer gewohnten Arbeit nachzugehen. Mit Mühe hatten sie sich alles erarbeitet, was sie besaßen: ein großes Haus, den schönen Garten und etwas Erspartes für die jährlichen Urlaubstage am Meer. Sie waren zufrieden.

Auf seinem Weg durch das Dorf lief einer der alten Nachbarn an unserem Haus vorbei. Er sah mich auf der alten Holztreppe sitzen, die vom Haus zum Garten führte, wie ich in mein Notizbuch schrieb und mir die Tränen aus dem Gesicht wischte.

«Diese verrückten Ausländer», muss es dem Nachbarn durch den Kopf gegangen sein, als er mich, das Mädchen aus der reichen Schweiz, erblickte.

«Sie haben alles, was man sich nur wünschen kann, doch sind sie immer noch nicht glücklich.»

Er ging an den ausgetrockneten Apfel- und Pflaumenbäumen und dem großen Feld unserer Familie vorbei, auf dem früher stets Mais, Zwiebeln, Kartoffeln und Obstbäume gewachsen waren. Im Herbst hatte mein Großvater Kürbisse und Pflaumen geerntet und allen Nachbarn «Pite» oder Konfitüre gebracht, die meine Großmutter damals noch zubereitete. Nun schien alles verlassen zu sein.

Der Nachbar schüttelte den Kopf, während er beobachtete, wie ich meinen Tagträumen nachging. Ich erkannte den Blick, den er mir zuwarf und der sagte:

«Hätte ich damals die Zeit gehabt rumzusitzen, zu schreiben und zu träumen – pah! Nichts wäre aus mir geworden! Ich wurde

erwachsen und habe verstanden, dass nur mit Fleiß und Arbeit ein geregeltes Leben möglich ist!»
Er war wie so viele Menschen, die ich kannte: zufrieden, die richtigen Entscheidungen in seinem Leben getroffen zu haben. So ging er seines Weges. Das Stechen in seinem Herzen, wenn er sich an seine eigenen Träume erinnerte, hatte er über die Jahre hinweg gelernt zu ignorieren, so dass es nach all dieser Zeit kaum noch spürbar war.

* * *

Ich hörte, wie der Schlüssel der alten Haustür gedreht wurde und mein Großvater herauskam. Langsam trat er auf den Balkon und schlüpfte in seine braunen Sandalen. Wie so oft trug er ein Hemd, darüber einen von Großmutter gestrickten Pullover. Baba war einundachtzig Jahre alt und einer meiner Helden. Er war in den letzten Jahren jedoch sehr gealtert, vor allem seit dem Tod seiner Frau. Er lief die Treppen hinunter und winkte mich zu ihm. Er setzte sich hin, schloss die Augen, sein Gesicht in der Sonne, und genoss die Morgenbrise.
«Guten Morgen, meine Kleine. Was machst du denn so früh am Morgen hier draußen?», begrüßte er mich mit seiner rauen Stimme.
«Guten Morgen, Baba! Ach, mach dir keine Gedanken um mich, aber du solltest doch noch schlafen?», erwiderte ich, lief zu ihm hinüber und umarmte ihn. Während ich ihn hielt, spürte ich seine knochigen Arme und erinnerte mich an den starken Mann, der er einst gewesen war. Nach dem Tod meiner Großmutter hatte er sich aufgegeben und es war spürbar, dass er mit dem Leben abgeschlossen hatte. Er aß kaum noch, rauchte immer mehr und bereitete sich darauf vor, das Leben loszulassen.
«Ach Kleines, in meinem Alter bist du glücklich, wenn du am Morgen noch allein aufstehen und den Tag ohne Schmerzen

durchstehen kannst. Dabei möchte ich einfach nur noch gehen – mein Leben war lange genug», sagte er und lächelte mich müde an.
«Baba, bitte sag so etwas nicht. Du wirst noch lange, lange leben – du musst schließlich noch mindestens so lange stark bleiben, bis ich heirate! Das wirst du doch wohl nicht verpassen wollen?», erwiderte ich im Wissen, wie sehr er sich dies wünschte.
Er lachte laut und schüttelte den Kopf, zog eine Marlboro-Packung aus der Hosentasche und zündete sich eine Zigarette an.
«Du machst mir immer nur unnötige Hoffnungen, dabei hast du doch ganz andere Pläne als zu heiraten, wie ich sehe», und er zeigte dabei auf mein Notizbuch.
«Ach Baba, du weißt ja, ich stecke voller Ideen! Aber eines Tages finde auch ich den Richtigen – und dann musst du noch fit und munter sein für meinen großen Tag», sagte ich lächelnd.
Er sah mich an und kniff mir in die Wange. Ich war 28 Jahre alt und noch immer seine Kleine.
«Du musst das tun, was du für richtig hältst, Shote. Denn alles, was du tust, wird dein restliches Leben beeinflussen. Sieh mich an – ich war kein besonders guter Mensch. Oft wenn ich hier allein bin, denke ich, ich habe genau dies verdient.
Als ich noch ein Kind war, erzählte mir mein Großvater immer diese eine Geschichte. Ich habe sie damals nicht verstanden, jetzt denke ich immer wieder an seine Worte», erzählte er und brach mir mit seinen Worten fast das Herz. Mein Großvater hatte ein schweres Leben gehabt und obwohl er nie darüber sprach, wusste ich, dass er vieles bedauerte.
Aus Neugier fragte ich: «Welche Geschichte, Baba?»

Du tust es für dich

Ein armer Wanderer reiste nur mit dem, was sein Körper tragen konnte, um die Welt. Er glaubte daran, dass alles, was man hatte, auch einen selbst besaß. Der Mann war sehr weise und pflegte auf seinen Reisen stets, die Menschen mit den Geschichten zu unterhalten, die er auf seinen Wanderungen gesammelt hatte. So verdiente er sich sein Brot und konnte seine Erzählungen mit der Welt teilen. Er nannte sich «Baci», was «Onkel» auf Albanisch heißt.

Als er eines Tages auf dem Marktplatz in einem Dorf nahe Korcë seine Geschichten erzählte, trat der Dorfälteste zu ihm.

«Deine Geschichten sollen meine Familie, die sich so nach unserem Sohn im Krieg sehnt, etwas aufheitern. Bitte, sei mein Gast für den Abend!»

Baci bedankte sich für die Einladung, die er gerne annahm.

Im Haus der Familie wurde das beste Kalbfleisch aufgetischt, um dem armen Baci die Ehre zu erweisen. Dieser dankte dem Herrn des Hauses mit den Worten:

«Was der Mensch tut, tut er am Ende immer nur für sich.»

Der Weise erzählte Geschichte um Geschichte und wurde mit besten Speisen und Getränken verwöhnt. Immer wieder bedankte er sich und merkte erneut an:

«Wie ihr auch handelt, ihr tut es immer nur für euch».

Der Dorfälteste, das Oberhaupt der Familie, wurde mit der Zeit immer angespannter.

«Wie kann Baci behaupten, all unsere Gesten seien unseretwegen, wo doch meine Familie die besten Speisen nur für ihn auftischt und nicht für uns selbst?», dachte er sich.

Doch Baci wiederholte den Satz bei jeder Gelegenheit. Nachdem sich alle zu Bett gelegt hatten, fand der Hausherr keinen Schlaf. Bis zum Morgen lag er wach und die Worte des Wanderers hallten in

seinen Ohren nach. Am Morgen schwor er sich: Sollte Baci diesen Satz noch einmal erwähnen, würde er ihm eine Lektion erteilen.
Das Frühstück wurde aufgetischt und kaum hatte der Wanderer gespiesen, bedankte er sich und wiederholte den verhassten Satz.
Der Herr des Hauses stand auf und ging zur Backstube.
«Backe Baci ein Brot für seine Weiterreise, doch mische ihm Gift ins Brot!», befahl er seiner Frau. Diese ermahnte ihn:
«Mein Mann, was tust du denn da? Lass doch den Armen, er hat uns nichts Böses getan!»
«Tu, was ich sage! Seit er bei uns ist, weiß er unsere Gastfreundschaft nicht zu schätzen und ärgert mich mit seiner Redewendung. Dies soll ihm eine Lehre sein!», erwiderte der Hausherr und beobachtete seine Frau genau bei der Zubereitung des Brotes.
Baci machte sich bereit für seine Weiterreise, als der Herr ihm das frisch gebackene Brot, eingewickelt in ein Tuch, überreichte.
«Zur Stärkung auf deiner Reise», erklärte er dem Wanderer.
Baci bedankte sich und verabschiedete sich mit den Worten:
«Möge alles, was ihr tut, zu euch zurückfinden.»
Nach einigen Stunden der Weiterreise sah Baci einen Soldaten im Schatten eines Baumes ruhen. Um ihm Respekt zu zollen, gesellte er sich zu dem jungen Mann und fragte ihn nach seinem Befinden.
«Oh Heiliger, dass du dich zu mir setzt! Ich komme von der Front und mich haben alle Kräfte verlassen. Ein paar Stunden noch und ich wäre zu Hause, doch der Proviant ist mir ausgegangen», schilderte der junge Mann seine Situation.
Ohne lange nachzudenken, griff Baci in seine Tasche und zog das Brot des Dorfältesten heraus.
«Hier!», sagte er und reichte dem jungen Mann den Laib.
«Es wurde heute Morgen frisch zubereitet, lass es dich stärken!», meinte der Wanderer gutmütig und ging seines Weges.
Der junge Mann kam nach dem Verspeisen des Brots wieder zu Kräften und machte sich auf den Nachhauseweg. Dort

angekommen, wurde er von seiner Familie herzlich empfangen. Kurz darauf plagten ihn jedoch Fieber und Übelkeit, bis der Tod sich anschlich. Auf dem Sterbebett klagte der junge Mann über den unbekannten Wanderer und dessen verfluchtes Brot, welches ihm dieses Leid beschert hatte.
Als der Dorfälteste die Klagen seines Sohnes hörte, kamen ihm die Tränen. Sein vergiftetes Brot hatte nicht den Wanderer getötet, sondern seinen eigenen Sohn.
Die Worte Bacis hallten wieder in seinen Ohren nach:
«Was du tust, das tust du immer für dich selbst.»

Meine Eltern hatten mir viele lehrreiche Anekdoten erzählt, doch diese war mir neu. Es war bei uns Tradition, einander mit Geschichten aufzuheitern, Ratschläge zu erteilen oder jemandem eine Nachricht zu übermitteln.
Ich musste diese Geschichte notieren, um sie nicht zu vergessen, und hielt sie in meinem Notizbuch fest.
Es war noch früh am Morgen, doch ich musste los, um vor dem Morgenverkehr in die Stadt zu gelangen.
«Ich verabschiede mich, Baba, aber ich bin in einigen Wochen wieder zurück. Bitte, Babë … pass auf dich auf.»
«Wo gehst du denn hin, Shote?»
«Ich mache genau das, was der Wanderer in deiner Geschichte getan hat.»

2

Ich packte meine Tasche, weckte meine Mutter und gab ihr einen Kuss auf die Wange.
«Mama, ich gehe», flüsterte ich ihr zu, um meinen Vater nicht zu wecken.
«Ich habe euch Birchermüsli gemacht und in den Kühlschrank gestellt. Ich melde mich, sobald ich angekommen bin.»
Meine Mutter stieg mit verschlafenen Augen aus dem Bett, zog mich aus dem Zimmer und schloss die Tür hinter sich zu.
«Shote, wo willst du denn so früh hin? Ich dachte, dass wir dich zur Busstation fahren würden», murmelte sie noch im Halbschlaf.
«Ich muss *jetzt* gehen, Mama. Ich habe schon so viel Zeit verschwendet … ich bin bereit.»
Sie schaute mich an und ihre müden Augen füllten sich mit Tränen.
«Mach dir keine Sorgen, Mam. Es wird wunderbar sein, du wirst sehen.»
Sie nahm mein Gesicht in ihre Hände und küsste mich auf die Stirn.
«Danke, dass du das tust. Papa sagt zwar nichts, aber er ist sehr stolz auf dich», gestand sie mir.
Ich küsste sie auf die Wange und griff nach meiner Tasche. Bevor sich die Tür hinter mir schloss, rief Mama mir nach:
«Sag niemandem, dass du aus der Schweiz kommst, Shote! Die nehmen dich nur aus!»
Meine Mutter machte sich wohl berechtigte Sorgen. Ich würde eine Reise antreten, bei der ich nicht wusste, was mich erwartete. Doch ich hatte die letzten zwölf Monate damit verbracht, darüber nachzudenken, was ich mit meinem Leben anfangen wollte. Und ich wollte keine Sekunde mehr verlieren, meinen Plan in Angriff zu nehmen.

* * *

Shote war der Name, den meine Großeltern mir gegeben hatten, weshalb ich ihn immer voller Stolz trug. Es war früher Brauch, dass die Eltern jemandem die Ehre erteilten, das neugeborene Kind zu benennen. Meist waren dies die Großeltern oder eine nahe Verwandte.

Der Name Shote stammte von der furchtlosen und anmutigen Shote Galica ab, einer albanischen Kriegsheldin aus dem 19. Jahrhundert. Man sagt über sie, sie habe den Willen eines Mannes mit dem Geschick der Frau vereint. Ihr Ehrgeiz habe sie stets vorangetrieben und ihr die Kraft gegeben, ihre Feinde zu bezwingen. Kein Mann habe sie einschüchtern können und sie habe mit Mut und Stolz ihre Truppen angeführt. Sie war die geborene Kriegerin.

Der Name symbolisierte Stärke und er gab mir Kraft, wenn ich sie im Kampf des Alltags zu verlieren drohte.

Mittlerweile wusste ich: Stärke erhält man nicht durch den Namen. Es war das Leben, das einen entweder in den Abgrund zog oder zu einem Überlebenskünstler machte.

* * *

Unser Haus, in dem mein Großvater allein lebte, wenn wir in der Schweiz waren, lag nur etwa zwei Kilometer vom Zentrum Prishtinas, meiner Geburtsstadt, entfernt und ich konnte auf dem Weg zum Busbahnhof auf die ganze Stadt hinunterblicken.

Wie sie sich verändert hatte in den letzten zwanzig Jahren! Ich erinnere mich noch genau, wie ich als Kind durch die Mohnblumenfelder rannte und wie mir der Duft des Grases in die Nase stieg. Damals gab es kaum andere Häuser, es fuhren keine Autos hier durch. Es herrschte kein Lärm und nur die Vögel und Grashüpfer waren zu hören.

Ich beneidete die Blumen um ihre anmutige Schönheit. Es war, als würden sie diese voller Stolz präsentierten. Schaute man über das Feld, sahen alle Blumen gleich aus. Doch schaute man sie einzeln an, so erkannte man ihren einzigartigen Zauber.

Schönheit. Sie schien in unserer Zeit einen so wichtigen Stellenwert einzunehmen.
Ich liebte es, die Schönheit in anderen zu entdecken. Manchmal waren dies besondere Augen, ein herzliches Lächeln oder die Ausstrahlung eines Menschen. Vielleicht auch, weil ich diese Schönheit an mir selbst nicht finden konnte, wenn ich in den Spiegel sah.
Meine Mutter pflegte stets zu sagen:
«Das, was du in dir trägst, wirst du früher oder später auch ausstrahlen.»
Doch ihre Worte drangen nicht immer zu mir durch. So kam es, dass ich mich als Kind in diesen Feldern versteckte, wenn mich die Nachbarskinder hänselten oder mit kleinen Steinen nach mir warfen, weil ich eine Fremde für sie war. Ich lag dann stundenlang auf dem Boden der Mohnblumenfelder und träumte von meinem zukünftigen Leben.
Erfolgreich, in einem schönen, großen Zuhause, das von Glück und Liebe erfüllt sein würde.
Einmal, als ich mich wieder versteckte, hörte ich nicht, wie meine Großmutter mich suchte und mich schließlich im Gras liegend vorfand.
«Meine Kleine, was tust du denn hier so allein? Wieso bist du nicht bei den anderen Kindern?», fragte sie mich in ihrer sanften Art.
«Ach, Nana, sie spielen lieber ohne mich. Aber das ist nicht schlimm, ich bin gern allein», antwortete ich ihr lächelnd und versuchte, die Tränen vor ihr zu verstecken. Meiner Großmutter entging jedoch nichts – auch wenn sie es meinetwegen verbarg.

Sie legte sich neben mich hin und eine ganze Weile lang lagen wir schweigend da. Dann nahm ich all meinen Mut zusammen. «Nana», fragte ich, «werde ich jemals die Liebe finden? Auch wenn … ich nicht so hübsch bin wie die anderen Mädchen?»
«Mein Engel, deine Schönheit ist besonders, denn dein Herz ist rein. Nur wer das erkennt, hat deine Liebe verdient. Lass mich dir eine Geschichte erzählen.

Die schönste Blume

Ein junger Mann wollte heiraten und ging zu seinem Großvater, der bekannt war für seine weisen Entscheidungen. Der junge Mann fragte ihn:
«Baba, wie finde ich die richtige Frau für mich?»
«Djalem, geh morgen früh zum Feld und bring mir am Abend die schönste Blume, die du finden kannst. Dann erzähl ich dir, wie du die richtige Frau findest.»
Der junge Mann machte sich schon bei den ersten Sonnenstrahlen auf den Weg zum Blumenfeld. Er suchte den ganzen Tag lang und lief die Wiese rauf und runter. Der Abend näherte sich und als es bereits so dunkel war, dass er kaum noch den Nachhauseweg fand, stand er mit leeren Händen vor seinem Großvater.
«Baba, ich habe gesucht und gesucht, doch ich konnte die schönste Blume einfach nicht finden. Kaum fand ich eine, die wunderschön war, sah ich im Augenwinkel schon eine andere, die noch bezaubernder war! So verging der Tag, und am Abend, als es dunkel wurde, konnte ich keine mehr erkennen und habe die schönste Blume für dich nicht mehr finden können.»
Der Großvater antwortete:
«So ist es auch mit der Liebe. Jede Frau ist auf ihre Art schön und besonders. Suchst du immer nach der Besten, wirst du dein Leben

lang auf der Suche sein. Finde diejenige, die dich glücklich macht. Sonst stehst du – wie heute – mit leeren Händen da und ohne die Liebe an deiner Seite.»

3

Ich erinnere mich gern an diese Geschichten und Anekdoten und meine Großmutter war bekannt für ihre Erzählungen: Wann immer jemand Rat benötigte, ging er zu ihr und wurde mit einer Anekdote beschenkt. Ihre Worte sollten den Menschen nicht nur eine Lösung bieten, sondern sie zum Denken anregen, ihnen die eigene Situation aus einer anderen Perspektive zeigen und sie auf den richtigen Pfad führen.

Ich schätzte die Art des Beistandes meiner Großmutter und es zeigte mir, mit wie viel Güte sie ihren Mitmenschen beistand. Dies machte sie für mich auch zu einer besonderen Frau, deren Mitgefühl und Hingabe ich stets bewunderte und selbst zu leben versuchte.

Bewundernswert war vor allem, dass sie diese Eigenschaften wahren konnte, angesichts ihres Lebens, das zu Anfang einem endlosen, qualvollen Kampf gegen das Schicksal glich. Sie hatte als junges Mädchen ihre Brüder im Krieg verloren und kurz darauf auch den Rest ihrer Familie begraben müssen. Von ihrer ganzen Familie überlebten den Krieg nur zwei ihrer Cousins und sie. Gemeinsam fanden sie Arbeit bei einem alten Bauern, der sein Leben allein bestritt. Meine Großmutter wusste die jungen Männer zu führen und half dem Bauern, den Hof zu erhalten. Als er starb, vermachte er ihr alles, und bald schon erzählte man sich in der Gegend Geschichten von einer anmutigen und vorlauten jungen Frau, die in ihrer Stärke und ihrem Geschick nicht von einem Mann zu unterscheiden sei.

Großvater hatte mir erzählt, dass er da bereits gewusst habe, dass sie seine Ehefrau werden würde. Bis heute frage ich mich jedoch, wie er meine Großmutter wohl für sich gewinnen konnte. Denn trotz seines stolzen Charakters, seines guten Rufs und seiner

starken Ausstrahlung war doch meine Großmutter stets diejenige, die in ihrer Beziehung hervorstach.
Sie überließ, wie damals üblich nach der Heirat, ihren Cousins den Hof, wurde Teil der Familie meines Großvaters in Svircë, einem Dorf in Medvegja, und gründete eine eigene Familie. Zwölf Kinder brachte meine Großmutter zur Welt, von denen drei bereits früh starben. Ich konnte mir nicht vorstellen, welchen Schmerz das für sie bedeutet haben muss, doch man sah ihr diesen niemals an. Nana, wie ihre Kinder und Enkelkinder sie nannten, zog ihre Kinder im Dorf auf und als diese älter wurden, verließen sie Medvegja und zogen nach Prishtina. In der Hauptstadt ließen sie sich nieder und bauten das Haus, in dem wir heute noch leben, wenn wir in Kosovo sind. Hier verbrachte sie den Rest ihres Lebens. Es schien mir immer, als hätte ihr nie etwas gefehlt: Sie hatte ein schönes Zuhause, war umgeben von Liebe und ihrer Familie und es war, als ob sie den Sinn ihres Lebens gefunden hätte.
In der Nacht, als wir den Anruf erhielten, verlor ich nicht nur meine Großmutter, sondern auch etwas in mir selbst. Als wäre ein Teil meines Herzens mit ihr gestorben.
Sie hatte mich in den Monaten davor oft gebeten, sie besuchen zu kommen. Doch im Trubel meines Alltags gefangen, schien es mir nicht wichtig. Heute schäme ich mich dafür, ihr gesagt zu haben, dass ich gerade keine Zeit hätte, es aber bald nachholen würde. Nun war ich ohnmächtig vor Schmerz, ihre Bitte nie wieder hören zu können.

* * *

Die Beerdigung verpasste ich bewusst – ich hätte die Endgültigkeit ihres Ablebens nicht ertragen können. Wie es die Tradition in Kosovo verlangt, wird die Tote noch am selben Tag begraben. Diejenigen, die nicht in der Heimat leben, können deshalb oft der Beisetzung nicht beiwohnen.

Ich kam erst einen Tag später in Kosovo an und fürchtete mich vor den kommenden Tagen. Ich war noch nie bei einer Beerdigung gewesen und das schlechte Gewissen erdrückte mich, weil ich erleichtert darüber war. Meine Eltern waren bereits in der Heimat und ich sah meinem Vater an, dass auch in ihm etwas erloschen war. Der Tod meiner Großmutter war aus dem Nichts gekommen. «Tap Rrap» nannten sie dieses plötzliche Sterben. «Ruck Zuck», oder so ähnlich. Wahrscheinlich war das die albanische Art, die Trauer mit Humor zu überstehen.

* * *

Gleich nach einer Beerdigung fand die Familie zu einer Zeremonie, einer Art Trauerfeier, zusammen. So war es auch bei meiner Großmutter: Drei Tage lang stand ein Stuhl am Ende des Hofes bei unserem Haus, was den Nachbarn signalisierte, dass die Familie ein Mitglied verloren hatte. An diesen drei Tagen wurden die Besucher empfangen, die den Angehörigen ihr Beileid bekunden wollten.

Ich war schwarz gekleidet und fühlte mich krank, meine Seele war müde und so stand ich, noch benommen und taub vor Schmerz, an der offenen Eingangstür zum Haus. Es war Februar, draußen schneite es und ich begrüßte fremde Menschen, die meiner Großmutter die letzte Ehre erweisen wollten, während der eisige Wind ins Haus wehte. Die Männer und Frauen waren aufgeteilt und so konnte ich nur hoffen, dass meine Brüder sich um meinen Vater kümmerten, da sie die männlichen Besucher im Haus meines Onkels gleich nebenan empfingen.

Ich schüttelte unzählige Hände und war erstaunt, wie viele Menschen meine Großmutter gekannt hatten.

Was hätte ich dafür gegeben, allein zu sein, weinen, schreien zu können und die Trauer auf meine Art zuzulassen. Doch je länger

die Zeremonie dauerte, desto besser verstand ich das Zusammenkommen und das gemeinsame Trauern.
Denn die Gäste brachten nicht nur Trost, sondern auch schöne Erinnerungen zu uns. Sie erzählten uns Geschichten, die sie mit meiner Großmutter erlebt hatten, von ihren Taten, von ihren Ratschlägen und ihrer einzigartigen Art.
In diesen Momenten war es, als würden die Besucher meine Großmutter durch die Erzählungen nochmals aufleben lassen.

* * *

Am letzten Abend waren wir am Ende unserer Kräfte, und die Aussicht auf die kommende Zeit versetzte uns alle in Trauer. Am nächsten Tag würden wir alle wieder unserer Wege gehen und lediglich die Erinnerung an Großmutter würde zurückbleiben. Wir hatten gerade das traditionelle Abendmahl zum Abschluss der Trauerfeier eingenommen, tranken Tee und schwiegen, als meine älteste Tante plötzlich fragte:
«Wisst ihr noch, als Nana das erste Mal Eis gegessen hat?»
Mittlerweile war nur noch die engste Familie bei uns zu Hause versammelt, doch wir waren so viele, dass sich einige Cousins auf den Boden gesetzt hatten.
«Wie könnte ich das je vergessen! Sie biss ein riesiges Stück des Eises am Stiel ab und schluckte das Ganze einfach runter – wie Wasser! Sie erstickte fast daran!», antwortete mein Vater, klatschte in die Hände und musste lachen.
Das Gelächter wurde immer lauter und die Erinnerungen an Großmutter ließen den Abend zu einer Nacht der Anekdoten werden. Alle erzählten ihre liebste Geschichte über Nana – wie sie die Kinder immer verwechselt hatte, wie sie uns streng belehrt hatte und wie sie mit dem Alter immer sanfter geworden war. Wie sie frisch gebackenes Brot mit Zucker bestreut und uns

Kinder gelehrt hatte, wie man sich um die Blumen, die Felder und die Tiere zu kümmern hatte.
Die Trauertage riefen mir in Erinnerung, dass Großmutter trotz all ihrer Schicksalsschläge eine wahre Kämpferin gewesen war. Wie ein Wirbelwind war sie durch das Haus gestürmt und hatte bis zuletzt geputzt und gefegt, hatte gekocht und sich um die Obstbäume, die Blumen und den Gemüsegarten gekümmert. Sie war flink wie ein junges Mädchen gewesen, voller Energie und dabei so sanft, liebevoll und herzlich.
Mein Vater sagte oft, dass ich ihn an sie erinnere, wie ich jede Arbeit meisterte, die Verantwortung für alles übernahm und gleichzeitig ein offenes Herz für meine Mitmenschen und deren Sorgen hatte. Für mich war dies – bis dahin – das schönste Erbe meiner Großmutter gewesen.

* * *

Am Tag nach der Trauerfeier waren wir bereits mitten in den Vorbereitungen für die Rückreise in die Schweiz: Auf mich warteten die Arbeit und meine Projekte, die ich allesamt für die Trauerfeier hatte liegen lassen. Ich räumte nach dem Mittagessen gerade den Tisch ab, als es an der Tür klopfte. Mein Onkel stand vor mir und brachte mir ein Abschiedsgeschenk mit: Es war ein altes Notizbuch meiner Großmutter.
Tirana, Korcë, Gjirokastër, Saranda, Butrint, Shkodër, Ulqin, Skopje, die Berge, die alten Burgen und einige Orte in Kosovo waren darin aufgelistet. Es war eine Art Route, die sich meine Großmutter ausgemalt hatte. Sie hatte in jeder Stadt ein Vorhaben gehabt: Tirana – Kultur erleben. Korcë – in der berühmten Kathedrale beten. Gjirokastër – das Museum von Enver Hoxha besuchen. Es waren Reiseziele, die sie auf den ersten zwei Seiten eines Notizbuches notiert hatte. Orte, die sie in ihrem Leben noch hatte sehen wollen. Im Buch lag das alte Paar Ohrringe,

das Großmutter, seit ich denken konnte, getragen hatte. Es waren zwei kleine Goldmünzen, die an einem Bügel befestigt waren.

* * *

Meine Großmutter hatte vom Reisen geträumt. Vom Entdecken all der albanischen Ortschaften, und sie war von uns gegangen, ohne sich diese Träume erfüllen zu können.
Ich erzählte meinem Vater vom Notizbuch und fragte ihn, warum nicht er diese Reise mit ihr unternommen habe. Er erklärte mir, dass mein Großvater ihr dies bei ihrer Heirat versprochen hatte, doch beide verbrachten ihr Leben damit, die Familie zu ernähren und den Alltag zu meistern. Als Großvater pensioniert wurde, brach der Krieg aus – nach dem Krieg war er zu schwach für das Reisen geworden.
So kam es, dass Großmutter den Kosovo nie verlassen hatte: Ihren Wunsch, die Berge und das Meer zu sehen, hatte sie mit ins Grab genommen. Sie hatte zwar ein Leben in Liebe geführt, doch die Erfüllung ihrer Träume war ihr verwehrt gewesen.
Mein Telefon klingelte und es war einer meiner Vorgesetzten, der wissen wollte, wann ich wieder einsatzfähig sei. In diesem Moment wurde mir klar: Ich war in derselben Schlaufe gefangen wie meine Großmutter. Mein Lebensinhalt bestand aus Projekten, Anforderungen und Aufgaben. All dies, weil ich glaubte, dass dies der richtige Weg war.
Ich schaute auf mein Handy, wusste, welche Termine dieses Gerät mir ab morgen diktieren würde, und kurz dachte ich daran, diesem Wettlauf ein Ende zu bereiten, das Gerät zu zerstören und mit ihm das, was mich zurück in der Schweiz erwartete.
War dies das Leben, das ich mir damals, als Kind im Mohnblumenfeld, gewünscht hatte?
Ich erlaubte es mir nicht, diese Gedanken allzu sehr in mein Bewusstsein dringen zu lassen. Es gab so vieles, was in der

Schweiz zu tun war, was ich mir erarbeitet hatte, und ich wollte all das nicht durch meine Trauer abwerten.
Dies war, was ich mir mit Mühe aufgebaut hatte – hatte ich nicht genau von dieser Karriere geträumt? Vom schönen Zuhause? Den großartigen Reisen um die Welt und all den Orten, die ich besuchen durfte? Es war doch das pure Glück, ein solches Leben führen zu dürfen.
Wie immer in den Momenten, in denen sich Zweifel bemerkbar machten, dachte ich an all die Frauen, die dieses Glück nicht hatten. Die nicht in einem Land wie der Schweiz sein durften. Die nicht dieselben Möglichkeiten hatten wie ich. Die sich nach der Freiheit sehnten, in der ich leben durfte. Ich dachte an meine Verwandten im Kosovo und wie dankbar ich sein konnte für das, was ich hatte. Denn dieses Leben war ein Geschenk. Daran musste ich mich festhalten.

* * *

Kaum in der Schweiz angekommen, stürzte ich mich wieder in die Arbeit. Ich wollte der Trauer in mir keinen Raum mehr bieten, wollte mich nicht ausbremsen lassen und ignorierte, dass ich mich langsam zu verlieren begann.
Das Jahr verging schnell und es näherte sich der Todestag meiner Großmutter. Ich musste an die Totenfeier denken, als mir ihr Notizbuch in den Sinn kam. Irgendwo waren sie, die Zeilen meiner Nana, die mit so viel Hoffnung niedergeschrieben worden waren.
Ich fand es in meinem Nachttischchen und blätterte es durch. Die Orte waren nicht unerreichbar gewesen, doch hatte Großmutter den Reiseträumen ihre Pflichten vorgezogen. Ich fragte mich, wie oft sie wohl mit den Fingern über die Namen der Städte gestrichen und sich die Ziele vorgestellt hatte: den Sand unter ihren Füßen, die frische Bergluft oder die Bauten der Antike.

Waren wir es uns nicht schuldig, uns diese Wünsche selbst zu erfüllen?
Ich versuchte an meine eigenen Ziele zu denken, doch ich konnte sie kaum noch erkennen. Zu sehr war ich damit beschäftigt, alle Kraft in mein Tun zu investieren, stellte mir mein Leben als Garten vor, der bearbeitet werden wollte. Der bearbeitet werden musste.
Ich war wieder an dem Punkt angelangt, an dem ich mich fragte, ob das alles war, was ich mir vom Leben wünschte.

* * *

«Dir fehlt die Liebe», schloss meine Mutter, als ich einige Tage darauf mit ihr spazieren ging und versuchte, ihr meine Gedanken zu erklären. Ich nickte schweigend. Wie konnte ich mit meiner Mutter über etwas sprechen, das sie nicht verstehen würde und das ich ja selbst nicht verstand? Für sie zählte immer nur die Liebe. Das war nun mal *ihr* Sinn des Lebens.
«Sobald du jemanden kennenlernst, ihr heiratet und du Mutter bist, wirst du ganz andere Sorgen haben. Dann bist du im Leben angekommen», ergänzte sie. Ich dachte darüber nach und fragte mich, ob ich für diese drei Schritte bereit war. In meiner Vorstellung war eine Verbindung zweier Menschen erst dann möglich, wenn beide wussten, was sie vom Leben und von ihrem Partner erwarteten. Wenn man dieselben Wünsche und Ziele hatte.
An diesem Punkt war ich noch nicht angelangt.
«Nein, Mama, das ist es nicht», erwiderte ich dann doch, «aber ich bin einfach nicht glücklich hier», erklärte ich ihr und war selbst erstaunt über den Satz, der sich wie ein Befreiungsschlag anfühlte. Ich realisierte, dass meine Worte die ehrlichsten waren, die ich seit langem gesprochen hatte.
«Was soll das heißen, Shote?», fragte sie.

«Ich weiß es nicht, Mama. Jetzt gerade, so wie sich alles hier entwickelt hat, sehe ich nicht, wohin ich gehe.»

* * *

Am Abend ging mir das Gespräch mit meiner Mutter wieder durch den Kopf und dass ich hier mein Glück nicht finden würde. Ich schaute auf das Notizbuch meiner Großmutter, das noch immer auf meinem Nachttisch lag. Sie hatte genau gewusst, was sie wollte. Trotzdem hatte sie ihre Reise nie unternehmen können.

Ich dachte an Albanien und die Länder, die sie notiert hatte. Ich stellte mir die Route vor und wie Großmutter über die verschiedenen Länder, von den Bergen und Städten zu den Ruinen und Stränden, gereist wäre.

Ich spürte die Vorfreude in mir aufsteigen, als ich an die Ortschaften dachte, und musste lächeln. Was, wenn das Notizbuch kein Zufall war, sondern ein Zeichen?

Viellcicht wartete mein Glück nicht hier, sondern genau da – in den Ländern meiner Vorfahren.

4

Wie viel man von einem Land annimmt, merkt man oft erst, wenn man woanders ist. So erging es mir, als ich mich auf den Weg nach Tirana machte. Kaum war ich bei der Busstation in Prishtina angekommen, wusste ich, weshalb ich sofort als «Ausländerin» erkannt wurde. Zehn Minuten nach der geplanten Abfahrtszeit war noch immer kein Bus in Sicht. «Er kommt, wenn er kommt», antwortete der Ticketverkäufer auf meine Beschwerde und winkte mich zur Seite, als die nächsten Passagiere ihre Fahrkarte lösen wollten. Den anderen Fahrgästen schien die Verspätung nicht aufzufallen. Ich stand da und wunderte mich über die hiesigen Regeln. Wie konnten die öffentlichen Verkehrsmittel nur so unzuverlässig sein? In der Schweiz wäre das ein Skandal. Ich war erstaunt über meine Gedanken und ärgerte mich über mich selbst. In der Tat war ich eine dieser ignoranten «Ausländerinnen» geworden, die erwarteten, hier Schweizer Verhältnisse vorzufinden.

Vieles würde in diesem Teil der Welt nicht so ablaufen, wie ich es kannte. Es war Zeit, die Dinge nicht so streng zu nehmen. Ich würde heute noch nach Tirana reisen – spielte es eine Rolle, ob ich zehn oder zwanzig Minuten früher ankommen würde?

Es wartete dort niemand auf mich, ich hatte keine Eile und ich machte die Reise zu meinem Vergnügen. Geduld war eine Tugend, die zu beherrschen mir seit meiner Kindheit schwerfiel. «Sabr», sagte meine Großmutter dann immer.

Der Ausdruck stammt aus dem Arabischen und wird auch in der albanischen Kultur sehr oft verwendet. Er ist nicht nur ein anderes Wort für «Geduld», sondern wird – was mir weit mehr imponierte – auch als «Durchhalten» interpretiert. Er beschreibt das Vertrauen in Gott, dass alles so geschieht, wie es geschrieben steht.

Ich verehrte dieses Wort.
Wenn immer ich an meinen Entscheidungen und deren Auswirkungen zweifelte, rief ich mir dieses Wort in Erinnerung. Sabr – warte ab, gedulde dich, führ deine Arbeit fort und lass das Schicksal seinen Lauf nehmen.
Der Bus war mittlerweile vorgefahren und die Menschen drängten hinein. Ich ließ sie gewähren und wartete, da ich nicht einen Platz besetzen wollte, den vielleicht jemand anderes benötigte.
Als Letzte betrat ich den Bus und wollte mich neben eine ältere Dame setzen, da alle anderen Plätze mittlerweile besetzt waren. Sie war allein im Bus, hatte ein Buch hervorgeholt und konzentrierte sich auf die Lektüre. Als ich fragte, ob ich mich zu ihr setzen dürfe, schaute sie hoch, lächelte und fragte mich:
«Du bist wohl nicht von hier?»
Sie nahm ihre auf dem Nebensitz liegende Tasche auf ihren Schoß und gab mir mit einer Handbewegung zu verstehen, dass ich mich setzen dürfe. Es war hier üblich, einander per Du anzusprechen. Meine Zurückhaltung ließ es jedoch nicht zu, dass ich mich meinem Gegenüber derart ungezwungen zuwenden konnte.
«Wie kommen Sie denn darauf?», fragte ich und nahm dankend Platz.
«Nun, wärst du aus Prishtina, hättest du dich einfach zu mir hingesetzt und dich mit deinem Handy beschäftigt oder was auch immer junge Frauen heute so tun. Sicherlich hätte ich aber kein Wort von dir gehört.»
Ich war etwas erstaunt – in der Schweiz war es üblich zu fragen, ob der Platz noch frei war.
«Oh, ich wollte Sie ganz sicher nicht stören», entschuldigte ich mich.
«Das tust du nicht, mach dir keine Sorgen. Was führt dich denn nach Prishtina?»

Ich erzählte der älteren Dame von meinen Plänen, die albanischen Ortschaften zu entdecken und so meiner Großmutter die letzte Ehre zu erweisen.
«Sie muss eine wundervolle Frau gewesen sein, wenn du so eine Reise auf dich nimmst», meinte die ältere Frau, die sich mir nun als Hana vorstellte. Ihr Name bedeutete «Mond» auf Albanisch.
«Das war sie. Sie war vor allem ein gutes Vorbild für uns Mädchen. Eine anmutige und selbstbewusste Frau», sagte ich und ergänzte stolz: «Mehr als alles andere war sie aber eine herzensgute Frau mit dem stärksten Willen, den ich je gesehen habe.»
«Möge sie in Frieden ruhen, sie wäre bestimmt sehr dankbar, dass du dies in ihrem Gedenken tust. Du musst wissen: Alle albanischen Frauen dieser Generation waren Kämpferinnen. Meine Mutter auch! Sie war voller Willenskraft und Tatendrang, und wenn immer im Haus eine Entscheidung anstand, traf mein Vater diese niemals, ohne vorher meine Mutter um Rat gebeten zu haben.»
Ich war überrascht, das zu hören – es schien mir immer, als ob gerade diese Generation albanischer Frauen unterdrückt worden war. Ich teilte meine Gedanken mit Hana und während wir auf dem holprigen Weg bis zur Autobahn Richtung Tirana fuhren, erzählte sie mir eine Geschichte.

Die Kuh und die Löwin

An einem Tag saßen ein Löwe und ein Bulle beisammen. Der Löwe war ein stolzes Tier, unberechenbar und furchteinflößend, wenn er Hunger hatte. War sein Hunger dagegen gestillt, konnten die anderen Tiere um ihn herumtanzen; er würde sich nicht bewegen. Dennoch galt er als König aller Tiere und niemals hätte ihm jemand widersprochen oder ihn gar verspottet.

Während der Löwe den Tag genoss und sich mit dem Bullen unterhielt, rief sein Weibchen von weitem nach ihm. Der Löwe zuckte zusammen und machte sich gerade auf den Weg zu ihr, als er den Bullen laut loslachen hörte.
«Du! Der König der Tierwelt, der stolze Jäger und erbarmungslose Kämpfer – du rennst sofort los, sobald dein Weib pfeift? Das lasse ja nicht einmal ich mir bieten!», rief der Bulle.
Der Löwe machte Halt und drehte sich zum Bullen um.
«Du hast leicht reden, Bulle – deine Frau ist ja auch nur eine Kuh. Meine Frau hingegen ist eine Löwin!», erwiderte der Löwe und lief stolz zu seiner Gattin.

«Grandiose Pointe!», sagte ich zu Hana und dachte an die Frauen in meiner Familie. Selbst wenn der Mann als der Starke galt und das Familienoberhaupt war, so war es doch die Frau des Hauses, die geschickt die Fäden im Hintergrund zog, die Familie führte und mit dem ernährte, was ihre Hände vollbringen konnten.
Ich notierte die Geschichte im Notizbuch meiner Großmutter, das mich auf der Reise begleitete. Hier wollte ich alles dokumentieren, und ihr dieses am Ende zurück an ihr Grab bringen. So hatte sie die Reise, die Menschen, die ich treffen würde, die Orte und die Geschichten auch im Jenseits bei sich.
Auch meine Großmutter mütterlicherseits war stark und unbeirrbar gewesen und hatte meine Mutter zu einer unabhängigen und ehrgeizigen Frau erzogen, genauso wie meine Mutter mich. Ich wusste jedoch, dass nicht alle Frauen das Glück hatten, ein solches Leben zu leben oder diese Vorbilder zu haben. Noch immer gab es zahlreiche Frauen in der albanischen Kultur, die aufgrund ihres Geschlechts als minderwertig betrachtet wurden. Für mich war das unvorstellbar, denn gerade die Geschichte Albaniens bewies, wie wichtig die Stellung der Frau für ein

Land sein konnte. Neben meiner Namensvetterin, der Kriegerin Shote Galica, war auch Königin Teuta eine starke Persönlichkeit gewesen und hatte vor über zweitausend Jahren in Albanien regiert. In Briefen, die im ehemaligen Römischen Reich gefunden wurden, sah man sie als arrogante und sturköpfige Herrscherin an, die sich weigerte, sich kampflos den römischen Soldaten zu ergeben. Sie hatte die Römer zur Schlacht aufgefordert und an der Adria gegen sie gekämpft. Ohne Zweifel hatten ihre Krieger ihr gedient und sie verehrt. Zu keiner Zeit hatte ihr Geschlecht für ihr Volk eine Rolle gespielt.

Ich fragte mich, was Königin Teuta heute tun würde, wäre sie der despektierlichen Behandlung von Frauen ausgesetzt.

Als ich Hana von der Geschichte von Königin Teuta und den Römern erzählte, schüttelte sie lächelnd den Kopf, wie so viele Albaner, wenn sie in Erinnerungen schwelgten. Dann sagte sie: «Ja, so sind wir. Wir sind mutig, stolz und wir tragen das Gen der Kriegerin in uns. Das solltest du nie vergessen, Shote – wir stammen alle von der Königin Teuta ab. Ihre Stärke ist in uns.»

5

Die Musik der Mandoline spielte, Menschen überquerten den Hauptplatz «Sheshi Skenderbeu» und ließen den Alltag hinter sich. Die Sonne bereitete sich auf ihren Untergang vor und verabschiedete sich in prächtigen Farben. Die Musik ertönte von der Nationalbibliothek her, und ich sah den Straßenkünstler, der sein Lied spielte und dabei die Augen geschlossen hielt. Er spielte nicht für uns – er spielte für sich selbst. Und er schien jeden einzelnen Ton seines Werkes zu genießen.
Tirana – endlich war ich hier. Die Hauptstadt Albaniens schien ganz von der wundervollen Melodie durchdrungen. Sie schien wie ein Weckruf für den Mond, der bald am Himmel zu sehen sein würde.

* * *

Vor einigen Stunden erst war ich in Tirana angekommen, hatte mich von Hana verabschiedet und mein Hotel aufgesucht. Ich hatte für die erste Nacht bereits ein Zimmer in der Nähe des Stadtzentrums gebucht. So machte ich das oft bei solchen Reisen. Vor Ort konnte ich mich dann umsehen und ein geeignetes Hotel für den Aufenthalt finden.
Meine Unterkunft lag nur zwei Minuten entfernt vom «Sheshi Skenderbeu», was perfekt war, denn ich wollte an diesem Nachmittag noch das Historische Nationalmuseum besuchen. Ich hatte von meinen Eltern oft Geschichten über Albanien gehört, doch als sie auswanderten, gab es kaum noch Geschichtsbücher über Kosovo oder Albanien, da die meisten in den Kriegen und Besatzungen verbrannt worden waren. Daher wusste ich vieles nur noch sehr ungenau. Die nächsten Stunden sollten eine Reise in die Vergangenheit werden, bei der ich

die Geschichte meiner Herkunftsregion wieder auffrischen konnte.
Ich stand vor der Treppe zum Museum und schaute zum riesigen Mosaikbild hinauf, das sich über zig Meter erstreckte. Sie nannten es «Shqiptarët» – «die Albaner». Ich musste lächeln beim Anblick der dreizehn Krieger, Schriftsteller und berühmten Persönlichkeiten, die an allen wichtigen Geschehnissen des Landes beteiligt waren. Denn zuvorderst war ganz groß die «Mutter Albanien» abgebildet. Sie trug eine lange, weiße Robe, hielt ein Gewehr in die Luft und es war, als würde sie in diesem Moment einen Freiheitsruf ausstoßen.

Als Kind hatte ich den Geschichtsunterricht geliebt und war mit der Schulklasse oft in Museen gewesen. Doch nie zuvor hatten mich die Werke an den Wänden, die beschriebenen Details an den Tafeln oder die Trachten aller Epochen so berührt wie an diesem Tag.
Ich durchwanderte die Geschichte Albaniens, von den Illyrern über die Zeit der Königin Teuta und des Nationalhelden Gjergj Kastrioti Skenderbeu.
Ich konnte mich nicht sattsehen an den schönen, farbenfrohen Trachten und Kostümen. Die weißen Gewänder mit roten, schwarzen oder farbigen Schürzen, mit Goldmünzen und Stickereien verziert, bis ins kleinste Detail von Hand bearbeitet, sind bis heute ein wichtiger Teil der albanischen Tradition. Jede Gegend hat ihre eigenen Trachten und die «Veshje», wie diese Kleider auf Albanisch heißen, werden heute noch an Festen und Hochzeiten getragen.
Ich lief durch die langen Gänge und stellte mir vor, wie meine Großmutter mich über alle Einzelheiten ausgefragt hätte. Sie hätte es geliebt, alle Werke zu sehen, die Skulpturen zu bewundern und sie hätte mir wahrscheinlich die eine oder andere Geschichte dabei erzählt.

* * *

Der Nachmittag war so schnell vergangen, dass ich kaum bemerkt hatte, dass es bald Abend werden würde. Ich setzte mich auf einen der türkisen Metallstühle vor der Nationalbibliothek beim «Sheshi Skenderbeu» und genoss die Harmonie, die gleichsam in der Luft lag. Zur Linken strahlte die Abendsonne auf die Moschee, ein paar Meter weiter stand die Kathedrale in ihrer vollen Pracht da. Es war das, was ich an Albanien so schätzte: Hier war eine neue Ordnung entstanden. Eine, in der jeder seinem Glauben folgen konnte, in Achtung vor den anderen.

Ich las noch ein bisschen in meinem Buch «I love / Unë Dua» von Margaretë Camaj, das ich nach dem Besuch im Museum in einer Buchhandlung gefunden hatte. Ich besaß bereits einige Bücher der New Yorker Schriftstellerin, die albanische Wurzeln hatte. Die Wortkünstlerin lebte in der Bronx und schrieb wunderschöne Gedichte und Gedanken nieder. Einige über die Liebe, andere über das Leben.

Ihre Zeilen passten an diesen Ort: Es waren liebevolle Worte, die zu einem Gedicht zusammenfanden und mit der Melodie des Mandolinenspielers ein perfektes Ensemble in meinem Kopf bildeten. Ich schloss das Buch, lauschte den Klängen und fühlte mich wahrlich frei.

Der Mandolinenspieler bedankte sich bei den Zuhörern für ihre Gesellschaft und fragte, ob jemand einen Musikwunsch habe. Er schaute um sich und unsere Blicke trafen sich.

«Haben Sie ein Lieblingslied, junge Dame?», rief er zu mir hinüber.

Ich lächelte schüchtern und war erstaunt – er hatte keine Hemmungen, eine junge Frau auf einem öffentlichen Platz anzusprechen.

«Rroka Mandolinen», rief ich spontan zurück.

«Ach, welch wunderbarer Dialekt, meine Liebe! Für meine kosovarische Schwester singe ich es aus tiefstem Herzen», und er begann das Lied zu singen, das ich seit Jahren nicht mehr gehört hatte.
Einige Leute blieben zuerst stehen und begannen dann zur Melodie zu tanzen, ich wippte auf meinem Stuhl hin und her und der Mandolinenspieler tanzte um die Leute herum, die sich bei ihm versammelt hatten. Sie sangen lauthals mit ihm mit und ich konnte nicht anders, als es ihnen gleichzutun.
Ich hatte mich schon lange nicht mehr so lebendig gefühlt, auch wenn das Lied mich an all die Zeiten erinnerte, in denen ich einsam gewesen war. Doch in diesem Moment schien alles so vollkommen, dass all dies nicht mehr wichtig war. Mir stiegen die Tränen in die Augen, ich lachte und sang an diesem schönen Abend in Tirana.
Die Menschen klatschten und pfiffen, als der Spieler das Lied beendete und sich verabschieden wollte. Ich ging zu ihm hinüber, legte ihm fünfhundert Lekë in den Hut am Boden und bedankte mich für seine Darbietung.
«Danke für dein Lied, Liebes. Was führt dich denn aus dem Kosovo nach Tirana?», fragte er mich.
«Eigentlich komme ich aus der Schweiz. Ich bin hier, um eine schon lange fällige Reise nachzuholen», antwortete ich ihm.
Der Mandolinenspieler nickte lächelnd und setzte sich auf die Treppen zur Nationalbibliothek.
«Erzähl mal, wie ist denn das Leben in der Schweiz?»
«Es ist sehr schön, alles ist so … geregelt. Alle wissen, was man zu tun hat und wo der eigene Platz ist. Es ist, alles in allem, ein gutes Leben», antwortete ich etwas nachdenklich.
«Es hört sich so an, als wäre das etwas Schlechtes?»
Er schien mir nicht folgen zu können, was ich gut verstehen konnte. Die Schweiz war für die meisten Menschen im Balkanraum ein Traumland.

«Nein, nein, natürlich nicht. Ich bin sehr dankbar dafür, dass ich in der Schweiz aufwachsen durfte. Doch neben all denen, die genau wissen, wo ihr Platz ist, habe ich meinen noch nicht finden können. Es ist schwierig, allen gerecht zu werden und nicht aus den Augen zu verlieren, was man selbst möchte», versuchte ich ihm zu erklären.
«Das kann ich mir vorstellen. Das Leben sollte auch nicht darin bestehen, dass du es allen recht machen musst – denn das wirst du nicht schaffen. Natürlich gibt es viele Menschen, die eine gute Tat zu schätzen wissen. Doch wie sagt man so schön – und er zitierte das alte albanische Sprichwort –:

«Dem Ehrlosen kann man keine Ehre erweisen!»

Ich dachte über seine Worte nach und war irritiert.
«Sollte man denn nicht immer versuchen, sein Bestes zu geben? Jedem Menschen alles zu geben, was man an Gutem in sich trägt?», fragte ich.
Der Künstler antwortete: «Lass mich deine Frage mit einer Anekdote beantworten.»

Dem Ehrlosen kann man keine Ehre erweisen

In einem Dorf in der Nähe von Tirana lebte ein wohlhabender und hoch angesehener Mann. Er hatte nur einen Sohn und als dieser beschloss zu heiraten, wollte der Reiche die prachtvollste Hochzeit veranstalten, die es je gegeben hatte. Er lud all seine Bekannten, die Nachbarn und das ganze Dorf ein und dachte darüber nach, wie er alle Gäste zufriedenstellen konnte. Wie wir wissen, lieben es die Gäste, sich nach einer Hochzeit das Maul zu zerreißen: «die Musik war zu laut», «die Musik war nicht gut», «die Braut war zu aufsässig»

oder «die Braut war zu mürrisch», «das Essen war zu heiß», «zu kalt», «zu wenig» oder «zu protzig», und so weiter. Der Reiche plante alles bis ins kleinste Detail, doch damit es an nichts fehlte und sich niemand beklagen konnte, dachte er sich etwas Besonderes aus.
Er legte jedem Gast einen Briefumschlag an den Platz; in jedem Umschlag befand sich ein 50-Euro-Schein. Am Abend der Hochzeit kamen die Gäste und setzten sich an ihre Plätze. Natürlich fiel ihnen der Umschlag auf, doch darauf stand: «Nach der Hochzeit öffnen». Noch bevor das Brautpaar den Saal betrat, trieb die Neugier die Gäste dazu, ihre Umschläge trotzdem zu öffnen. Als der Bruder des reichen Mannes das Geld sah, freute er sich und strahlte seine Ehefrau an. Doch das Lachen verging ihm, als er bemerkte, dass auch der knauserige Nachbar des Reichen fünfzig Euro in seinem Umschlag vorfand.
«Wie kann mein Bruder es wagen, mich mit seinem Nachbarn gleichzustellen?!», schrie er laut auf. So ging es aber auch dem knauserigen Nachbarn, der sich vor den Kopf gestoßen fühlte, dass er mit dem Marktverkäufer, der ebenfalls fünfzig Euro in seinem Umschlag fand, verglichen wurde. Und so empörten sich die Gäste einer nach dem anderen und verließen die Hochzeit. Der Reiche, erstaunt über die Reaktionen seiner Mitmenschen, schüttelte nur noch den Kopf, als seine Frau ihm sagte:
«Ach, mein Mann, lass dir das eine Lehre sein. Dem Ehrlosen kann man keine Ehre erweisen.»

Der Mandolinenspieler verabschiedete sich und ich saß noch eine Weile da und dachte über seine Worte nach. Wie oft hatte die Meinung anderer oder meine Angst vor der Reaktion meiner Mitmenschen einen Einfluss auf meine Entscheidungen gehabt? Ich wusste es nicht oder ich wollte die Gedanken einfach nicht in diese Richtung abschweifen lassen.

Dafür war der Abend zu schön.
Die Sterne leuchteten schon am Himmel, der Mond strahlte und es wehte nun ein kühler Wind. Der Anblick der unterschiedlichen Gotteshäuser bei Anbruch der Nacht war einzigartig.
Das Mondlicht beschien nun die Statue Skenderbeus. Von der Nationalbibliothek aus sah es so aus, als stünde der große Held genau zwischen den zwei heiligen Gebetsstätten – der Moschee und der Kathedrale. Er hielt die beiden zusammen – so wie er es auch zu Lebzeiten getan hatte.

6

Tirana war bemerkenswert. Ich spazierte durch die Straßen und wollte alles erkunden, was die Stadt zu bieten hatte. Ich konnte das Lebensgefühl, das ich hier empfand, nicht einordnen oder vergleichen – es war einfach nur befreiend. Die Menschen lächelten, wenn man ihnen auf der Straße begegnete, und ich liebte all die Kunstwerke, die in der Stadt zu sehen waren. Sei es das Kunstmuseum mit seinem abstrakten Gerüst, die bemalten Wände vieler Gebäude oder das im Park aufgestellte «I LOVE TIRANA»-Monument – sie waren eine Ansammlung von Geschichten, die auf diesem kleinen Fleck der Welt zusammengefunden hatten.

Die Gebäude waren groß, grob und schienen die Stadt förmlich einzunehmen. Künstler aus dem ganzen Land hatten an etlichen Häusern ihre Werke platziert und vermittelten den Geist der Stadt: Die Menschen hatten die zum Teil tragische jüngste Geschichte des Landes akzeptiert und sie kunstvoll interpretiert – man hatte ihr ein neues Gesicht verliehen, ohne vergessen zu lassen, was die Stadt – und die Menschen darin – hatten durchmachen müssen.

Tirana, das war kaum auszublenden, war aber auch geprägt von den Einflüssen des Kommunismus unter Enver Hoxha, der nach dem Zweiten Weltkrieg bis 1985 geherrscht hatte.

In diesen vierzig Jahren wurde Albanien unter Enver Hoxhas strenger Hand und abgeschottet von der Welt regiert. Ohne jeglichen Kontakt zur Außenwelt wurden die Menschen lediglich als Arbeiter des Landes behandelt. Erst nach dem Tod Enver Hoxhas und etlichen Jahren, in denen das Land sich wieder aufrappeln musste, fand es langsam wieder zu sich selbst. Im Jahr 2000 übernahm der Künstler und Politiker Edi Rama das

Amt des Bürgermeisters Tiranas und krempelte die einst isolierte Stadt um. Kultur, Theater und Kunst wurden wieder gelebt und gefördert – bis heute ist Ramas Handschrift in den Straßen der Hauptstadt erkennbar. Er leistete dabei einen wertvollen Beitrag, indem er den Menschen gleichsam eine Leinwand bot und ihnen den Pinsel reichte, um ihre Hauptstadt neu zu gestalten. Seither erstrahlt Tirana in neuem Licht.

Heute vertritt Edi Rama als Ministerpräsident die Anliegen Albaniens in Europa und zeigt der Welt, wie viel Kultur in diesem Land und seiner Bevölkerung steckt.
Die schmerzhafte Geschichte des Landes nahm ich besonders wahr, wenn ich die ehemaligen Bunker erblickte, welche noch immer im ganzen Land aufgestellt waren. Sie waren mir bereits nach dem Überqueren der Grenze und auf der ganzen Strecke aufgefallen und erinnerten mich daran, welches Gefängnis das Land einst für einen Großteil seiner Bevölkerung gewesen war. Umso freier ist das Volk heute und lebt zum ersten Mal in der Geschichte des jungen Landes diese Freiheit auch aus. Albanien wurde neu geboren – «rilindje», wie es auf Albanisch so schön heißt. Vielleicht war es genau dieser Gedanke, der dazu beitrug, dass ich mich hier so wohlfühlte: dass etwas zerstört und verlassen sein konnte und dann wieder aufgebaut wird, erblüht und von neuem in wundervollen Farben erstrahlt.
So sollten auch wir Menschen das tun.

* * *

Am Abend zuvor hatte ich ein Hotel außerhalb des Zentrums gebucht. Dieses war laut meinem Handy etwa vier Kilometer entfernt und ich ging den Weg zu Fuß mit einer gewissen Euphorie. Zum ersten Mal seit langer Zeit spürte ich etwas in mir aufsteigen. Als wäre meine Kraft einst in einen langen

Winterschlaf gefallen und würde jetzt, in diesem Frühling, wieder auferstehen.
Auf dem Weg zum Hotel gab es noch einige Häuserblöcke und Familienhäuser, doch es wurden immer weniger. Je weiter ich mich vom Zentrum entfernte, desto klarer wurden die Sterne am Himmel. Ich hatte nicht einmal bemerkt, wie dunkel es bereits geworden war, doch ich ließ es mir nicht nehmen, den Blick auf die Lichter der Stadt zu genießen, als ich auf sie herabschauen konnte. Wie ein großes Meisterwerk wirkte Tirana jetzt auf mich, das neben Paris, London oder Rom unscheinbar sein mochte, für mich jedoch pure Magie ausstrahlte.

* * *

An der Rezeption arbeitete ein junger Mann, der mir das Hotel und mein Zimmer zeigte. Beim kurzen Rundgang fiel mir die riesige Dachterrasse mit den Hängematten und den Sitzplätzen auf. Ich fragte, ob ich gleich noch mit einem Tee oben bleiben dürfe und der junge Mann nickte lächelnd und machte sich sofort auf, mir einen albanischen «Caj Mali», einen Waldtee, zu holen. Es waren dieselben Sterne wie überall auf der Welt, doch sie schienen mich in Tirana besonders nahe zu begleiten. Was für ein Glück hatte ich, diese klare Nacht erleben zu dürfen. Es war bezaubernd.
Ich legte mich in eine der Hängematten, schaute zum Mond empor und verlor mich in Gedanken über mein Leben. Ich wünschte, ich hätte diesen Moment mit meiner Großmutter teilen können. Sie fehlte mir sehr.
Meine Gedanken schweiften zu meinem Leben in der Schweiz und wie weit entfernt es mir schien. Als wäre es ein bereits abgeschlossenes Kapitel – nun hatte ich einen neuen Pfad eingeschlagen. Ich war zum ersten Mal hier und doch fühlte es sich wie ein altes Zuhause an.

Ich hatte mein Notizbuch dabei und notierte das Wort «Liebe» darin. Das war ein Kapitel, das ich erst noch erleben musste, um es zu schreiben. Was ich bisher gesehen, erlebt und gespürt hatte, konnte noch keine Liebe sein.
Vielleicht war es Anziehung oder Verliebtsein. Aber Liebe … Liebe musste wie ein Traum sein, der niemals endete. Sie musste bedingungslos sein. Ehrlich. Liebe musste die Gewissheit sein, dass man angekommen war.

Ich schaute noch immer zum sternenbedeckten Himmel empor und fragte mich, wie es wohl wäre, diese eine Liebe zu finden.
Es könnte wunderschön sein, jemanden zu finden, der Träume hatte und für diese lebte. Wie inspirierend würde es sein, mit jemandem Ziele zu teilen. Das Gesicht meines zukünftigen Mannes in meinen Kindern zu erkennen.
Ich stellte mir vor, wie wir das Leben Seite an Seite genießen, abends den Tag Revue passieren lassen und einander Kraft schenken würden. Und wie er mich zum Lachen bringen würde. Und ich wäre seine Stärke, würde ihm den Rücken decken und ihm beistehen.
Wir könnten einander ermuntern, die Zweifel niemals größer werden zu lassen als die Hoffnung.
In meine Gedanken versunken, bemerkte ich nicht, wie der junge Mann von der Rezeption mit dem Tee dastand. Er war groß, hatte dunkle Haare, ein markantes Gesicht und lächelte mich an. Er wirkte zurückhaltend und herzlich zugleich. Ich setzte mich auf, als er den Tee zu mir an den Tisch brachte.
«Sie haben es wunderschön hier», sagte ich lächelnd und bedankte mich für den Tee.
«Vielen Dank. Ich bin auch sehr gern hier oben, und obwohl die Stadt immer größer wird, dürfen wir hier noch etwas Ruhe genießen», erklärte er mir freundlich.

«Diese Ruhe schätze ich sehr», erwiderte ich und ergänzte: «Ich beneide Sie darum, dass Sie hier leben dürfen.»

Sein Name war Gjon, er war 29 Jahre alt und der Sohn der Hotelbesitzer. Wir sprachen über das Leben in Tirana, wie er hier aufgewachsen war und wie seine Eltern das Hotel einst gebaut hatten. Da sie nicht genug Geld hatten, um die Welt zu bereisen, wollten sie die Welt bei sich empfangen. Ich hörte ihm gerne zu, seine tiefe Stimme passte zu ihm und wenn er etwas erzählte, dann mit so viel Leidenschaft und Überzeugung, dass man sich als Teil seiner Geschichten fühlte.
«Lebt Ihre Frau auch hier?», fragte ich, als ich bemerkte, wie er den Ring an seinem Finger hin und her drehte.
Er lächelte verlegen und sagte:
«Ja, sie ist unsere Küchenchefin. Ich habe sie hier im Hotel kennengelernt, und genau hier, auf dieser Terrasse, habe ich ihr sogar einen Heiratsantrag gemacht. Sie sagt immer, dass dies ihr Lieblingsplatz in Tirana sei, und ich dachte, dass es daher keinen besseren Ort für diese eine Frage gibt.»
Ich konnte mir gut vorstellen, wie er sie mit seinen großen, grünen Augen anschaute und ihr auf den Knien die Frage aller Fragen stellte.
«Wie wunderschön!», sagte ich und gönnte dem jungen Mann das Glück, das ihn noch immer so strahlen ließ.
«Ich hoffe, mein Zukünftiger macht sich ebenfalls solche Gedanken über meinen Heiratsantrag!», scherzte ich.
«Hmm … Wie kommt es denn, dass Sie nicht verheiratet sind?», fragte er und zeigte mit der Hand auf einen Stuhl, als fragte er, ob er sich setzten dürfe.
«Ach, ich hatte einfach Glück», erwiderte ich ironisch und nickte, so dass er Platz nahm. Er schaute mich lächelnd an und sagte nichts.

«Nein, natürlich war das nur ein Scherz! Ich glaube, dass ich den Richtigen bisher einfach noch nicht getroffen habe … Vielleicht habe ich auch einfach zu hohe Erwartungen», sagte ich schulterzuckend.
«Und wie müsste denn Ihr perfekter Antrag ablaufen?», fragte Gjon schelmisch.
Ich musste über die Antwort auf diese Frage nicht lange nachdenken.
«Ganz klar in einem Fußballstadion!», sagte ich und wir beide mussten lachen.
«Ich glaube, Sie wissen einfach sehr genau, was Sie nicht wollen», sagte er nach einiger Zeit. «Aber vielleicht sollten Sie sich mehr auf das konzentrieren, was Sie sich wirklich und von Herzen wünschen. Ich glaube, wir Menschen ziehen genau das an, woran wir denken. Wenn Sie also immer auf die negativen Eigenschaften eines Mannes fokussiert sind, werden Sie immer diese Männer antreffen. Denken Sie an die schönen Dinge, die er in Ihr Leben bringen wird, und Sie werden sich vor Anfragen kaum retten können!»
Ich musste lächeln und gleichzeitig merkte ich, dass er mit seinen Worten einen wunden Punkt getroffen hatte.
«Ich denke, Sie könnten damit recht haben», gab ich zu und wurde etwas verlegen.
«Tja, und wenn Sie da, wo Sie herkommen, niemanden kennenlernen, habe ich ganz viele Cousins überall in Albanien!», ergänzte er und wir mussten beide wieder lachen.
Gjon erzählte mir von seiner Frau und ihrem gemeinsamen Leben und wir unterhielten uns über meine Reisepläne in Albanien. Ich wollte gerade meinen Tee fertig trinken und mich verabschieden, als er sagte:
«Wissen Sie was? Ich glaube, Ihr Weg ist einfach für etwas anderes bestimmt als jetzt zu heiraten. Irgendwann wird es sich gelohnt

haben, zu warten. Warten Sie aber nicht zu lange, Sie kennen ja das Sprichwort!»

Ich dachte nach, doch mir fiel kein Sprichwort ein.

«Ich sehe, Sie haben keine Ahnung, wovon ich spreche! Wir haben hier ein Sprichwort, das heißt:

«Der Sommer kommt nur einmal an deiner Tür vorbei».

Es bedeutet, dass die eine, wahre Liebe, das Schicksal, nur einmal an die Türe klopft. Wenn man es dann verpasst, kommt keine zweite, vergleichbare Liebe daher. Halten Sie deshalb die Augen offen, Sie wissen nie, wann der Sommer zu Ende geht!»

Ich musste lächeln – wir Albaner immer mit unseren Weisheiten.

«Wissen Sie was? Meine Großmutter hat mir mal etwas Ähnliches erzählt, mit Blumen und der Schönheit. Irgendwie ergibt das Sinn. Aber das ist alles leichter gesagt als getan. Wie soll ich denn wissen, wann es der «richtige Sommer» ist?», fragte ich ihn.

«Glauben Sie mir, wenn er vor Ihnen steht, wissen Sie es. Vielleicht wird die ganze Welt aufstehen und Ihnen diese Liebe ausreden wollen, doch Sie werden wissen, dass er für Sie bestimmt ist.»

Er machte eine Pause und ergänzte dann:

«Aber was weiß ich schon», und zwinkerte mir zu, bevor er meine Tasse abräumte und mir eine gute Nacht wünschte.

Ich wusste nicht, wie spät es geworden war, doch ich fühlte mich müde und beflügelt zugleich. Ich lauschte noch ein wenig den Klängen der Nacht und schaute wieder in die weite Welt der Sterne. Dabei dachte ich an einen Satz, der mir immer in solchen Momenten durch den Kopf ging:

«Zumindest sind wir unter demselben blauen Himmel.»

Irgendwo war er, mein zukünftiger Mann, das wusste ich. Doch ich war nicht in Eile, ihn zu finden, bevor ich mich nicht selbst gefunden hatte.

7

Ein Rabe krächzte laut, als er an meinem Zimmer vorbeiflog, und riss mich aus dem Schlaf. Ich öffnete die Augen und drehte mich zum Fenster, wo ich vom Bett aus den Himmel sah, der sich langsam rötete.

So beginnt die Schweizer Nationalhymne, schoss es mir durch den Kopf.

«Trittst im Morgenrot daher, seh' ich dich im Strahlenmeer ...»

Solche Gedanken am frühen Morgen schienen verrückt, doch war es zugleich auf andere Weise sonderbar: War ich in der Schweiz, sehnte ich mich nach meiner Heimat. Kaum war ich hier, fehlte mir plötzlich mein Zuhause.

Ich zog mich an und ging auf die Dachterrasse, wo ich erst ein paar Stunden zuvor noch mit Gjon über das Leben philosophiert hatte. Es war kurz nach fünf Uhr, für das Frühstück war es noch zu früh. Da ich schon wach war, wollte ich es mir jedoch nicht entgehen lassen, die Sonne über Tirana aufgehen zu sehen.

Einige Minuten später zeigte sich der Himmel bereits in wunderschönen Rot-, Orange- und Gelbtönen.

Egal wo auf der Welt ich mich befand, immer berührten mich Naturspektakel wie diese sehr. Sie waren Gottes Zeichen an uns. Es gab so vieles, worin man Sein Werk erkennen konnte: Schaute man in den Himmel, wurde man von einem atemberaubenden Anblick verzaubert, wo Wolken in allen Formen unsere Fantasie anregten. Die Wälder, Felder und Wiesen waren mit unzähligen Arten von Bäumen und Blumen geschmückt, vollkommen und unvergleichbar. Selbst eine Schneeflocke, so klein und unbedeutend, wurde zu einem Kunstwerk, wenn man sie ganz genau betrachtete.

Der Himmel würde jedoch immer eines meiner liebsten Wunder bleiben. In der Nacht war er in Begleitung der Sterne und des Mondes, und wenn, wie in einem Tanz, der Mond der Sonne die Bühne überließ, brach der neue Tag an.
Gott hatte all das geschaffen. Hier oben, auf diesem Dach, weit weg von allem, was ich kannte, fühlte ich mich seiner Heiligkeit besonders nahe.
Inmitten von all dem, das er so einzigartig kreiert hatte, waren wir Menschen.
Wir, die wir unsere Sorgen oft als zu wichtig, uns selbst als zu wichtig empfanden, sahen all diese Pracht häufig nicht.
In der Ruhe, hier mitten in Albanien, schienen alle meine Sorgen von geringer Bedeutung zu sein.
Ich schlief in der Hängematte ein und wurde erst wach, als ich hörte, wie andere Gäste die Treppen zum Dach hinaufkamen. Sie lächelten mich an, als sie an mir vorbeigingen und wünschten mir auf ihrem Weg zur Lounge einen guten Morgen. Ich lächelte zurück und stand auf. Mein Magen machte sich bemerkbar, denn ich hatte seit Tagen nur wenig gegessen. Vor allem aber war es an der Zeit, meine nächsten Reisepläne vorzubereiten.
Auf dem Weg zum Speisesaal lief ich an einem Spiegel vorbei. Ich hielt an und schaute hinein. Es gab vieles, was mir an mir gefallen könnte: die großen, hellbraunen Augen, meine hohen Wangenknochen oder der kleine Leberfleck oberhalb meiner Lippe. Doch ich sah meist nur meine großen Ohren, die ich früher dank meiner langen, gewellten Haare gut verstecken konnte. Seit ich Großmutters Ohrringe trug, zeigte ich sie jedoch gern.
Ich sah müde aus, erschöpft von der langen Reise, den kurzen Nächten und den vielen ausgedehnten Spaziergängen durch die Stadt.
Ich setzte mich an einen freien Tisch im Speisesaal und bestellte einen grünen Tee. Gjon war nicht da, doch seine Kollegen waren genauso aufmerksam und hilfsbereit. Es waren einige Paare beim

Frühstück und ich widmete mich meinen Notizen vom Vorabend. Ich hatte alle Weisheiten und Gespräche mit den Menschen, die mir bisher begegnet waren, notiert. Die Geschichten waren anders, bedeutender, als diejenigen, die ich sonst las, doch genau das faszinierte mich an ihnen.

«Entschuldigung, bist du Shote Hoti?», riss mich eine Stimme aus meinen Gedanken.

Vor mir stand eine junge Frau mit wilden, braunen Locken und lächelte mich an. Sie hatte die schönsten Mandelaugen, die ich je gesehen hatte.

«Ja, das bin ich», antwortete ich, erstaunt über die Frage.

«Ach, wie schön! Ich bin Hava, Gjons Ehefrau!» Sie setzte sich zu mir hin, winkte den Kellner her und bestellte das Hausfrühstück für uns: Spiegeleier, Ajvar, Suxhuk und Käse, Fladenbrot und etwas Lëngë mit scharfer Paprika.

«Gjon erzählte mir, du reist durch Albanien?», fragte sie mich, als sie ihren Stuhl zurechtrückte.

Ich muss irritiert ausgesehen haben, denn in diesem Moment fragte sie:

«Bitte entschuldige – ich hoffe, ich störe nicht?»

«Nein, natürlich nicht! Es freut mich sehr, dich kennenzulernen, Hava», sagte ich, froh über die Gesellschaft. Als wäre es selbstverständlich, saß sie mir gegenüber und strahlte mich an. Sie war so schön, dass ich den Blick nicht von ihr abwenden konnte, als die Kellner uns das Frühstück an den Tisch brachten.

Das Essen duftete fantastisch und während Hava schon in den frühen Morgenstunden fit schien und mich über mein Leben ausfragte, versuchte ich das Frühstück in vollen Zügen zu genießen. Alles hatte einen aromatischen, intensiven Geschmack: der Käse, die Tomaten, die grünen, in Olivenöl und Sahne gebratenen Paprikas und Zwiebeln. Ich genoss jeden Bissen von den Speisen, die ich schon so lange nicht mehr gekostet hatte.

Hava hatte nach dem Frühstück einige Stunden Zeit und bot mir an, mir Tirana aus ihrer Perspektive zu zeigen.
«Eine Stadt lernst du mit Einheimischen ganz anders kennen, glaube mir!», sagte sie und ich konnte nicht anders, als ihr zu folgen. Die Art, die sie an sich hatte, ihre Spontanität und Liebenswürdigkeit waren so ansteckend wie ihr Lachen und ich freute mich über die Möglichkeit, Tirana mit ihr zu entdecken. Hava rief ein Taxi, das uns fahren sollte, und konnte kaum glauben, dass ich am Abend zuvor vom Zentrum zu Fuß ins Hotel gekommen war.
«Shote, ich glaube, wir werden noch vieles gemeinsam erleben!», sagte sie lachend.

* * *

In der Stadt angekommen, herrschte ein ganz anderer Rhythmus. Alles schien hektischer und in ständiger Bewegung, die Leute und die Autos – selbst die Kinder, die auf den Seitenstraßen spielten, schienen sich dem Lärm der Stadt anzupassen und kreischten und lachten um die Wette. Es war Mittwoch, der Markt hatte geöffnet und wir spazierten durch die Menschenmenge hindurch zu Havas Lieblingshändlern. Wo wir auch hingingen, die Menschen grüßten sie, schauten ihr nach und blickten sie bewundernd an. Hava trug ihre langen Locken offen und strich sich die Strähnen hinter die Ohren, wann immer sie sich bückte, um Früchte oder Gemüse genauer anzuschauen. Sie lächelte die Händler herzlich an, fragte nach ihren Familien und sie scherzten zusammen.
Während sie ihre Besorgungen tätigte, nahm sie mich an der Hand, stellte mich überall vor, und ohne meine genaue Geschichte zu kennen, erzählte sie allen:
«Sie wird Albanien noch groß rausbringen! Sie kommt aus der Schweiz und schreibt ein Buch über uns!»

Ich musste lachen, denn Hava hatte mich gefragt, ob ich ein Buch schreibe, als sie mein Notizbuch beim Frühstück gesehen hatte. Ich hatte ihr erklärt, dass ich lediglich meine Eindrücke von der Reise darin notiere, doch sie war von der Idee besessen, dass ich ein Buch schreiben sollte. So verlockend der Gedanke auch war – ich war realistisch genug, um zu wissen, dass niemand ein Buch einer Schweiz-Albanerin lesen würde.

«Ach, eine Schriftstellerin aus der Schweiz! Wie schön, dass Sie uns beehren», meinte eine Frau, die Bücher an einem Stand verkaufte.

«Worüber werden Sie denn schreiben?», fragte sie.

«Psst, Drita! Das ist doch noch alles streng geheim!», fiel Hava ihr ins Wort und zwinkerte mir zu.

«Aber du wirst das Buch eines Tages hier am Markt verkaufen!», versprach ihr Hava und zog mich lachend weg.

Hava strahlte dieses Gefühl von Freiheit und Lebensfreude aus. Ich konnte gut verstehen, wieso sich Gjon in sie verliebt hatte.

Wir spazierten durch die Stadt und kamen zur Burg von Tirana. Viele Bekannte Havas arbeiteten hier, wo nur noch die Grundmauern überdauert hatten. Die Stadt hatte die gesamte Burg restaurieren lassen und daraus ein Touristenmekka geschaffen. Cafés, Bars und Restaurants, Geschäfte mit traditionellen albanischen Waren und Granatapfelsaft-Stände machten den Innenhof der Burg zu einem beliebten Ort für Einheimische und Touristen, um den Nachmittag draußen in der Sonne zu verbringen.

Wir setzten uns in eines der Cafés und Hava erzählte mir von Gjon und welche Pläne sie für die Zukunft hatten.

«Es muss Kismet sein, dass ihr zwei euch gefunden habt. Er spricht nämlich mit der gleichen Herzlichkeit von dir!», sagte ich und berichtete Hava von unserer Unterhaltung am Vorabend.

Sie lachte und schüttelte den Kopf, als ihre Augen sich mit Tränen füllten.
«Oh nein, Hava, es tut mir leid – habe ich etwas Falsches gesagt?», fragte ich sie besorgt, doch Hava schüttelte den Kopf und legte ihre Hand auf meine.
«Wie kommst du darauf, dass du etwas falsch gemacht hast?», fragte sie.
«Ich … ich wollte dir nicht zu nahe treten, Hava»
«Nein, Shote, mach dir bitte keine Gedanken. Ich bin einfach glücklich, dass sich das Leben mit Gjon so ergeben hat», erklärte sie und wischte sich die Tränen weg.
«Shote. Du hast einen so kraftvollen Namen – er könnte nicht passender für dich sein! Du strahlst diese Stärke und Anmut aus! Wie sehr ich das an dir bewundere», wechselte sie das Thema und erstaunte mich mit ihren Worten. Ich hatte mich in letzter Zeit alles andere als stark und schon gar nicht anmutig gefühlt.
«Weißt du, bevor ich Gjon kennengelernt habe, war mein Leben ein regelrechtes Chaos. Meine Eltern sind gestorben, als ich noch klein war, und mein großer Bruder und ich wuchsen bei einem entfernten Verwandten auf. Doch auch da konnten wir nicht lange bleiben und wir kamen mit leeren Händen nach Tirana. Wir stammen ursprünglich aus Korcë.»
Korcë war eine Stadt im Osten des Landes, nahe der Grenze zu Nordmazedonien. Sie war eine der Städte, die meine Großmutter ebenfalls auf ihrer Liste hatte.
«Gjons Eltern wollten zu Beginn nicht, dass er eine Frau wie mich heiratet. Natürlich war ich nicht das, was er verdiente – ich war arm, hatte gerade mal die Grundausbildung als Köchin abgeschlossen und seine Familie ist wohlhabend und studiert. Doch er entschied sich für mich und gab sogar sein Studium auf, um bei mir zu bleiben. Seit er jeden Tag im Hotel ist, sind aber auch seine Eltern viel glücklicher – sie sehen ihn nun mehr und

wir führen das Hotel als Familie. Ich kann gar nicht glauben, dass das Leben sich so entwickelt hat», erklärte sie, und nun verstand ich ihre Dankbarkeit und Demut.

Es rührte mich sehr, wie offen Hava mit mir sprach und ich fragte mich, wie ich ihr meinerseits ein solches Vertrauen entgegenbringen sollte. Es fiel mir schwer, über die Vergangenheit zu sprechen, denn es war mir unangenehm, Hava etwas zu erzählen, was für sie bloß eine Lappalie wäre.

«Es tut mir sehr leid zu hören, dass ihr es so schwer hattet, Hava. Schön, dass du nun mit Gjon und deinem Bruder ein Leben aufbauen konntest, das dich so glücklich macht. Ich weiß, dass wir manchmal in die Vergangenheit sehen und uns fragen, wieso wir all diesen Schmerz durchleben mussten. Aber gehört nicht gerade das zum Leben dazu? Dass man die Grenzen des Erträglichen spürt und trotzdem die Kraft findet, das Gute in alldem zu suchen? Das ist es doch, was uns als Menschen wachsen lässt. Das Schicksal, das uns zu dem macht, was wir bestimmt sind zu sein.»

«Siehst du – stark!», rief Hava voller Begeisterung und drückte meine Hand noch fester.

«Es hört sich so an, als wäre dein Leben auch nicht so einfach gewesen», meinte Hava und schaute mich an.

«Ach nein, bitte, das ist nicht einmal erwähnenswert ...», sagte ich und lächelte.

«Wieso sagst du das? Natürlich ist es von Bedeutung, wie dein bisheriges Leben verlief, sonst würde ich dich nicht fragen!», sagte sie und schaute mich durchdringend an.

«Du hast sicherlich recht, Hava. Doch wie soll ich dir von «Schmerzen» erzählen, nach allem, was du erlebt hast?», fragte ich sie.

«Ich kenne die Tiefe deines Leidens nicht, genauso wie du, glücklicherweise, meine schwierige Zeit nicht erleben musstest. Doch was einfacher oder schwerer ist, liegt nicht an uns zu beurteilen. Sonst dürfte selbst ich mich nicht äußern, denn es gibt Menschen, die weitaus Schlimmeres als ich erleben mussten. Und wo kämen wir da hin? Das ist es doch, was uns heilen lässt – das Teilen der Geschichten und die Anteilnahme.»

«Das hast du sehr schön umschrieben, Hava, danke … so habe ich das noch nicht gesehen», sagte ich und musste lächeln.

«Wie die meisten Menschen kenne natürlich auch ich Schmerzen. Sie sind wahrlich nicht vergleichbar mit deinen, Hava, und ich schäme mich sogar, dir von solchen Dingen zu erzählen. Meine Eltern sind am Leben, sie waren immer für mich da, liebevoll auf ihre Art und Weise, gaben meinen Brüdern und mir ein Dach über dem Kopf und pflegten uns mit allem, was sie hatten. Sie taten das, was sie konnten, damit wir ein schönes Leben haben konnten und ich werde bis zu meinem letzten Atemzug für die Opfer, die sie gebracht haben, dankbar sein», erklärte ich ihr.

«Doch es war nicht immer diese schöne, heile, einfache Welt, wie alle denken. Nur Gott weiß, wie oft ich weinend nach Hause rannte, wenn mich meine Vorschullehrerin einmal mehr zum Gespött der Klasse machte, weil ich Kleider aus der Altkleidersammlung trug. Wie mich meine Klassenkameraden belächelten, weil ich schrecklich Deutsch sprach, keine Wanderschuhe besaß oder einfach nicht in das Bild eines Schweizer Mädchens passte. Wie oft ich lernen wollte und die albanischen Freundinnen meiner Mutter mich deswegen als Nichtsnutz abstempelten – oder weil ich mit elf Jahren noch keine Pite backen konnte. Wie oft ich mich fragte, welche Identität ich überhaupt habe. Und wie leid mir meine Eltern taten, jedes einzelne Jahr, wenn wir nach dem Urlaub im Kosovo in die Schweiz zurückreisen mussten und sie ihre Familien, verarmt und trauernd, zurückließen. Vor Schmerz rannen meiner Mutter die Tränen die Wangen herunter und es zerriss mir das Herz, dass mein Vater und sie all das für uns Kinder taten.

Und dann bist du in diesem Land, in dem niemand auf dich gewartet hat, niemand dich braucht oder will. Und alles, was du willst, ist dazuzugehören.
Ich weiß, das ist alles nichts im Vergleich zu dem, was ihr hier und im Kosovo erlebt habt, mit dem Krieg, der Verwüstung, dem Leid und der Armut.
Ich weiß, wie privilegiert wir im Ausland waren.
Doch das Leben, das die Gesellschaft in dem Land erwartet, in dem du lebst, passt nicht zu dem Leben, das zu Hause für dich bestimmt ist. Egal wie oft du nachts wach liegst, zu Gott betest, dass es morgen oder eines Tages besser wird – wird es das nicht. Sehr, sehr lange nicht.
Du bist diejenige, die nirgendwo hinpasst, nie, wie die meisten Mädchen, den Wünschen der Eltern nachkommt, die doch alles für dich aufgaben. Es ist nicht einfach zu erkennen, dass man seiner Familie mehr Leid als Freude bereitet, weil man seinen eigenen Weg geht und nicht der Norm entspricht.»
Während ich ihr all das erzählte, spürte ich, wie mir die Tränen in die Augen stiegen. Ich unterbrach meine Erzählung und hielt inne.
Hava hielt noch immer meine Hand und schaute mich voller Mitgefühl an. Auch sie schien sichtlich berührt.
Ich entschuldigte mich bei ihr und suchte die Toilette auf. Ich wusste nicht, wieso ich diese Erinnerungen, an die ich so lange nicht mehr gedacht hatte, ausgerechnet mit jemandem teilte, den ich gerade erst einen Morgen lang kannte.
Doch das war es wohl, was die Menschen hier ausmachte. Sie hatten ein offenes Ohr und noch mehr: ein offenes Herz für mich. Es fühlte sich an, als wäre ich nach Hause gekommen und würde zu meiner Familie sprechen.
Ich beruhigte mich, machte mich zurecht und ging zurück. Als ich zu unserem Platz kam, saß Hava da – mit einem jungen Mann.

8

Ich hatte kaum Zeit, mich bei Hava für meinen Gefühlsausbruch zu entschuldigen, als der junge Mann aufstand und mir die Hand reichte.

«Hi, ich bin Luan. Es freut mich sehr, dich kennenzulernen, Shote.»

Seine dunkelblonden Haare fielen ihm ins Gesicht und er strich sie nach hinten.

«Shote, das ist mein Bruder», stellte Hava uns vor. Luan trug ein weißes T-Shirt, Jeans und hatte seinen grauen Mantel um den Stuhl gelegt. Es war Anfang Mai, doch es konnte zeitweise so kühl werden, dass man ohne Jacke schnell fror.

Während er an seinem Kaffee nippte, fielen mir seine von der Frühlingssonne geröteten Wangen auf. Luan und Hava unterhielten sich und ich hörte nur halbherzig zu. Ich versuchte, Luan als Menschen einzuschätzen, doch war ich darin nicht sehr begabt. Meist brauchte ich viel Zeit, um jemanden kennen und verstehen zu lernen. Er wirkte offen, humorvoll und doch bedacht in seiner Art zu sprechen und zu gestikulieren.

Luan fiel einem auch sofort auf – er war gutaussehend, charmant und hatte eine besondere Art an sich. So wie ich das beobachten konnte, war er sich dieser besonderen Art sehr wohl bewusst, flirtete mit der Kellnerin und war alles andere als schüchtern. Normalerweise mochte ich diese Art an Menschen, doch bei Luan war ich mir unsicher.

In meine Gedanken versunken, bemerkte ich nicht, dass die beiden über mich sprachen.

«Shote?», sagte Luan und schaute mich an.

«Oh, bitte entschuldigt, ich musste gerade an etwas denken. Was hast du gefragt?», antwortete ich etwas verlegen.

«Ich wollte nur wissen, wie dir Tirana bisher gefällt! Ist es wie in der Schweiz? Oder New York?», fragte er mich lächelnd und seine weißen Zähne blitzten auf. Er hatte dasselbe Lachen wie seine Schwester.

Er fragte dies mit einer Herzlichkeit in seiner Stimme, und doch hatte er etwas in seinem Blick, das mich verunsicherte.

«Tirana ist wunderschön – ich habe aber auch eine großartige Stadtführerin gefunden», antwortete ich, lächelte verhalten und nahm einen Schluck von meinem mittlerweile kalt gewordenen Kaffee.

Wir unterhielten uns über die Geschichte Tiranas und wie die Stadt, vor allem die junge Bevölkerung, in den letzten Jahren aufgeblüht war. Ich erzählte ihnen von meinen Eindrücken und der Schweiz, davon, wie das Leben sich in diesen beiden Welten unterschied. Sie stellten viele Fragen zu meinem Leben als Albanerin im Ausland, wie wir die Kultur lebten und welches Essen mir besser schmeckte. Sie hatten beide Albanien noch nie verlassen und bewunderten die Bilder, die ich ihnen von der Schweiz ausmalte.

Wir blieben noch lange sitzen, die Stimmung heiterte sich auf, als Luan begann, Geschichten aus seiner und Havas Kindheit zu erzählen. Mir fiel auf, wie besonders ihr Umgang miteinander war, und ich erwischte mich dabei, wie ich jedes Mal lächeln musste, wenn Luan zu mir sprach.

Im Radio des Cafés lief Dua Lipa mit ihrem Lied «New Rules» und es war, als gäbe mir das Leben ein Zeichen, neue Wege einzuschlagen.

Langsam lehnte ich mich zurück und schaute die beiden an. Genau hier, in diesem Café mitten im Innenhof einer antiken Burg, mit Wänden aus Stein, die mit Bildern von albanischen Trachten geschmückt waren, und den warmen Sonnenstrahlen auf meiner Haut, war meine Welt im Gleichgewicht. In diesem Moment wollte ich nirgendwo sonst sein als hier.

«Luan arbeitet hier in der Nähe. Er ist bei einer Touristenagentur angestellt und führt wichtige Gäste zu den schönsten Plätzen Tiranas. Aber eines Tages wird er einer der berühmtesten Drehbuchautoren der Welt!», schwärmte Hava und legte ihren Arm um Luan. Dieser lächelte nur und küsste ihre Hand.
«Sie ist mein größter Fan, das ist alles», erklärte Luan und schaute etwas verlegen auf den Tisch.
«Dann schreibst du keine Drehbücher?», fragte ich nach.
«Doch, doch. Aber ich weiß ja nicht, wie gut du meine Schwester kennengelernt hast. Sie hat den Drang, immer wahnsinnig zu übertreiben, wenn es um solche Dinge geht.» Er dehnte das Wort «wahnsinnig», um ihm Nachdruck zu verleihen, und grinste dabei schelmisch.
«Oh ja», bestätigte ich, «das habe ich heute Morgen auch schon selbst erfahren, jedenfalls denkt jetzt ganz Tirana, dass ich hier ein Buch über Albanien schreibe!», erwiderte ich, und in dem Moment antwortete Luan:
«Ach, genau das hat sie mir tatsächlich über dich erzählt!»
Wir mussten beide lachen und Hava schüttelte nur den Kopf.
«Papperlapapp – ihr beide seid riesige Talente, ob ihr es nun wisst oder nicht! Und apropos: Luan, du könntest doch Shote bei ihrer Reiseplanung helfen? Schließlich gibt es niemanden, der sich so gut mit den touristischen Aspekten Albaniens auskennt wie du!», schlug sie vor.
«Das kann ich sehr gern, wenn du das möchtest, Shote?»
«Es wäre sehr nett, wenn du mir einige Tipps geben könntest, aber ich möchte euch auf keinen Fall Umstände bereiten», sagte ich – jedoch zu spät.
Luan hatte bereits mein auf dem Tisch liegendes Notizbuch genommen, einen Stift gezückt und malte die albanische Landkarte auf. Er schaute mich an und fragte:
«Wo möchtest du beginnen?»

Tirana, Korcë, Gjirokastër, Butrint, Saranda, Shkodër, Lezhë, die Berge, die Ruinenstädte und einige Städte im Kosovo – so stand es im Notizbuch meiner Großmutter. Ich zeigte Luan die ersten beiden Seiten ihrer Ziele und er begann zu planen.
Er zeichnete eine Karte mit allen Orten im Notizbuch ein, nummerierte die Strecke und erklärte mir seinen Plan. Er hatte sogar Orte ergänzt, von denen ich noch nie gehört hatte. In der Zwischenzeit durfte ich einen seiner Texte lesen und war erstaunt über das Talent, das er besaß. Er hatte eine sanfte Art, Geschichten zu erzählen, die Worte zu wählen und Dialoge zu gestalten.
Er schien am Schluss zufrieden mit seiner Planung der Reise, die mir nun bevorstehen würde.
Hava musste zurück ins Hotel und ihre Schicht in der Küche antreten und Luan bot mir an, bei einem Spaziergang die Details der Reise zu besprechen.
Wir gingen durch die Stadt, sprachen über die Orte, die ich nun erkunden würde und er erzählte mir von seinen Drehbüchern, den Geschichten und wie er sich zu ihnen inspirieren ließ.
Luan fragte mich nach meinem Leben, meiner Vergangenheit und weshalb ich die Reise unternehmen wolle. Er zeigte sich mir von einer anderen Seite und es war schön, mit einem so kreativen Menschen über das Leben zu sprechen, denn er dachte sich Fragen aus, die mir noch nie jemand gestellt hatte.
«Wieso magst du rote Rosen am liebsten?», «Wie muntert man dich auf?», «Wie wäre dein Leben, wenn du vor nichts Angst hättest?»
Es war eines der ehrlichsten Gespräche, die ich je geführt hatte, denn nicht nur ich konnte frei von der Seele reden – es schien mir, als erging es Luan genauso.
Nach einiger Zeit – wir waren lange unterwegs und in einem Park in der Nähe des Stadtzentrums angelangt – blieb er plötzlich

stehen. Am Rand, nahe dem angrenzenden Waldstück, war eine Bank unter blühenden Bäumen.
«Dort, das ist doch perfekt. Da sind wir etwas für uns», sagte er und zeigte auf die Bank.
Wir setzten uns und für einen Moment sagte keiner von uns ein Wort. Ich genoss den schönen Blick auf den Park und die beeindruckende Berglandschaft dahinter. Es war erstaunlich, wie vielfältig dieses Land war. Im Osten ragten die Berge zum Himmel, ein paar hundert Kilometer westlich lag das wunderschöne Meer. Ich saß da und fragte mich, wie sich mein Leben so schnell hatte ändern können. Einige Wochen zuvor war ich noch in der Schweiz gewesen, hatte meine Elf-Stunden-Tage bei der Arbeit hinter mich gebracht, hatte meine Eltern besucht, mich am Wochenende verabredet und hatte niemals genug Schlaf bekommen können. Ich war nur zwei Flugstunden von zu Hause entfernt, doch hatte ich hier ein Lebensgefühl, das ich so noch nicht kannte.
Hier konnte ich endlich etwas zur Ruhe kommen.
«Alles okay, Shote? Du bist so still», sagte Luan nun.
«Bitte entschuldige, Luan. Es ist einfach so schön hier und ich habe mich schon lange nicht mehr so wohlgefühlt bei jemandem», sagte ich und war sogleich verlegen, dass ich ihm dies so offen anvertraute.
«Schön, das freut mich sehr. So sollte es doch immer sein im Leben. Dass du an jedem Ort und zu jeder Zeit im Reinen mit dir bist.»
Luan sagte die richtigen Worte, verhielt sich manierlich und doch fürchtete ich, dass all das eine einstudierte Art sein könnte, die er nicht nur bei mir anwendete. Ich war allerdings froh, dass er mein «bei jemandem» ignoriert hatte.
«Das ist nicht immer ganz einfach, Luan. Es gibt hier so viele talentierte, offene und herzliche Menschen. Normalerweise

schüchtert mich all das ein, doch hier, selbst so wie ich gerade aussehe, fühle ich mich wie ein Teil in diesem Mosaik. Klein und nicht erkennbar, doch wenn man das große Ganze betrachtet, ist die Stadt samt ihren Bewohnern ein Meisterwerk …», versuchte ich meine Gedanken wiederzugeben.

Luan legte seine Hand auf meine, die auf der Lehne der Bank ruhte. Ich spürte mein Herz schneller klopfen, während seine Finger die meinen berührten.

«Du redest Schwachsinn. Aber in einem hast du recht: Du bist Teil eines Meisterwerks. Alles an dir ist anders als das, was ich hier kenne …», sagte er und unsere Blicke trafen sich.

«Ich bin fremd, Luan. Das ist alles», antwortete ich und schaute verlegen auf den Boden.

«Du bist zu Hause – merkst du das nicht? Dieses Gefühl, das du empfindest, nennt sich Geborgenheit», entgegnete er mir.

Ich schaute ihn an, wie er mir entgegenlächelte, meine Hand noch immer hielt, und versuchte herauszufinden, was er mit all den Worten und Gesten meinte.

«Es muss schön sein, als Mann hier in Tirana zu leben, bei all diesen wunderschönen Frauen. Du bist ein wahrer Glückspilz, Luan», sagte ich und zog meine Hand zurück. Er strich sich mit seiner Hand die Haare wieder aus dem Gesicht und zuckte mit den Schultern.

«Wenn du wüsstest», erwiderte er.

«Was denn? Hat denn noch niemand dein Herz erobert?», fragte ich und schaute ihm in die Augen.

Luan rückte ein Stück näher.

«Ach, ach. Weißt du denn überhaupt, was Liebe ist, Shote?», sagte er und begann, mir eine Geschichte zu erzählen.

Das passende Paar Schuhe

Ein junger Mann ging in ein Schuhgeschäft und wollte sich zum ersten Mal ein gutes Paar Schuhe kaufen. Eine alte Dame trat zu ihm und begrüßte ihn. Sie war die Ehefrau des Schuhmachers und bediente die Kunden.
«Was darf es denn für Sie sein?», fragte sie den jungen Mann.
«Ich hätte gern Ihr schönstes Paar Schuhe!», erwiderte er.
«Und was wollen Sie mit dem schönsten Paar Schuhe tun?», fragte die alte Dame.
Der junge Mann war irritiert über die Frage.
«Na, so lange wie möglich tragen, natürlich!», erklärte er und ergänzte:
«Die Lederschuhe da oben gefallen mir sehr, die möchte ich haben!»
Die Dame nahm die Schuhe vom Regal und reichte sie dem jungen Mann. Dieser schaute sich die Schuhe kurz an und sagte:
«Die nehme ich! Die sind perfekt!»
Der junge Mann wollte schon seine Brieftasche öffnen, um die Schuhe zu bezahlen.
«Probieren Sie die Schuhe bitte zuerst an», bat ihn die alte Dame.
Da er nicht unhöflich sein und der Dame nicht widersprechen wollte, setzte er sich und zog seine alten, kaputten Schuhe aus. Wie könnte er die neuen nicht wollen – die Schuhe sahen edel aus und man würde ihn um sie beneiden!
Kaum hatte der junge Mann den neuen Schuh angezogen, drückte dieser bereits vorne und hinten und er konnte kaum einen Schritt gehen.
«Die sind nichts für Sie. Nehmen Sie besser diese hier.» Die alte Dame holte ein weiteres Paar Schuhe hervor. Diese waren aus Wildleder und auf den ersten Blick nicht vergleichbar mit dem ersten Paar. Doch der junge Mann hörte auf die weise Frau und probierte auch diese Schuhe an.

Sie saßen wie angegossen.
Er ging einige Schritte, hüpfte, tanzte und lief die Treppen rauf und runter.
«Ich glaube, Sie haben recht. Diese hier passen besser!», stellte er erstaunt fest.
«Wundervoll», sagte die Dame lächelnd und packte die Schuhe in eine Tasche.
Als der Mann seinen Einkauf bezahlt hatte und sich gerade verabschieden wollte, sagte die Verkäuferin zu ihm:
«Auf den ersten Blick fallen einem immer die Schönen auf und man ist von ihnen begeistert. Doch erst beim Probieren kann man feststellen, ob sie passen oder nicht. Passend sind sie nämlich nicht, nur weil sie schön sind. Aber diejenigen, die passen, sind für einen die Schönsten.»
Der junge Mann dankte der Dame und begriff, dass sie damit nicht nur die Schuhe gemeint hatte. Jede Entscheidung, die er fortan traf, tat er aufgrund seiner Erkenntnisse und nicht nur aufgrund dessen, was das Äußere zu bieten hatte.

«Verstehst du, Shote?», fragte mich Luan.
«Das tue ich», sagte ich und verstand nun, was es war, das Luan in einer Frau suchte.
Die Geschichte zeigte mir jedoch auch auf, dass er für mich unerreichbar war.
Nicht weil ich nicht schön genug war. Sondern weil ich nicht passte.

9

Ich schaute aus dem Fenster und sah die wundervolle Berglandschaft, die großen und mächtigen Hügel. Wie ich dieses Bild der Natur liebte.
Wir fuhren ihr entgegen, würden sie bald erreichen, die Berge erklimmen und in einigen Stunden in Pogradec ankommen. Die Stadt lag an der Grenze zu Nordmazedonien und war das erste Reiseziel auf meiner Liste. Luan meinte, ich könne nicht in Albanien gewesen sein, ohne Pogradec und den atemberaubenden Ohridsee gesehen zu haben. Also schrieb er die Stadt als zusätzliches Ziel auf.
Nach unserem Spaziergang hatte er sich die Liste angeschaut und mich gefragt, wie viel Zeit ich für die Reise geplant habe.
«Ich dachte an drei bis vier Wochen», antwortete ich ihm, «denkst du, das reicht?»
«Es könnte etwas knapp werden für mich, aber ich denke, es sollte klappen.»
«Wie bitte? Für dich?», fragte ich ihn erstaunt.
«Ja, natürlich – ich lasse dich doch nicht allein in Albanien herumreisen! Du kennst dich hier weder aus, noch kennst du die Mentalität hier! Sobald den Leuten auffällt, dass du Touristin bist, werden sie dich ausnehmen wie eine Gans!», sagte er und lachte dabei.
Ich freute mich, doch war ich gleichzeitig auch besorgt; ich kannte Luan ja kaum und – so wohl ich mich mit ihm fühlte –, war er doch eigentlich nur ein Fremder, den ich gerade erst kennengelernt hatte.
«Ich werde noch Hava fragen, sie und Gjon hatten nie Flitterwochen und das wäre die ideale Gelegenheit, dass sie mal etwas aus dem Alltag rauskommen. Natürlich nur, wenn das für dich in Ordnung ist?»

Ich lachte vor Freude und glaubte es kaum, als ich nickend zustimmte.

* * *

Zwei Tage später hatten sich Gjon und Hava frei genommen und Luan seinem Vorgesetzten erzählt, dass er für ein Kulturprojekt eine Schweizerin in Albanien herumführen würde. Und ich – ich packte meine Tasche und fragte mich permanent, was zum Teufel ich da tat.
Da Albanien am einfachsten mit dem Auto zu bereisen war, mietete ich ein Auto und kaufte Lebensmittel für die Fahrt ein. Die anderen drei mussten lachen, als ich mit einer riesigen Thermotasche zurück ins Hotel kam.
«Was ist denn?», fragte ich, über ihre Reaktion erstaunt.
«Shote, es sind gerade mal drei bis vier Stunden Fahrt! Hast du für eine Großfamilie eingekauft?», grinste Hava.
«Ich warne euch – ihr kennt mich nicht, wenn ich hungrig bin», scherzte ich und zeigte ihr die Krofne und die Pite mit Spinat.

Wir fuhren schon am späten Nachmittag los, und müde von der Nachtschicht, schliefen Hava und Gjon bereits nach kurzer Zeit auf dem Rücksitz. Albanische Volksmusik ertönte aus dem Radio und ich studierte die Texte. Sie handelten von Unterdrückung, Kriegen und dem Drang nach Freiheit. Ich schaltete den Sender um, als ich merkte, wie sentimental mich die Lieder machten. Irgendwo erwischte ich einen Kanal, der Elvana Gjata spielte. Die albanische Sängerin war eine meiner liebsten Musikerinnen, denn Elvanas gewaltige Stimme und ihre wundervollen Texte berührten mich immer wieder. Gerade lief ihr Lied «Xheloz», das ich in- und auswendig kannte und nur leise mitsang, um die anderen beiden nicht zu wecken.

Meine Ahnung hatte mich nicht getäuscht: Bereits nach zwei Stunden beklagte sich Luan, der als Erster fuhr, dass er Hunger habe. Zufrieden fischte ich ein Stück Pite aus der Tasche und reichte es ihm.

«Hast du keine mit Hackfleisch genommen? Das sind doch die Besten?», fragte er.

«Nein, sie hatten nur Pite mit gemischtem Hackfleisch.»

«Na und?», erwiderte Luan erstaunt.

«Luan, ich esse kein Schweinefleisch, ich bin Muslimin», erklärte ich ihm und war überrascht über seine Reaktion.

«Ja – ich auch!»

«Du glaubst an den Islam und trotzdem isst du Schweinefleisch?»

Es gab natürlich viele Albaner im Ausland, die ihre Religion sehr liberal auslebten und auch ich gehörte zu den Menschen, die nicht alle Gebote streng befolgten. Beim Fleisch war ich jedoch sehr strikt, daher erstaunte mich Luans Aussage umso mehr.

«Shote, du bist ja konservativer als wir!», stellte Luan lachend fest, als er meinen Gesichtsausdruck sah.

«Ich bin diejenige, die erstaunt ist! Im Kosovo gibt es nicht einmal Schweine, geschweige denn Schweinefleisch.»

«Hmm … Kennst du denn nicht die Geschichte von Jesus?», fragte mich Luan.

«Ach, du kennst ja ganz schön viele Geschichten, weiser Luan! Na, dann erzähl mal», sagte ich lachend und Luan berichtete mir von der Bibel.

Rein und unrein

Einige Pharisäer gingen zu Jesus und beschuldigten ihn, da seine Jünger die Hände vor dem Essen nicht wuschen. Jesus konterte:

«Und warum verstoßt ihr gegen Gottes Gebote? Ihr sollt eure Eltern ehren und sie nicht verfluchen, weil ihr denkt, mit Geld die Gnade Gottes erkaufen zu können.»
Jesus wandte sich dann an seine Jünger und erklärte ihnen:
«Hört zu und versucht, dies zu verstehen. Ihr werdet nicht unrein durch das, was in euren Mund kommt. Sondern durch das, was euren Mund verlässt.»

«Aber Jesus hat doch nichts mit dem Islam zu tun?»
«Er hat sogar sehr viel mit dem Islam zu tun, Shote. Wie Mohammed war Jesus ein Prophet und Moslems glauben genauso an ihn als Erlöser wie die Christen. Jesus war der erste und Mohammed der letzte Prophet, den Gott auf die Erde sandte. Hast du denn nie den Namen «Isa» gehört? Das ist «Jesus» auf Albanisch», erklärte mir Luan und erstaunte mich mit seinem Wissen über die Religionen.
«Ich verstehe. Aber nach welchen Geboten lebt ihr dann?»
«Du kennst doch die Redewendung: Die Religion des Albaners ist das Albanertum; danach leben wir. Egal ob du Christ, Jude, Moslem oder Atheist bist, Schweinefleisch isst oder keinen Alkohol trinkst – das ist jedem Menschen selbst überlassen und niemand verurteilt dich dafür. Das macht es so schön, Albaner zu sein», schloss er und zwinkerte mir zu.
Ich nickte, aß meine Pite mit Spinat und sah die vorbeiziehende Landschaft an. Im Radio sang die Band TNT ein altes, romantisches Lied, das ich schon als Kind liebte. Ich schaute Luan an, der eine Hand auf seine Brust gelegt hatte und lauthals mitsang:
«Du bist die Schönste dieser Welt, für dich hebe ich heute Abend mein Glas, seit 200 Tagen, keinen weniger als das, bin ich Armer nicht mehr glücklich.»

10

Das Ende des Sees war nicht zu erkennen, so groß wie er war. Lange Strände säumten ihn, als hielten sie dieses Wunder zusammen. Eine Allee trennte die Häuser vom Seeufer und die Bäume spendeten den Menschen, die sich am Strand von ihrem Alltag erholten, Schatten.
Ich ging die Straße entlang, die vorbeigehenden Bewohner grüßten mich mit einem Lächeln und ich lächelte zurück.
Pogradec war ruhig, friedlich und bemerkenswert schön.
Wir waren vor einer Stunde angekommen, der Tag neigte sich langsam dem Ende zu und die Sonne machte sich bereit, ihren Abschied zu feiern. Ich setze mich auf einen Felsen, sah über den im gesamten Balkanraum berühmten See und musste an die letzten Stunden denken.
Gjon, Hava und Luan waren im Hotel und ruhten sich aus. Ich war jedoch voller Neugier, die Stadt zu entdecken, und schlug vor, ein passendes Restaurant zu suchen, so dass wir später zu Abend essen gehen konnten. Unterwegs fiel mir die Nähe des Hotels zum See auf und ich konnte nicht widerstehen, mich kurz ans Ufer zu setzen.
Ich stellte mir vor, wie meine Großmutter neben mir säße, mit mir den Augenblick teilte und wie sie mich daraufhin anstupsen und sagen würde, dass Luan ein «guter Fang» wäre, wie sie sich früher so gern ausdrückte. Ich musste bei diesem Gedanken lächeln.
Ich dachte an Luan und seine Art, die Welt zu betrachten. Er hatte andere Wertvorstellungen und Anschauungen, doch ich konnte seinen Gedanken folgen. Ich spürte, wie er mich faszinierte und auch, dass ich die Stunden zu zweit, als Hava und Gjon im Auto schliefen, genossen hatte. Mit einem Mann wie Luan wäre das

Leben voller Freude, Lachen und Herzlichkeit, das spürte man, sobald man auch nur eine Stunde mit ihm verbrachte und er schaffte es, mir Ruhe und Geborgenheit zu geben. Noch nie zuvor hatte ich mich so frei und wohl im Umgang mit jemanden gefühlt.
Allerdings musste ich mich zurückhalten. Luan war in erster Linie mein Reiseführer, zweitens der Bruder einer neu gewonnenen Freundin und vor allem war er jemand, den ich kaum kannte. Ich durfte nicht zulassen, dass das neue Umfeld mich in meinen Plänen beeinflusste. Ich war aus einem bestimmten Grund hier und das durfte ich nicht aus den Augen verlieren.

Ein Mann zog gerade sein Boot ans Ufer, als er mich erblickte und mich mit einer Handbewegung grüßte. Ich war etwas erstaunt, denn ich kannte niemanden in Pogradec. Ich schaute mich um, ob er jemand anderen gemeint haben könnte, doch es war außer mir niemand da. Ich winkte zurück und ging zu dem Mann, der mich mit einem breiten Grinsen willkommen hieß.
«Guten Abend, Zoj!», sagte er und nannte mich «Dame».
«Guten Abend! Es tut mir sehr leid, aber ich glaube, Sie haben mich mit jemandem verwechselt, als Sie mir zugewinkt haben.»
«Ach, Sie waren so allein da und ich finde, ein Lächeln und jemanden zu grüßen schadet nie! Hätten Sie vielleicht Lust, eine kleine Fahrt über den See zu unternehmen? Jetzt, wo die Sonne langsam untergeht, ist es besonders idyllisch.»
«Das ist sehr aufmerksam von Ihnen, doch so viel Zeit habe ich leider gar nicht», antwortete ich ihm.
«Ich verstehe – bitte entschuldigen Sie, ich wollte bestimmt nicht aufdringlich sein. Leider ist es heutzutage oft so, dass wir alle kaum noch Zeit haben», sagte er, lächelte und senkte den Blick. Er war gebräunt von den langen Tagen in der prallen Sonne und Falten zeichneten sein Gesicht.

Er hatte recht. Ich konnte mich nicht daran erinnern, wann ich das letzte Mal so spontan gewesen war wie auf dieser Reise. Wäre es nicht schön, den See auf einer Fahrt im Boot zu erkunden?
«Wissen Sie was? Wieso nicht – aber lediglich ein paar Minuten, wenn das geht?»
«Natürlich, Zoj», sagte er herzlich, «bitte, steigen Sie ein», und er lud mich auf sein kleines Boot ein.
Es wackelte, als ich mich setzen wollte und der Mann reichte mir seine Hand, so dass ich nicht hinfiel.
«Leben Sie schon lange hier in Pogradec?», fragte ich ihn, als ich Platz genommen hatte.
«Mein Leben lang. Ich habe noch nicht viel von der Welt gesehen, doch dieser See, das ist mein Zuhause. Ich kenne jeden Meter, kenne die vielen besonderen Fischarten, die hier leben, und die Menschen, die trotz Verbots keine andere Wahl haben, als die Fische zu fangen. Jeden einzelnen Tag verbringe ich hier – für mich ist das der schönste Ort der Welt.
Wussten Sie, dass der Ohridsee eines der ältesten Gewässer der Welt ist?»
Ich verneinte beeindruckt und lächelte beim Gedanken, ein Leben lang mit so viel Liebe und Hingabe eine Arbeit zu verrichten, wie dieser Mann das tat.
«Sie umschreiben das wunderschön … Ich kenne nicht viele Leute, die etwas tun, was sie so sehr lieben. Ich habe das Gefühl, die meisten Menschen suchen etwas, das ihnen Sicherheit und ein sorgloses Leben bietet. Ich wüsste selbst nicht, welche Arbeit mich *glücklich* machen würde», gab ich zu.
Der Bootsfahrer drehte mit mir eine kleine Runde am Ufer entlang, als ich ihm sagte, wo mein Hotel lag. Er wollte mich ein Stück näher ranfahren und es war wunderbar, für einen kurzen Moment die Ruhe auf dem Wasser zu genießen, den Wellen zuzusehen und kleine Fische zu entdecken, die sich nahe ans Boot heranwagten.

«Wissen Sie, mein Vater hat bereits als Bootsführer gearbeitet und ich habe immer gehofft, dass eines Tages auch mein Sohn diese Arbeit übernimmt. Doch die heutigen Jungen ziehen alle in die Stadt und wollen dieses Leben hier nicht mehr führen. Ich verstehe es zwar, wer will schon ein einfacher Bootsführer sein?», fragte er lächelnd, doch seine Stimme verriet, wie sehr ihm dies zusetzte.

Ich dachte an meine Eltern und daran, wie auch sie ihre Heimat verlassen hatten, um meinen Brüdern und mir eine bessere Zukunft zu ermöglichen.

«Meine Eltern waren wie Ihr Sohn, sie hatten damals auch keine Perspektive im Kosovo und sind in die Schweiz geflüchtet. Und sehen Sie – jetzt lasse ich ebenfalls meine Eltern allein und reise um die Welt, bin von zu Hause ausgezogen und habe mein eigenes Leben. Und obwohl wir nur ein paar Dörfer voneinander entfernt wohnen, habe ich sie trotzdem irgendwie verlassen.»

«Das ist das Leben. Unsere Eltern sind unsere Vorbilder, manchmal führt das dazu, dass wir die Dinge genauso handhaben wie sie – so wie es bei Ihnen der Fall ist. Und manchmal lehren sie uns, dass dies nicht unser Weg ist und wir entschließen uns, eine neue Richtung einzuschlagen. So denkt sich das wohl mein Sohn. Es gibt sogar eine passende Anekdote zu diesem Thema», sagte der ältere Mann und begann zu erzählen.

Die Geschichte des Erben

Ein junger Mann hatte vor, seinen Vater ins Altersheim zu bringen. Er erzählte dem Vater, dass es ihm und seiner Frau zu aufwendig sei, sich um ihn zu kümmern und er in einem Altersheim besser aufgehoben sei. Der Vater erbat einige Tage Zeit, um sich auf die neue Umgebung einzustellen. Traurig darüber, dass sein Sohn ihn

als Last empfand, stieg er einige Tage später ins Auto seines Sohnes und setzte sich hinten neben seinen Enkel, der noch ein kleiner Junge war.
Fast angekommen, sagte der Vater zum Sohn: «Mein Sohn, bitte, halt an und lass mich hier bereits aussteigen.»
Der Sohn war erstaunt, es waren noch etwa hundert Meter bis zum Heim und sein Vater war ein gebrechlicher, alter Mann, der kaum noch stehen, geschweige denn gehen konnte.
«Wieso denn, Vater? Lass mich dich bis zum Eingang bringen», entgegnete er.
«Nein, mein Sohn, ich möchte hier raus. Denn da vorne habe ich damals meinen Vater aussteigen lassen, als ich ihn hierher brachte ...»
Der junge Mann hielt inne, schaute zu seinem eigenen Sohn und fuhr wieder zurück nach Hause – mit seinem Vater. Er begriff: So wie er es seinem Sohn vorlebte, würde er es in einigen Jahren selbst erleben.

11

Einen Moment lang stand ich da, an die Wand gelehnt, und hielt die Luft an. Ich hatte soeben allein gefrühstückt, da die anderen noch schliefen, und war auf dem Weg zu meinem Zimmer, als ich Luans Stimme hörte. Um die Ecke, am Ende der mit einem roten Samtteppich belegten Treppe, stand er und telefonierte.
Ich hörte die Worte, die er gebrauchte, seine sanfte Stimme und bemerkte, mit wie viel Liebe er sprach. Ich hörte die Namen, mit denen er sie bedachte, die Versprechen, die er ihr machte, und die Freude in seiner Stimme, wenn er lachte. Das Gespräch dauerte nicht mehr lange, Luan verabschiedete sich mit den drei berühmten, eindeutigen Worten und ich hörte nur noch, wie die Tür seines Zimmers ins Schloss fiel.
Seine Worte hallten in meinem Kopf nach.
Ich spürte einen Stich im Herzen, wie es sich zusammenzog und mir die Luft abschnitt.

* * *

Wir hatten den Abend davor in einem kleinen, unscheinbaren Restaurant in Pogradec verbracht. Während wir die Spezialität des Hauses, eine Art Gulasch, aßen, hatte Luan von meinen fehlenden Gesangskünsten und meinen Anekdoten während der Autofahrt erzählt. Wir hatten viel gelacht, einander peinliche Geschichten aus der Vergangenheit anvertraut und den Abend im lebhaften Viertel rund um das Restaurant genossen.
Luan war mir gegenüber gesessen und hatte mich den ganzen Abend lang immer wieder angelächelt. Ich konnte seine Art noch immer nicht einordnen, doch versuchte ich, mir keine Gedanken darüber zu machen.

Das Restaurant war voll gewesen und die Einheimischen, die uns gleich als Touristen erkannt hatten, beschenkten uns mit Hauswein und Rakia, bis ich fürchtete, nicht mehr gerade gehen zu können.
Die Runde war perfekt: Ich erzählte ihnen von den Trinkspielen in der Schweiz und sie erklärten mir, wie man richtig Rakia trinkt: nach jeweils zwei großzügig gefüllten Rakia-Gläsern einen Schluck Wasser nehmen und dann wieder zwei Gläser Rakia trinken. Allein das Proben versetzte uns alle in einen Rausch und es war kein Wunder, dass die Stimmung immer lockerer wurde.
«Shote, sag mal, bist du eigentlich verliebt?», hatte Hava die darauffolgende Diskussion angezettelt. Ich wusste nicht mehr genau, was ich ihr gesagt hatte, doch Luan hatte bereits meine Hand genommen, zu Hava geschaut und ihr geantwortet:
«Spürst du denn nicht die Funken zwischen uns fliegen?»
Ich hatte mit den anderen mitgelacht, obwohl mir mein Herz bis zum Hals schlug. Ich spürte den Rakia und es war an der Zeit, ins Hotel zurückzukehren und die Erlebnisse des Tages niederzuschreiben. Doch meine Freunde hatten andere Pläne und versuchten mich für einen Tanzclub zu begeistern.
«Wisst ihr was? Bringt mich doch ins Hotel, dann könnt ihr die ganze Nacht durchfeiern. Morgen schlafen wir dann schön aus – was meint ihr?», hatte ich ihnen angeboten und war bereits aufgestanden, um nach der Rechnung zu bitten.
Das Hotel lag glücklicherweise ganz in der Nähe des Restaurants und wir spazierten zu viert zurück.
Während Hava und Gjon Hand in Hand vorausgingen, folgten Luan und ich ihnen langsam.
«Endlich bist du mal etwas aus dir herausgekommen», sagte Luan und schaute mich an.
«Behalte das bei, denn es zeigt eine ganz neue Seite an dir», ergänzte er und lächelte mich an.

Gemeinsam gingen wir ins Hotel zurück, Seite an Seite.

* * *

Obwohl ich durch Luans Geschichte im Park wusste, wie er zu dem Thema Liebe stand, hatte ich in den letzten Tagen immer wieder gespürt, wie sehr ich seine Nähe schätzte. Nun war es offensichtlich, dass ich mir falsche Vorstellungen gemacht hatte. In diesem Augenblick versuchte ich rational all die Momente herunterzuspielen, die ich in den letzten drei Tagen mit Luan erlebt hatte.

Ich atmete tief ein und aus. So war es nun mal und ich hatte die Zeichen falsch gedeutet.

Es schmerzte mich nicht, dass Luan eine Freundin hatte. Er war ein wunderbarer Mensch, und zu hören, wie glücklich er am Telefon gewesen war, freute mich von Herzen.

Jeder Mensch verdiente es, jemanden zu finden, der einen aufblühen lässt, der einen fühlen lässt, dass man vollkommen ist, und bereits ein Gedanke an ihn reichte, um pure Liebe zu empfinden.

Mich schmerzte, dass ich mich bei Luan so unvorsichtig und gedankenverloren in dieses Gefühl hineingesteigert hatte. Dabei wusste ich es doch besser.

Vielleicht war es Luans herzliche und ehrliche Art, die mich so für ihn eingenommen hatte. Sein Talent, mit Worten umzugehen, nicht nur in seinen Drehbüchern, sondern auch im Umgang mit seinen Mitmenschen – und mit mir.

Wahrscheinlich sah er mich wie Hava, wie eine kleine Schwester, um die er sich kümmerte und die er auf der Reise beschützte.

Der Gedanke spendete mir Trost und doch fühlte ich mich noch nicht bereit, so vor Hava zu treten, die mit mir ein Zimmer teilte.

Ich lief die Treppen hinunter zum Eingang, wo ich eine Toilette für Gäste gesehen hatte.

Wie in Albanien üblich, wartete dort eine Putzfrau. Es war mir unangenehm, dass sie mich in diesem Zustand sah, doch ich hätte den anderen nicht so aufgelöst begegnen können. Gerade wollte ich mit der Seife mein Gesicht waschen, als die Dame sagte:
«Liebes, was tust du denn da?», fragte sie mich erschrocken. Sie legte ihre Hand kurz auf meine Schulter und holte eine andere Seife aus einem Schrank.
«Hier», sagte sie mit ihrer ruhigen Stimme, «damit geht es besser.»
Ich wusch mein Gesicht und trocknete es mit dem Handtuch ab, das die Dame mir reichte. Beschämt wollte ich mich gerade bedanken und verabschieden, als sie mich fragte:
«Ist wirklich alles in Ordnung?»
«Ja, ja ... natürlich. Das ist mir nur sehr unangenehm, bitte entschuldigen Sie.»
«Was auch immer es ist, das dich jetzt so schmerzt, mach dir darüber nicht so viele Gedanken. Es ist *Kismet* – es kommt so, wie Gott es niedergeschrieben hat», sagte sie lächelnd und setzte sich auf den Stuhl neben dem Lavabo, als wollte sie sich nach diesen Strapazen erholen. Sie hatte ihre grauen Haare zusammengebunden und trug eine blau-weiße Uniform. Ich gab ihr das nasse Handtuch zurück, das sie in einem großen Wäschekorb verstaute.
Ich nickte bloß und wusste, wie recht sie hatte. Und doch wollte ich daran glauben, dass ich mein Leben selbst in die Hand nehmen konnte.
«Gottes Wege sind unergründlich, sagen auch wir in der Schweiz.»
Dieser Satz hatte auf viele Menschen eine magische Wirkung. Als würde er die Wunden heilen, die das Leben mit sich brachte. Auch Albaner fanden Trost in dem Wort «Kismet»: Sie vertrauten

auf die Wege des Lebens mit der Begründung: «So will es das Schicksal.»
«Man muss Vertrauen haben in Gottes Plan», sagte sie, «auch wenn wir Ihn nicht immer verstehen, auch wenn Er uns verletzt und auch, wenn Er uns einen geliebten Menschen nimmt», sagte die ältere Dame ruhig, als hätte sie den Widerstand in mir gespürt.
Mir kamen die Tränen wieder hoch, diesmal jedoch nicht wegen Luan, sondern wegen meiner Großmutter.
Die Frau sprach in einer sanften Stimme zu mir, genauso wie Nana das immer getan hatte. Auch sie hatte fromm an die Wege Gottes und an das Schicksal geglaubt.
«Ich verstehe das. Und ich glaube auch daran, dass alles einen Grund hat. Doch ich frage mich, wieso guten Menschen Dinge passieren, die sie nicht verdient haben? Und wieso andere davonkommen, die es nicht verdient haben», sprach ich zu der älteren Dame, in der Erwartung, sie könne das Rätsel des Lebens lösen. Ich dachte an all die schweren Momente, die die Menschen in meinem Umfeld und ich hatten durchmachen müssen. Ich wollte mich nicht einfach damit abfinden, dass dies der Lauf der Dinge war.
«Eh Zemer – Gott allein weiß, welcher Weg für uns bestimmt ist oder welche Erfahrungen wir sammeln müssen und wozu. Meine Mutter erzählte mir früher immer diese eine Geschichte.

Zwei Pferde

Ein Bauer hatte zwei Pferde. Eines war stark, schnell und arbeitete, wie man es sich nur wünschen konnte. Das andere Pferd war faul, langsam und träge und konnte nur eingesetzt werden, wenn das fleißige Pferd es mitzog.

Der Bauer brachte eines Tages die Ernte auf den Markt und nahm seinen Sohn mit. Unterwegs fiel diesem auf, dass der Vater immer nur das tüchtige Pferd anschrie und auspeitsche, jedoch nie sein faules Tier.
Beim Markt angekommen, fragte der Junge seinen Vater:
«Vater, du hast den ganzen Weg hindurch das eine Pferd gezüchtigt, aber nie das andere. Wieso das?»
«Mein Sohn, das andere Pferd ist faul und träge. Egal wie viel Kraft ich verschwende, um es anzuschreien oder es mit der Peitsche ermahne, ich werde lediglich schwächer und das Pferd wird sich dadurch nicht mehr bewegen – es ist einfach seine Natur! Aber beim anderen Pferd, das stark und fleißig ist, weiß ich, dass ich noch das Beste herausholen kann.»

«So ergeht es auch manchen Menschen», erklärte mir die Frau. «Die einen haben ein Leben, das bereits seinen Zweck erfüllt: Sie sind da, damit sie mit dem Strom schwimmen. Doch die fleißigen und mutigen Menschen stellt Gott vor schwere Aufgaben, damit sie wachsen, aufblühen und ihr Schicksal erfüllen. Deswegen sind diese Menschen meist so gütig und großzügig: Sie wissen, wie ist es, am Ende der Kräfte zu sein.»

12

«Sabr», sagte meine innere Stimme – Geduld. Vertrauen. Es kommt, wie es vorgesehen ist. Ich sagte mir dieses Wort so oft, dass ich es als Mantra empfand. Doch es half, ich spürte die innere Ruhe zurückkehren und es war mir bewusst, dass mein Weg ein anderer war.
Wir hatten einen wunderschönen Tag in Pogradec verbracht, aßen am Mittag frischen Fisch in der prallen Sonne in einem Restaurant am Strandufer und machten eine lange Tour mit meinem neuen Freund: dem Bootsführer. Ich dachte an all die besonderen Orte, die mich hier noch erwarteten und versuchte so, den Tag zu genießen und Pogradec in positiver Erinnerung zu halten.
Am späten Nachmittag fuhren wir weiter nach Korcë, wo wir ein zauberhaftes, kleines Hotel gleich hinter der bekannten Kathedrale fanden.
Im Hotel gab es nur noch ein Doppelzimmer und das Familienzimmer im Dachgeschoss. Hava und ich entschieden uns für Letzteres.
Die Einrichtung hätte albanischer nicht sein können: Es war alles in traditionellem Stil gehalten, ein flauschiger, roter Teppich zierte den Boden und das schräge Holzdach machte das Zimmer besonders charmant. Eine große albanische Flagge hing an der Wand, Bücher von Ismail Kadare standen im Regal und boten Einblick in die schönen Erzählungen des berühmten albanischen Schriftstellers.
Der Tag hatte mich gefordert und ich war so müde, dass ich nur noch ins Bett fallen wollte. Während meine neuen Freunde ihre Verwandten in Korcë besuchten, telefonierte ich mit meiner Mutter, erzählte ihr von den Ortschaften und schickte ihr Bilder

von unserer Gruppe, so dass sie sehen konnte, mit wem ich die Reise bestritt.
«Du hättest es wesentlich schlimmer treffen können», sagte sie schmunzelnd, als sie Luan und Gjon sah, und ich musste lachen. Meine Mama schaffte es, mein Herz mit ihren Worten zu heilen, ohne zu wissen, dass es angeschlagen war. Mit dem Gedanken an die Geschichte der beiden Pferde fiel ich endlich in einen tiefen Schlaf.

* * *

Die dünnen Vorhänge verhinderten nicht, dass die Sonnenstrahlen am frühen Morgen Hava aus dem Schlaf rissen. Sie war keine sehr leise Person und so dauerte es nicht lange, bis auch ich wach wurde.
Bereits am Morgen war sie bestens gelaunt und ihr Lächeln, ihr fröhliches Wesen waren so ansteckend, dass ich mit einem Lachen aus dem Bett stieg.
Ich wünschte, ich hätte Hava schon viel früher kennengelernt, und schätzte es, wie sie alle in ihrem Umfeld, allein durch ihre Art, fröhlich stimmen konnte.

Korcë war eine historische Stadt: Hier wurde die erste albanische Schule eröffnet, die heute ein Museum der Bildung ist, und viele Legenden erzählen und handeln von ihr. Gleich bei unserem Hotel war jedoch die Hauptsehenswürdigkeit der Stadt: die Kathedrale von Korcë.
Sie wirkte majestätisch und edel, und die mit Steinen gepflasterte Treppe zum Eingang war wie der Weg auf ein Podest.
Es war Sonntag, die Messe war soeben zu Ende gegangen und die Menschen verabschiedeten sich von ihren Familienmitgliedern, wünschten sich eine gute neue Woche oder verabredeten sich zum Mittagessen.

Für mich war dies die schönste Zeit, um in ein Gotteshaus zu gehen: Der Geist des Glaubens hing noch in der Luft, doch ansonsten war die Kathedrale fast leer.
Während Hava, Gjon und Luan sich beim Eingang über die Tradition, Kerzen anzuzünden, unterhielten, wollte ich einen kurzen Rundgang machen.
Ich hatte schon immer daran geglaubt, dass Gottes Haus jedem Menschen offensteht und somit auch alle in jeder Kirche, Synagoge oder Moschee willkommen waren.

Die Kunstwerke in der Kathedrale waren beeindruckend schön und während ich anhand der Bilder an den Wänden die Geschichte der christlichen Albaner interpretierte, erhellten Sonnenstrahlen den ganzen Raum.
Es waren Holzstühle aufgestellt, wo sonst Bänke standen, und auf den kunstvoll angefertigten Holzstützen an den Wänden oder den mit rotem Samt verzierten Beichtstühlen erkannte man den Doppelkopfadler, das Symbol der Albaner. Der eine Kopf stand für die Religion, der andere für den Staat. Es bedeutete, dass dies zwei Zweige eines Baums waren, die Albanien ausmachten, jedoch getrennt voneinander bestanden.
Ich ging nach vorne zum Altar und der Pfarrer las noch in der Heiligen Schrift, als ich mich in die erste Reihe setzte und ein Gebet sprechen wollte.
«Guten Tag, meine Tochter», sagte der Pfarrer, als er mich sah.
«Guten Tag, Vater», antwortete ich.
Der Pfarrer nickte, als er sich verabschiedete, und ich saß noch eine Weile da und sprach, wie immer, wenn ich in einem Gotteshaus war, ein Gebet für meine Mitmenschen.
Eine Frau setzte sich ein paar Stühle neben mir hin und bewunderte den Innenraum der Kirche. Sie schaute zu mir herüber und lächelte mich an.

«Ist all das nicht wundervoll?»
Ich nickte zustimmend und lächelte zurück. An ihrem Dialekt erkannte ich, dass sie aus dem albanischen Teil Nordmazedoniens war.
«Sie sind auch zu Besuch hier?»
«Ich bin mit meinem Mann für ein paar Tage hier im Urlaub. Er wartet draußen, da er Kirchen nicht besonders mag. Wir sind aus Gostivar, kennen Sie die Stadt?»
«Aber natürlich», antwortete ich ihr, «meine beste Freundin stammt aus Gostivar. Ich war leider noch nie dort, aber, wer weiß, vielleicht ergibt sich das in den nächsten Wochen», und ich erzählte der Frau von meinen Reiseplänen.
«Das ist ja wundervoll! Sie machen das genau richtig. Reisen beflügelt die Seele, pflege ich zu sagen, es macht einen offen für die Welt. Reflektierter. Man versteht durch die Beschäftigung mit den verschiedenen Kulturen so vieles über die eigenen Werte und auch, was man von anderen lernen kann», erklärte sie mir.
Ich schätzte die Dame etwas über fünfzig Jahre alt, sie trug ihre schulterlangen, blonden Haare offen und sie hatte ein langes, blaues Kleid an.
«Ich sehe das genauso wie Sie. Wir haben ja oft die Angewohnheit, andere zu kritisieren, aber ich glaube, dass wir vieles schon verändern, wenn wir uns auf uns selbst fokussieren. Versuchen, die Dinge aus mehreren Perspektiven zu sehen. Auch wenn das nicht immer ganz einfach ist …»
«Sie haben es auf den Punkt gebracht. Es ist wie in der Geschichte des Gehörlosen», sagte sie und fragte, als sie meinen Gesichtsausdruck sah:
«Kennen Sie die Geschichte?»
«Nein, aber ich liebe alte Geschichten. Würden Sie mir sie erzählen?»

Der Gehörlose

Ein Mann telefonierte mit seinem Arzt, da er befürchtete, seine Frau sei taub geworden. Er erklärte dem Arzt, dass er seine Frau oft rufe, sie jedoch nie antworte und ihn ignoriere.
Der Arzt wollte das Gehör der Frau testen und bat den Mann, nach seiner Frau zu rufen, wenn er zwei Zimmer von ihr entfernt war.
Der Mann rief, doch seine Frau reagierte nicht.
Der Arzt bat ihn, näher ranzugehen und seine Frau zu rufen. Der Mann wiederholte es, doch es kam noch immer keine Antwort.
Der Arzt ließ den Mann die Übung so lange wiederholen, bis dieser direkt hinter seiner Frau stand und ihren Namen schrie. In diesem Moment drehte sie sich um und schrie zurück:
«Was zum Teufel ist los mit dir? Seit fünf Minuten antworte ich dir und du rufst mich noch immer!! Bist du taub?»

Die Dame und ich lachten über die Geschichte, die zeigte, wie oft wir davon ausgingen, das Problem beim anderen finden zu können, statt es zuerst bei uns selbst zu suchen.
Ich bedankte mich bei ihr für ihre Anekdote und verabschiedete mich. Meine Freunde waren noch immer draußen, unterhielten sich nun über die Gottesdienste und welchen Einfluss die Religion auf die Menschen hatte. Ich hielt kurz inne, drehte mich dann um und lief nochmals zurück, zündete drei Kerzen an, legte dreihundert Lekë in die Spendentruhe und winkte der Dame noch einmal zum Abschied.
Als ich nach draußen kam, fragte Hava:
«Wo warst du denn jetzt wieder?»
«Ich habe drei Kerzen angezündet», erklärte ich ihr.
«Eine für die Vergangenheit, die uns Dinge gelehrt hat. Eine für die Zukunft, in der wir diese Lehren umsetzen. Und eine für das Jetzt, in dem wir leben und genießen dürfen und sollen», ergänzte ich.

Die drei schauten sich erstaunt an und fingen an zu lachen.
«Shote, du bist definitiv am Verhungern! Lasst uns essen gehen, bevor unsere Philosophin hier noch weitere Weisheiten auspackt!», sagte Luan und packte mich am Arm, während wir ins Stadtzentrum gingen.
Wir liefen über die Straße, vorbei am städtischen Theater und in ein schönes Quartier voller Cafés, Restaurants und hölzernen Sitzbänken. Der Platz war mit langen Lichterketten geschmückt und die Menschen spazierten von einem Café ins nächste, unterhielten sich mit Bekannten, während ihre Kinder um die Laternen rannten und Fangen spielten.
Neben den einladenden Holzhütten, die idyllisch in einer Reihe standen, war ein Brunnen aus Stein, der, mit einem Holzdach ausgestattet, das Bild des Dorfkerns perfekt machte.
Ich schaute hinunter in die dunkle Tiefe des Brunnens. Es war, als würde er alles, was je hier hineinfiele, nie wieder hergeben.
Wäre es nicht schön, wenn man hier all seine Ängste, seine Schmerzen, alle Enttäuschungen einfach loswerden und im Brunnen ertränken könnte?
Ich stellte mir vor, wie ich all das Belastende aus meinem Inneren herausholte, es sammelte, formte und den Klumpen, den ich so lange in mir getragen hatte, in diesen Brunnen warf.
Mich seiner entledigte.
Es war an der Zeit, das Licht in mir wieder strahlen zu lassen.

«Ich möchte Kuchen essen gehen!», sagte ich zu Luan, der noch neben mir stand, mich anschaute und kopfschüttelnd lächelte.
Ich musste unsere Freundschaft nicht verstehen und auch nicht jedes Detail nachvollziehen können, um zu wissen, dass wir uns mochten.
Vielleicht war das, was wir jetzt hatten, auch genug.

13

Nach unserem Kirchenbesuch in Korcë aßen wir zu Mittag und holten uns in einer bekannten Bäckerei ein Stück Kuchen für mich. Noch auf dem Weg zum Auto schlang ich das Stück Schokoladentorte runter und die anderen schauten mich erstaunt an.

«Was?», fragte ich und schaute in die Runde.

«Ich weiß nicht, wohin all das Essen in dir verschwindet!», antwortete Hava lachend und schüttelte den Kopf.

* * *

Gjirokastër. Bereits der Name war poetisch und hörte sich romantisch an – «die Stadt der Steine».

Ich wusste nicht viel über den Ort, den wir in einigen Stunden erreichen würden, doch kaum eine andere Stadt in Albanien repräsentierte so viel Kultur wie sie. Sie war der Geburtsort Ismail Kadares, des bekanntesten albanischen Schriftstellers, wie auch von Enver Hoxha, dem ehemaligen kommunistischen Führer Albaniens.

Es erschien unwirklich, dass zwei so unterschiedliche Menschen in dieser einen Stadt geboren wurden. Der eine friedlich, der Kunst zugeneigt und voller Liebe für sein Land und seine Sprache. Der andere so von sich und seiner Ideologie überzeugt, dass er das Land jahrzehntelang isolierte und unterdrückte.

Die Fahrt dauerte fast fünf Stunden und es hatte sich eingespielt, dass Luan und ich als Fahrer und Reiseführerin vorne saßen, während Hava und Gjon es sich hinten im Auto gemütlich machten.

Gjon war ein ausgezeichneter Sänger und spielte den «DJ», indem er uns nach unseren Lieblingsliedern fragte und diese wundervoll zum Besten gab. Wir lachten und sangen mit, ich kannte erstaunlicherweise sogar die meisten Texte der alten Lieder und die Zeit verging wie im Flug. Als Gjon das Lied «Heroi» von den Iliret sang, welches ich seit Jahren nicht gehört hatte, versetzte er mich damit in eine andere Zeit und ließ mich in alten Erinnerungen schwelgen.

Der Weg nach Gjirokastër war eine wahre Herausforderung. Steile Hügel, schlechte Straßen, alte Dörfer im Nirgendwo, die in der Zeit des Kommunismus stehen geblieben schienen. Die Bunker taten den Rest, und jedes Mal, wenn ich wieder einen erblickte, lief mir ein kalter Schauer über den Rücken.

In Tirana waren mir die Bunker natürlich auch aufgefallen, doch in der so lebendigen und farbenfrohen Stadt gingen die schrecklichen Monumente unter.

Hier waren sie teilweise wie eine Warnung ausgestellt – als ob jederzeit ein Krieg ausbrechen könnte.

Gjon ließ jedoch keine schlechte Stimmung aufkommen und wann immer es wieder etwas ruhiger wurde, sang er die schönsten Lieder aus der Vergangenheit, die uns alle auf andere Gedanken brachten.

* * *

Als wir Sonntagabend in Gjirokastër ankamen, war es so dunkel geworden, dass wir die besondere Architektur der Stadt bereits nichts mehr erkennen konnten. Ich hatte unterwegs unsere Zimmer in einem Hotel in der Altstadt gebucht und wir alle hatten den Schlaf nach der langen Fahrt nötig. Die letzten Tage waren eine Achterbahn der Gefühle gewesen und es war das erste Mal, seit ich Hava kannte, dass ich mich mit ihr über ein Thema nicht unterhalten konnte. Ich fragte mich, wieso sie nie erwähnt hatte, dass Luan vergeben war. Doch dann rief ich mir in Erinnerung, dass ich meine Gefühle und diese Gedanken im Brunnen in Korcë zurückgelassen hatte.

Mit Hava an meiner Seite waren jedoch selbst die traurigen Momente leichter zu ertragen. Wir sprachen jeden Abend vor dem Schlafengehen über die Parallelen und Unterschiede in unseren Welten und es berührte mich, wie offen sie ihre Ängste und Sorgen, ihre Wünsche und Träume mit mir teilte. Ich hörte ihr gern zu und versuchte ihr Trost zu spenden, ihr Mut zu machen und ihr dann mit Scherzen wieder ein Lächeln ins Gesicht zu zaubern. Genauso tat sie es auch bei mir.

«Ich bin so dankbar, dass du in unser Leben gekommen bist, Shote», sagte sie vor dem Einschlafen und wünschte mir eine gute Nacht.

Mir kamen die Tränen, wie ich so im Bett lag und ihre Worte hörte. Ich hatte Freundinnen auf der ganzen Welt, doch mit Hava war es anders. Sie war wie eine kleine Schwester, die zu mir aufschaute; dabei war ich es, die sie für ihre Liebe, Güte und Herzlichkeit so bewunderte.

Am nächsten Tag warteten viele Erkundungen auf uns: Ich wollte das Haus von Enver Hoxha sehen, das Museum von Ismail Kadare besuchen und natürlich die bekannte Burg von Gjirokastër erklimmen.

Wir frühstückten Krofne, ein Gebäck, das mit Konfitüre oder Schafskäse und Honig gegessen wird, und tranken den bekannten «Caj Mali», den Waldtee.

«Wo fangen wir am besten an?», fragte ich in die Runde, als ich als Letzte mein Besteck auf den Teller legte.

«Ich würde vorschlagen, wir arbeiten uns rauf – zuerst das Haus Enver Hoxhas, dann das Museum Ismail Kadares und dann, wenn noch Zeit bleibt, die Burg. Eine alte Bekannte von mir arbeitet hier als Touristenführerin, ich habe sie gestern Abend noch erreichen können. Sie erwartet uns bereits», erzählte Luan und klatschte in die Hände, als würde er den Startschuss zum Aufbruch abfeuern.

Er hatte den Plan bereits erstellt und an jedes Detail gedacht. Ich liebte seine schöne Angewohnheit, sich so um uns zu kümmern.

Mimoza, die Bekannte Luans, stellte sich als unsere Stadtführerin vor. Die etwa 40-jährige Frau trug einen dunkelroten Wollpullover, einen Blazer und enganliegende schwarze Hosen. Sie erinnerte mich ein wenig an Schneewittchen: Sie hatte eine weiße, zarte Haut, dunkle, lange Haare und blutrote Lippen.
Luan und sie erzählten uns Geschichten aus ihrer Ausbildungszeit, die sie zusammen erlebt hatten. Sie schienen eine schöne Beziehung zu pflegen und irgendwie fiel es mir schwer, die beiden so zusammen zu sehen.
Wir waren beim Haus Enver Hoxhas angekommen und ich starrte auf die Holztreppen, die zum Eingang führten. Schon draußen war die eisige Atmosphäre des Hauses zu spüren.
«Wieso tun wir Menschen uns das nur an?»
Meine Frage erstaunte Mimoza nicht. Wahrscheinlich war ich nicht die Erste, die sie damit konfrontierte. Mimoza zuckte mit den Schultern und presste ihre Lippen zusammen.
«Kommt, lasst uns reingehen, bevor die nächsten Touristen kommen», sagte sie und ging voraus.

Meine Großmutter hatte in ihrem Notizbuch den Wunsch niedergeschrieben, Enver Hoxhas Haus zu besichtigen. Das ehemalige Hauptquartier seiner Familie war mittlerweile ein Museum, das Touristen als Attraktion angeboten wurde.
Hier war ich nun, tauchte ein in das große Kapitel der albanischen Geschichte und hörte mir an, wie Enver Hoxha vom kleinen, wissbegierigen Jungen zum Diktator dieses Landes wurde.
Den «gebildetsten aller kommunistischen Parteiführer seit Lenin» hatte man ihn genannt.

Gjon und Hava bewunderten die Gemälde an den Wänden des Altbaus, auf welchen die Menschen und Trachten aus früheren Zeiten abgebildet waren. Die aus Holz geschnitzten Möbel, Figuren und Kunstwerke, die überall aufgestellt waren, und all die traditionell bestickten, weißen Bettdecken, die auf den dunkelroten, langen Sitzkissen präsentiert wurden, gaben ein wunderschönes Bild ab. Nie hätte ich gedacht, dass dieses Ambiente der Ursprung von so viel Leid hätte sein können.

Während Luan mit Mimoza über die jahrzehntelange Herrschaft Hoxhas diskutierte, hörte ich zu und wusste nicht, wie ich dieses Kapitel einordnen sollte. Es war erschreckend zu erfahren, wie die Menschen zu dieser Zeit gelebt hatten. Auch wenn ich einige Geschichten von früher kannte, war es etwas anderes, sie in diesen Räumen zu hören, während ein Foto aus den Jugendjahren Hoxhas mir entgegenlächelte.

Gerade erklärte Luan, wie die gesellschaftliche Elite und auch Dichter, Künstler oder Gläubige exekutiert worden waren. Mimoza schien das nicht mehr zu berühren, doch ich hörte den Schmerz in Luans Stimme. Ich nahm an, Mimoza durfte als Touristenführerin keine Meinung abgeben, wunderte mich aber über die Emotionen, die Luan zu empfinden schien.

In jedem Zimmer waren Fotos von Enver Hoxha und seiner Familie aufgestellt. Ich versuchte, das Böse in ihm zu erkennen, doch ich sah lediglich einen kleinen Jungen, der die Welt – sein Land – verändern wollte.

Jedes Zimmer des großen, mehrstöckigen Gebäudes hatte seinen Zweck: Eines diente als Ruheraum der Frauen, eines war der Speisesaal der Männer, ein weiteres Zimmer war der Teeraum und ein anderes wurde als Empfangszimmer für die Gäste genutzt.

Luan lief unruhig hin und her und versuchte, mit Mimoza eine Diskussion zu führen, die sie jedoch abblockte. Ich ging zu ihm hin, denn sein Verhalten erstaunte mich – ich hatte ihn bisher

noch nie so erlebt, doch er schien in diesem Haus fast wahnsinnig zu werden.
«Luan, ist alles in Ordnung? Sollen wir lieber gehen?», fragte ich ihn und hätte am liebsten seine Hand genommen, doch traute ich mich nicht.
«Nein, nein, mir geht es gut, aber dieser Ort hier … Spürst du denn nicht, wie schlimm es hier ist? Dieser Ort ist mit so viel Hass erfüllt, mit so viel Negativität. Ich kann nicht glauben, dass hier die Ausgeburt der Hölle lebte. Genau hier! Und wir kommen auch noch hierher und bezahlen Geld dafür, das Haus dieses Monsters zu sehen.»
Ich schaute in seine Augen und wusste nicht, ob sie Trauer oder Wut ausdrückten.
«Du verstehst das nicht, Shote. Seine Gefangenen wurden in die Berge verschleppt, allein, nackt, ohne nichts. Man brachte sie in alleinstehende Holzhütten ohne Wasser oder Strom, wo es nichts gab außer den Wäldern drumherum. Man quälte die Menschen mit glühenden Drähten oder draußen in der eisigen Kälte. Dort verhungerten sie oder sie wurden in der Einsamkeit wahnsinnig – oder man erschoss gleich eine ganze Familie, weil sie einen bestimmten Glauben lebten. Shote, es gab Arbeitslager, in denen Menschen jahrzehntelang gefangen gehalten und gefoltert wurden. Man zwang sie, heißes Wasser mit Würmern zu trinken – und …», Luan stockte. Er schaute mich an und das Elend war ihm ins Gesicht geschrieben.
«Das war Enver Hoxha, Shote: Vertreter einer brutalen Ideologie, die er an seinem eigenen Volk auslebte.»
Luan konnte sich nicht mehr zurückhalten und ich spürte, wie nahe ihm und den anderen das Thema ging. Auch Hava war still, während Gjon sie im Arm hielt. Ich wusste nicht, wie ich mich verhalten sollte, und schaute zu Mimoza, doch ihr Blick war auf den Boden gerichtet.

«Es tut mir leid, Luan. Ich wusste das nicht», sagte ich, doch Luan reagierte nicht.
«Ich glaube, wir haben genug gesehen», meinte er nur zu Mimoza und sie verstand.
Wir verließen das Haus und Mimoza schlug vor, als Nächstes das nahegelegene Museum Ismail Kadares zu besuchen. Luan sagte nichts mehr und ging voraus. Ich wollte ihm hinterher, doch hielt ich mich zurück. Normalerweise würde ich ihm nachgehen und mich um ihn kümmern, doch bei Luan wollte ich mich nicht aufdrängen. Ich war nicht seine Vertraute und das war die einzige Person, die ihm jetzt geholfen hätte.
«Bitte, Shote, nimm es nicht persönlich», sagte Hava zu mir, als wir losgingen.
«Unsere Eltern waren als Kinder in diesen Lagern und als sie jung starben, war Luan davon überzeugt, dass dies aufgrund ihrer Erlebnisse dort geschah», erzählte Hava und ihre Augen füllten sich mit Tränen.
«Das wird wieder. Lasst uns bitte gehen und all das hinter uns lassen», sagte sie.
Gjon nahm Hava bei der Hand und warf mir ein aufmunterndes Lächeln zu.
Ich schaute auf das Haus zurück und konnte nicht begreifen, wie ein Mensch seinem eigenen Volk all das hatte antun können.

* * *

Das Museum Ismail Kadares war etwa einen Kilometer vom Haus der Familie Hoxha entfernt und wir gingen den Weg zu Fuß. Die Stimmung war sichtlich getrübt und obwohl Gjon versuchte, uns mit Scherzen abzulenken, waren wir doch alle noch dabei, die letzten Eindrücke zu verarbeiten.
Der Weg zum Museum war eine willkommene Abwechslung für die Sinne: Die Straßen Gjirokastërs waren mit Pflastersteinen

bedeckt, die Gebäude noch in ihrem altertümlichen Stil gehalten und überall sah man Wahrzeichen der albanischen Kultur. Gjirokastër war wie ein riesiger Berggipfel und alles war in oder aus Steinen erbaut worden. Der Anblick war inspirierend und ich konnte verstehen, wie Kadare in wundervollen Worten die Schönheit, die hier anzutreffen war, beschrieben hatte.

Ich sah Touristen aus aller Welt die traditionellen Kleider und Gewänder bewundern, die an den Außenwänden der Hütten entlang der Straße ausgestellt waren, und fühlte mich ein wenig stolz darüber, wie sehr unsere Kultur bewundert wurde.

Mimoza führte uns zum Museum des Schriftstellers und ich war voller Vorfreude, als wir davorstanden. Das Gebäude wirkte von außen grob und mit einem großen «K» für «Kadare» an der Wand hieß es uns willkommen.

Im Inneren des modernen Gebäudes luden die Werke des Künstlers zum Staunen ein und ich fühlte mich wie in einer dieser alten, heimeligen Bibliotheken. An den Wänden hingen Schwarz-Weiß-Fotografien Ismail Kadares und mein Wunsch, ihm hier zu begegnen und ihm meinen Respekt zu zollen, musste ich für einen anderen Besuch aufschieben.

«Er kommt ab und zu noch vorbei, ergänzt Werke, oder mischt sich unter die Leute», erklärte Mimoza auf meine Frage hin, ob er manchmal hier sei. Im Museum schien auch sie aufzublühen und sie erzählte vom Leben des Schriftstellers und seiner weltweit geachteten Kunst.

Das Museum war eine Oase des Friedens und ich empfand die Ruhe darin als schönen Ausgleich nach dem Besuch im Haus Enver Hoxhas. Trotzdem konnte ich nicht begreifen, wie in dieser Stadt voller Wunder und Geschichte zwei so unterschiedliche Menschen hatten aufwachsen können.

Mimoza schien meine Gedanken lesen zu können, als sie sagte:

«Es ist eine besondere Stadt und die Menschen, die hier leben, nehmen die Geschichte genauso an, wie sie ist. Es gibt kein Urteilen über die zwei großen Männer – beide waren nötig, damit das Land dahin kommen konnte, wo es heute ist.»
Ich dachte einen Moment lang über ihre Worte nach, doch fiel es mir schwer, sie zu akzeptieren.
«Enver Hoxha hat so viel Leid über die Menschen gebracht, während Ismail Kadare Geschichten erzählte und den Menschen etwas bot, das es so vor ihm noch nie gegeben hatte. Albanische Literatur, Themen, die die Menschen hier angingen. Er hat die Kunst des Schreibens revolutioniert, hat zwischen den Zeilen Botschaften für sein Volk verfasst. Wie kann da beides gleichwertig sein?», fragte ich Mimoza.
«Gleichwertig ist vielleicht nicht das richtige Wort, doch ohne die Herrschaft Enver Hoxhas hätte es niemals die Geschichte Albaniens gegeben und somit auch keine Leiden. Kadare kam mitten in der Zeit des Kommunismus zur Welt. Vielleicht wäre er ohne Hoxhas Regime ganz anders erzogen worden oder hätte einen anderen Bezug zu Albanien gehabt. Man weiß nie, welchen Einfluss all die tragischen Momente der Weltgeschichte auf das Leben der Menschen haben. Doch ich weiß, dass man nicht ahnen kann, wohin man geht, wenn man nicht weiß, woher man kommt. War nicht genau dies Kadares Inspiration?», fragte Mimoza in die Runde, ohne eine Antwort zu erwarten.
«Nicht wissen, wohin man geht, wenn man nicht weiß, woher man kommt.» Ich notierte mir den Satz, der so genau zu meiner eigenen Geschichte passte, die zu verstehen ich mich gescheut hatte: Ich konnte nicht wissen, wohin ich gehen sollte, denn wenn ich ehrlich war, wusste ich nicht, woher ich kam.

Mimoza erzählte mir, wie sich eine neue Kultur in Albanien entwickelte. In dieser würden sich die jüngeren Generationen mit

der Diktatur auseinandersetzen, obwohl sie von ihren Familienmitgliedern selten oder nie darüber unterrichtet worden waren. Zu groß war die Angst, oder auch die Scham, die man diesem Kapitel gegenüber empfand.
«Doch wahrscheinlich ist genau dies der Grund, warum die jungen Menschen nicht mehr die Augen verschließen wollen», erklärte sie mir.
«Denkst du, irgendwann werden wir Menschen aufhören, uns solche Dinge anzutun?», fragte ich sie.
Mimoza dachte nach und sagte dann:
«Es kommt darauf an, Shote.»
«Worauf?», fragte ich.
«Auf das Umfeld», sagte sie und zeigte mit dem Zeigefinger auf meine drei Freunde.
«Lass mich dir eine Redewendung erklären:

Ein weiser Mann sagte einst: Ein Pferd, das von einem ehrfürchtigen Reiter geritten wird, wird genauso gut sein wie sein Herr. Ein Pferd, das von einem Nichtsnutz geritten wird, wird genauso faul werden.

Auch wir fügen uns in unser Umfeld ein. Daher ist es wichtig, in welchen Kreisen wir uns bewegen.»

14

Was auch immer Luan und Hava hatten durchleben müssen, es hatte sie in ihrem Sein geprägt. Luan, der sonst immer voller Witz und Charme war, zog sich an diesem Tag zurück. Auch Hava und Gjon waren niedergeschlagen und ich bot ihnen an, dass ich allein die Burg von Gjirokastër besuchen würde. Auch hatte ich das Gefühl, meine Gedanken ordnen zu müssen, und war deshalb froh, etwas Zeit für mich zu haben.
Wir verabschiedeten uns von Mimoza und während die anderen zum Hotel zurückgingen, wanderte ich den Hügel zur alten Burg hinauf.
Die Stadt wirkte ausgesprochen historisch und es schien mir, als ob jede Familie, die mir begegnete, und jedes Haus, das ich sah, eine eigene wertvolle Geschichte hatte.
Ich wusste nicht, ob es an diesem Vormittag oder an mir lag, doch es schien eine gewisse Melancholie in der Luft zu liegen und ich gab mich dieser hin.
Es war wichtig, auch Trauer empfinden zu können, denn ich glaubte daran, dass auch sie für das innere Gleichgewicht nötig war.
Gjirokastër hatte bereits vor Hoxha und Kadare schwere Zeiten und Kriege durchgestanden. Es erstaunte mich daher nicht, dass dieser bedrückende Teil der Geschichte hier zu spüren war.
Wie viele Menschen wohl ihr Leben in diesen Straßen gelassen hatten? Wie viele hatten hier den Tod aufgrund ihres Kampfes für die Freiheit gefunden?

Diese Opfer waren allgegenwärtig, nicht nur hier in Gjirokastër, in ganz Albanien oder im Kosovo.

Überall auf der Welt waren Menschen für ihre Rechte eingestanden und hatten sie eingefordert. Viele verloren selbst ihr Leben in diesem Kampf.
Es waren diese Heldinnen und Helden, denen wir unsere heutige Freiheit und unsere Rechte verdanken.

Die markanten Gebäude prägten den Stil der Stadt – steinige Dächer, Holzfenster und große Hoftore entführten den Betrachter in eine andere Zeit, in eine andere Welt.
Ich war nicht in Form und der steile, gepflasterte Weg zur Burg brachte mich ins Schwitzen. Ich wollte schneller gehen, doch immer wieder hielt ich an den Ständen am Straßenrand an, die mit Schmuck und Gewändern lockten.
An manchen Ständen wurden auch Tee und Gewürze angeboten, doch ich hatte kaum Geld bei mir und genehmigte mir lediglich eine Flasche Wasser von einer älteren Dame, die ihre Waren auf einem Tuch am Boden ausgebreitet hatte. Sie trug eine schöne, alte Tracht und allein ihr Anblick und wie sie die Gäste anlächelte, erfüllte mich mit Freude.

Es waren kaum Touristen da, als ich endlich oben bei der Burg ankam. Das frisch geschnittene Gras duftete und die Burg warf einen langen Schatten auf den Weg.
«Endlich etwas Abkühlung», dachte ich und zahlte beim Aufseher den Eintritt von 150 Lekë – etwas mehr als einen Euro.
Der schnelle Wechsel von praller Sonne und kühler Dunkelheit war für meinen Kreislauf zu viel. Mir wurde schwarz vor Augen und ich musste mich an der Wand abstützen, um nicht umzufallen.
Langsam gewöhnte ich mich an die Dunkelheit und konnte die Burg nun von innen betrachten. Die Steinmauern waren lediglich mit Fackeln beleuchtet und warfen ein romantisches Licht auf

das aufgestellte Waffenarsenal. Die Kanonen waren verrostet, die Kugeln schienen tonnenschwer und es war unmöglich, sich vorzustellen, dass all das tatsächlich einmal für die Kriegsführung genutzt worden war.

Ich ging durch die breiten Gänge und verirrte mich in den vielen Nebenzimmern, sprang in eine Art Kerker hinunter und verlor mich fast da unten, wohin kaum noch Licht durchdrang.

Auch Gefangenenzellen waren im Keller und ich dachte an all die eingesperrten Seelen, die das Tageslicht nur durch ein winziges Loch an der Decke hatten sehen können.

Die Steintreppen führten mich auf das «Dach» der Burg, wo sich das bekannte Freilufttheater befand. Man sagt, das Theater habe es bereits im Reich der Osmanen gegeben und der damalige Herrscher, Ali Pasha, habe Gjirokastër allein schon aufgrund dieses schönen Schauplatzes geliebt.

Alle paar Meter erzählten die Informationsschilder die Geschichte der Burg und ihrer zahlreichen Bewohner sowie des Theaters, welches Enver Hoxha als Hauptattraktion für seine ausländischen Gäste vorgesehen hatte.

Ich erinnerte mich, wie sogar meine Mutter von diesem Ort erzählt hatte, den sie nur durch Fernsehübertragungen kannte. Sie hatte davon geträumt, irgendwann einmal hier zu stehen und singen zu dürfen.

Ich setzte mich auf den Rasen, wo einst Stühle aufgereiht waren, um all die berühmten Artisten bewundern zu können. Die blühenden Gänseblümchen dufteten frisch, als ich sie pflückte und mich an mein Kindheitsspiel erinnerte: «Er liebt mich, er liebt mich nicht …»

Ich riss bei jedem Satz ein Blatt ab und hoffte, das Schicksal würde mir vielleicht ein kleines Zeichen senden, ob es diesen «er» für mich überhaupt gab.

Ich verwarf den Gedanken gleich wieder, nahm stattdessen Großmutters Notizbuch hervor und schrieb meine Eindrücke nieder. Was würde sie wohl von all dem hier halten?
Eine Weile lang blieb ich sitzen, genoss die Sonnenstrahlen auf meiner Haut und die Stille. Nur die Raben, die am Himmel kreisten, waren zu hören. Ich stand auf, ging zum Rand der Burg und schaute auf diese beeindruckende Stadt Gjirokastër hinunter.
«Welch ein Anblick», dachte ich.
Eine Informationstafel, die ich dort entdeckte, erzählte die Legende zur Burg von Gjirokastër.

Sie fiel wie ein Stern, doch sie erlosch nicht

Die Geschichte besagt, dass Prinzessin Argjiro die Schwester des Herrschers Gjon Zenebishi war, als die Burg im fünfzehnten Jahrhundert von osmanischen Besatzern eingenommen wurde. Argjiro weigerte sich, sich zu ergeben, nahm ihr neugeborenes Kind und lief zu diesem Punkt auf der Burgmauer. Von hier aus sprang sie in den Tod.
Wie durch ein Wunder überlebte Argjiros Kind, und an der Stelle, an der Argjiro starb, quoll Milch aus den Felsen hervor, um ihr Kind zu ernähren.
Ein geologisches Merkmal schien diese Geschichte zu bestätigen – am Fuße der Mauern waren die Kalksteinfelsen mit weißen Ablagerungen bedeckt.
Ismail Kadare erzählte diese Legende in einem Gedicht: «Ra si yll, po s'u shua» – sie fiel wie ein Stern, doch sie erlosch nicht.

So stand es Wort für Wort an der Tafel.

Ich dachte an die Jahrhunderte, in denen das albanische Volk besetzt und fast ausgelöscht worden war. In seiner langen Geschichte musste es viel erdulden und unzählige Opfer bringen. Wir waren so oft gefallen, doch man hatte uns nie auslöschen können.
Denn hier waren wir, noch immer. Ich konnte hier stehen, ich lebte und genoss die Freiheit, für die meine Vorfahren gekämpft hatten.
Hatte Kadare das gemeint? War Argjiro das Sinnbild für die Opfer, die unsere Vorfahren brachten, und ihr Kind das albanische Volk? Ich las die Geschichte noch einmal und stellte mir vor, wie Kadare diese Zeilen in der Zeit des Kommunismus verfasste, um Hoffnung in den Menschen zu wecken. Als hätte er sagen wollen:
«Wir werden nicht erlöschen. Wir werden wieder frei sein.»

15

Der feine, heiße Sand brannte unter meinen Füßen, als ich dem klaren Meer entgegenlief. Das Wasser strahlte in der Sonne und leichte Wellen strömten an den weißen Strand.

Ich schauderte ob der Eiseskälte des Wassers, als ich kopfüber in die Adria sprang. Schnell tauchte ich wieder auf, strich meine Haare aus dem Gesicht und schaute zum Strand, wo die anderen noch ihre Zehen ins Wasser hielten und vor dem kalten Wasser zurückschreckten.

«Na los, kommt schon!», rief ich ihnen zu und winkte.

Hava lachte nur und schüttele den Kopf.

«Es ist viel zu kalt! Ich kann das nicht!», rief sie, doch Luan hatte sie schon gepackt und rannte mit ihr ins Wasser.

Ich musste laut lachen, als sie ihn mit allen möglichen Schimpfwörtern bedachte und dann doch ins Meer eintauchte, sich der leichten Strömung hingab, sich fallen ließ und den Moment genoss.

Gjon schwamm zu ihr und die beiden fingen an, im Wasser zu tanzen und rumzualbern.

Ich gönnte den beiden ihr Glück von Herzen und bewunderte sie für die Beziehung, die sie aufgebaut hatten. In ihren Blicken lag so viel Vertrauen und Achtung, als ob ein untrennbares Band um sie geschlungen wäre und nichts und niemand dieses Glück zerstören könnte. Es war rührend mitanzusehen, dass es eine solche Verbindung tatsächlich gab.

Luan stand bereits wieder am Strandufer, das Gesicht zur Sonne gerichtet und ließ sich wärmen. Er hatte die Augen geschlossen, die Hände in die Hüften gestemmt und schien in Gedanken versunken. Ich hätte zu gern gewusst, was in ihm vorging nach diesen letzten Tagen.

Es wurde langsam kalt, so wie ich an einer Stelle stillstand, und ich begann mich wieder zu bewegen. Ich wollte weiter raus und schwamm auf das offene Meer zu, wo das Wasser immer dunkler und kühler wurde. Dort tauchte ich tief unter.
Ich hörte unter Wasser nur noch das Rauschen des Meeres und öffnete die Augen. Das Wasser war klar, doch war ich so weit draußen, dass ich den Boden nicht mehr sehen konnte. Dennoch war es friedlich und ruhig und ich versuchte, meine Gedanken loszulassen. Ich spürte, wie mein Körper lebte, wie er funktionierte.

Ich holte tief Luft, als ich oben ankam, und schaute mich um. Der Strand war weit weg und die anderen winkten mir aus der Ferne zu. Ich schwamm langsam zurück, drehte mich im Wasser, spielte mit der Schwerelosigkeit und spürte, wie es wieder etwas wärmer wurde, je näher ich dem Ufer kam.

Kaum war ich aus dem Wasser gestiegen, hörte ich Hava mahnen:
«Was hast du denn so weit draußen gemacht, Shote? Das ist doch gefährlich!»
Sie hatte ihre langen Locken zusammengebunden und lag in ein Tuch gewickelt auf ihrem Liegestuhl.
«Mach dir keine Sorgen, Hava, weißt du – ich bin eine richtige Wassernixe!», erklärte ich ihr und musste lachen, da ich keine Ahnung hatte, ob meine albanische Version einer «Nixe» dem entsprach, was man hier kannte.
«Eine was?», fragte Gjon und neckte mich:
«Shote, ich staune manchmal über deine Albanischkenntnisse!»
Wir mussten alle lachen, doch innerlich machte ich mir selbst Vorwürfe deswegen – ich hatte mich nie mit der albanischen Sprache befasst und kannte gerade mal das, was meine Eltern mir beigebracht hatten.

Ich versuchte, mir die Laune nicht durch den harmlosen Spruch verderben zu lassen, und zwinkerte Gjon zu, damit er wusste, dass er nicht zu weit gegangen war. Ich wusste mittlerweile, wie schnell ihm etwas leidtat und dass er sich dann ewig entschuldigen würde. Er war ein sehr aufrichtiger, liebenswerter und aufmerksamer Mensch.
Wir legten uns auf die Liegestühle am Strand und ich genoss den Blick auf das Meer, ohne fassen zu können, wie sauber, klar und wundervoll das Wasser hier war.
Wir waren in Ksamil, einer Halbinsel in der Nähe der Stadt Saranda, angekommen und hatten die letzten drei Nächte hier verbracht.
Die Tage davor waren so intensiv gewesen, dass wir beschlossen, vor der geplanten Wanderung zum «Syri i Kaltër», «das blaue Auge», einige erholsame Strandtage einzulegen. Da die Saison noch nicht begonnen hatte, hatten wir den kleinen Strand für uns allein. Es gab hier alle paar Meter solche Strandabschnitte, die zurzeit nur von den Einheimischen genutzt wurden.
Auch war Ksamil nur eine von vielen Städten, die Albaniens Strandkultur widerspiegelten. Als wir mit Luan den Reiseplan zusammengestellt hatten, erklärte er mir alle wichtigen Gebiete, die ich sehen müsse: Saranda, Himare, Dhërmi, Vlora und Durrës bis rauf nach Shëngjin und Velipojë. Die Liste war so lang, dass wir uns auf zwei Orte einigen mussten: Ksamil und Karaburun Peninsula.
Ksamil war eher touristisch geprägt, man kannte es auch in Westeuropa und es fanden immer mehr Touristen hierher.
Wirtschaftlich wäre es sicherlich hilfreich für Albanien, wenn der Tourismus noch mehr aufblühen würde. Doch fragte ich mich, ob dann die Schönheit dieser Natur noch bestehen würde. Es waren diese intime Atmosphäre, die Herzlichkeit

der Bewohner und die Ruhe, die Ksamil für mich so besonders machten.
Mehr noch freute ich mich auf Karaburun Peninsula – der Strand lag in der freien, wilden Natur, kilometerweit entfernt von allen Hotels. Doch dieses Ziel würden wir erst in einigen Tagen erreichen. Luan hatte den Reiseplan gut im Griff und ich war froh, dass ich endlich einmal nicht die Organisatorin spielen musste. Auch wenn ich am Anfang Mühe damit hatte, ihm die Kontrolle über die Reise zu überlassen, war es schön, mich auf jemanden verlassen zu können.
Die warmen Sonnenstrahlen taten gut und obwohl es erst Mitte Mai war, fühlte es sich wie ein heißer Sommertag an.
In diesem Moment knurrte mein Magen, Hava richtete sich blitzschnell von ihrem Liegestuhl auf und schaute mich mit großen Augen an.
«Das kann nicht dein Ernst sein! Wir haben doch vorhin erst gefrühstückt!», rief sie laut aus.
«Es tut mir leid, bitte beachtet mich nicht», entschuldigte ich mich beschämt. Das lange Schwimmen tat gut, doch es regte auch genauso meinen Appetit an.
«Wisst ihr was? Ich gehe einfach ins Hotel zurück, esse kurz was und komme dann nochmals zum Strand – was meint ihr?», fragte ich in die Runde.
«Ich begleite dich, Shote», sagte Luan und stand auf, um sich mit dem Tuch abzutrocknen.
«Nein, Luan, das ist wirklich nicht nötig. Ich weiß, du willst nur auf mich aufpassen, aber du musst den Weg zurück ins Hotel nicht meinetwegen gehen. Leg dich hin, ruh dich aus und ich sehe euch später», antwortete ich.
«Das kommt nicht infrage. Außerdem braucht unser Liebespaar auch mal etwas Zeit für sich – schließlich sind das ihre Flitterwochen!», sagte er lächelnd und zeigte auf Hava und Gjon.

«Übrigens habe ich auch schon wieder Hunger», ergänzte er, zwinkerte mir zu und reichte mir die Hand, um mir zu helfen, von meinem Liegestuhl aufzustehen.
«Na gut, wenn du mich begleiten willst, sage ich nicht nein», antwortete ich, nahm mein Strandkleid, zog es mir über und fragte Hava und Gjon, ob wir ihnen etwas mitbringen könnten.
«Vielen Dank, Shote. Wir sind glücklich mit dem Meer und der Zeit für uns. Danke sehr – und beeilt euch nicht!», antwortete Hava lachend, als sie sich zu Gjon auf die Liege legte.
Ich hatte völlig vergessen, dass die beiden meinetwegen kaum Zeit zu zweit gehabt hatten, da Hava in den Hotels bei mir übernachtete. Es war einmal mehr ein geschickter Schachzug Luans gewesen.
Ich lächelte die beiden an und rannte zu Luan, der bereits vorausgelaufen war.
«Viel Spaß euch beiden!», rief er in Richtung unserer Turteltauben und warf ihnen mit der Hand einen Kuss zu.

* * *

«Wie geht es dir, Luan?», fragte ich ihn.
Wir hatten auf der Veranda unseres Hotels Platz genommen und uns Pizza bestellt. Während ich meine Pizza Funghi genoss, aß Luan beide Salate und ließ seine Pizza kalt werden. Wir hatten auf dem Weg kaum ein Wort gesprochen und ich fragte mich, ob er seine Entscheidung, mit mir zu kommen, vielleicht bereute.
Seit wir von Gjirokastër losgefahren waren, schien er wieder ganz der Alte zu sein und doch wurde ich das Gefühl nicht los, dass ihn etwas bedrückte.
«Wieso fragst du mich das?»
In meinem Kopf hörte ich mich bereits sagen: weil er hier allein, ohne seine Liebe war und wie er damit zurechtkomme. Ob er sie vermisse.

«Du warst so abwesend seit dem Besuch im alten Haus in Gjirokastër. Ich möchte dir nicht zu nahe treten und ich weiß nicht, wie schwer es für dich da gewesen sein muss. Ich wollte dir nur sagen, dass du über alles mit mir sprechen kannst, wenn du das Bedürfnis dazu hast.»

Er schaute mich an und lächelte.

«Weißt du, es ist so wahnsinnig viel passiert in den letzten Jahren. Ich versuche vor Hava die Haltung zu wahren und auf sie aufzupassen. Ich hätte mich aber in Gjirokastër besser beherrschen müssen. Es tut mir leid, dass auch du mich so sehen musstest … Das habe ich nicht gewollt. Normalerweise kann ich das … Als großer Bruder bin ich das ja gewohnt», erklärte er mir.

Luan hatte sich in dem schwarzen Plastikstuhl zurückgelehnt, die Arme verschränkt und wirkte nachdenklich.

«Ich weiß, wie sich das anfühlt. Ich habe auch drei jüngere Brüder, auf die ich früher aufpassen musste. Doch nun kümmern sie sich um mich – auch wenn ich das manchmal nicht genug zu schätzen weiß», erwiderte ich.

Luan begann, mir von seinen Eltern zu erzählen. Dass sie herzliche und liebevolle Menschen gewesen seien und Hava und er eine glückliche Kindheit mit ihnen genossen hätten.

Seine Stimme veränderte sich, als er erzählte, wie erst seine Mutter immer kränker wurde und dann, nach einigen Monaten, verstarb. Und wie sein Vater ohne sie nicht mehr leben konnte.

«Ich glaube, er starb an gebrochenem Herzen», sagte Luan. Er lehnte sich vor, nahm einen Schluck Wasser und tippte mit den Fingern auf den Tisch.

«Es tut mir so leid, Luan …», sagte ich und legte meine Hand auf seinen Arm.

«Vielleicht ist es einfacher, wenn man das Leben allein bestreitet und so den Verlust eines geliebten Menschen niemals riskieren muss.»

Luan runzelte die Stirn und schaute mich fragend an.
«Was soll das heißen, Shote?»
«Ich denke, dass die Liebe ein Privileg ist. Ein Geschenk. Ein Segen. Jeder, der das Glück hat, so für jemanden zu empfinden und dasselbe Gefühl erwidert zu bekommen, ist vom Leben beschenkt worden.
Doch was, wenn das nicht jedem Menschen vergönnt ist? Was, wenn nicht alle Menschen für dieses Gefühl geschaffen sind?
Sollen diejenigen ihr Leben lang auf diese Liebe warten? Unglücklich und verzweifelt, weil sie nicht kommt? Sich selbst die Schuld dafür geben?
Soll man dann seine Anforderungen runterschrauben, damit doch noch jemand passen könnte?
Und dann … und dann stell dir vor, du findest diesen einen Menschen endlich. Diese eine, vollkommene und wundervolle Verbindung zu jemandem.
Und plötzlich wird sie dir genommen. Von einem anderen Menschen oder vom Schicksal.
Wie soll man diesen Schmerz jemals überwinden?», erwiderte ich und schaute nun direkt in seine hellbraunen Augen.
«Shote, das ist doch dann aber kein Leben? Dann kannst du genauso gut jetzt aufhören zu atmen und allem ein Ende bereiten. Denn ohne diese Gefühle … was hat das alles dann noch für einen Sinn?»
Ich hielt inne und wollte meine Hand zurückziehen, doch das wäre ein falsches Signal gewesen. Und ich wollte ihn nicht loslassen.
«Vielleicht verstehst du mich einfach nicht …»
«Wie bitte?» Luan merkte, dass er laut geworden war, und räusperte sich.
«Denkst du, ich habe nie Enttäuschungen erlebt? Sieh doch nur, wie es mir in diesem Haus ging! Ich kann nicht einmal zählen,

wie oft mein Herz bereits verletzt wurde. Doch ich würde mir nicht eine Gelegenheit entgehen lassen, um lieben zu können. Und geliebt zu werden.»
Die Enttäuschung über meine Worte stand Luan ins Gesicht geschrieben.
«Shote, du bist so gut darin, für alle da zu sein, zuzuhören und dich in andere hineinzuversetzen. Du machst diese Reise mit uns und weißt so vieles von uns, von unserer Geschichte und was wir erlebt haben. Du willst, dass ich mit dir spreche und mich dir mitteile – aber was ist mit dir? Was fühlst du? Und wieso teilst du das nicht mit mir?
Ich dachte am Anfang, das ist, weil du uns oder mir nicht vertraust. Aber mittlerweile habe ich das Gefühl, dass du einfach nur sturköpfig bist und dich weigerst, dich weiterzuentwickeln. Was auch immer dir passiert ist, Shote – was kann so schlimm sein, dass du gleich deine ganze Zukunft davon abhängig machst?», warf mir Luan vor.
Und er hatte Recht.
Er lehnte sich wieder zurück, schüttelte den Kopf und es schmerzte mich, dass ich dieses Gefühl in ihm ausgelöst hatte. Dabei hatte ich nur helfen wollen.
Dies war der Moment, in dem sich Menschen normalerweise von mir abwandten und nicht versuchten, mich durch Fragen besser zu verstehen. Seine Worte waren wie ein Spiegel, den ich mir nicht vorhalten wollte und der mir nun seine Sicht offenbarte. Wie ich *ihn* behandelte. Wie Luan mich empfand.
«Luan, es tut mir leid», sagte ich. Er schaute mich an und schien verwundert zu sein.
«Ich kann dir nicht mein ganzes Leben ausbreiten und auf etwas zeigen, das mich so werden ließ … Und es liegt auch nicht daran, dass ich dir nicht vertraue. Ich habe einfach …»
Ich stockte.

Doch dies war genau die Hürde, die ich zu nehmen lernen musste. Ich konnte die Gespräche nicht immer abbrechen, wenn sie unangenehm wurden.
«Luan, ich habe mich früher in meinem Leben so sehr danach gesehnt, dass jemand kommen würde, der mein Leben vervollständigen würde. Doch wann immer ich den Versuch startete und mich auf jemanden einließ, wurde ich fallen gelassen. All die Versprechen, die mir gemacht wurden, lösten sich so schnell auf wie die Verbindung zu diesen Menschen. Sie vergaßen die Momente, die wir geteilt hatten, die Worte, die wir einander sagten. Alles. Manchmal waren das Freunde, manchmal waren es Beziehungen. Nun bin ich ein gebrochener Mensch, Luan. Ich habe nichts, was ich jemandem noch geben könnte. Deswegen ist es einfacher, mich auf mich selbst zu verlassen. Zumindest war es das bis jetzt.»
Ich machte eine kurze Pause und schaute zu Luan.
«Luan, ich brauche nicht die Liebe zu einem Menschen, um glücklich zu sein. Ich muss die Liebe zu meinem Leben finden – das ist auch der eigentliche Grund dieser Reise. Vielleicht muss ich dafür aber zuerst einiges aufarbeiten …»
Als hätte ich einen kleinen Spalt zu meiner Seele geöffnet, gab ich meine Angst mit diesen Worten preis.
«Vielleicht kannst du mich ja nicht verstehen, und das ist auch in Ordnung. Das haben andere vor dir auch schon nicht. Aber ich lerne. Ich lerne und versuche und gebe mir Mühe. Ich brauche einfach Zeit, um zu verinnerlichen, dass nicht alle Menschen mich verletzen werden.»
Luan lächelte mich an.
«Shote, kannst du dir vorstellen, wie sehr wir dich ins Herz geschlossen haben?», fragte er mich.
«Merkst du nicht, wie wir uns um dich kümmern? Wie wir dich in unser Leben einbeziehen? Wir kennen uns seit etwas mehr als

einer Woche, verbringen jeden Tag und jeden Abend zusammen. Wir teilen all das mit dir, weil du uns wichtig bist. Wir wollen dich nicht verlieren, Shote. Und stell dir vor: Wenn wir das bereits nach einer Woche so empfinden, wie wird es dann deinem Zukünftigen ergehen?
Nimm dir deine Zeit. Doch du musst auch lernen, die Zuneigung deiner Mitmenschen anzunehmen und dich auf sie einzulassen», erklärte er mir.
Luan rückte mit seinem Stuhl näher zu mir und nahm mich in den Arm.
«Kann ich dir mal wieder eine meiner sehr weisen und äußerst guten Geschichten erzählen?», fragte er mich neckisch und brachte mich bereits zum Grinsen.
«Ja, mach schon, du alter, weiser Mann.»

Die Sonne und der Mond

Die Sonne und der Mond waren einst eng befreundet. Als einmal die Sonne zu Besuch beim Mond war, war dieser enttäuscht: Die Sonne kam ohne ein Geschenk für ihn! Dabei überhäufte der Mond seine geliebte Sonne bei seinen Besuchen mit den schönsten Kleidern.
Der Mond konnte seine Enttäuschung nicht verbergen, als die Sonne nach seinem Befinden fragte.
«Ich, liebe Sonne, bringe dir bei jedem Besuch die wertvollsten Geschenke und Gewänder mit, doch du folgst meiner Einladung mit leeren Händen? Ich bin entrüstet!», warf er der Sonne vor.
Diese antwortete:
«Mein lieber Mond – wie soll ich dich denn mit Gewändern beschenken? Du bist mal ganz schlank, dann wieder rundum füllig und manchmal auch ganz weg! Aber da dir unsere Freundschaft

nur der Geschenke wegen wichtig zu sein scheint, werde ich dich nicht mehr mit meiner Anwesenheit stören!»
Die Sonne ging und schwor, dem Mond für alle Zeiten aus dem Weg zu gehen.
Und seither schien die Sonne nur noch tagsüber, wenn der Mond ruhte, und sie würden sich nie mehr wiedersehen.

«Denk daran, Shote: Eine Beziehung ist wie ein Band – lässt man es zu locker, wird es schlaff und erfüllt seinen Zweck nicht mehr. Doch zerrt man zu sehr daran, wird es reißen.
Es ist ein Geben und ein Nehmen, Shote. Je früher du lernst, auch anzunehmen und nicht nur zu geben, desto früher kannst du lernen zu vertrauen.
Lass dir Zeit. Aber nicht zu viel – du weißt nie, wann der Richtige in dein Leben tritt.»
Luan umarmte mich wieder und ich fühlte mich zum ersten Mal, seit langer Zeit, wieder geborgen.

16

Von Zeit zu Zeit wurde ich vom Leben überrascht. Durch Menschen, die große Courage bewiesen, mich mit ihrer Art verblüfften, oder durch ihre Taten, die ich nie erwartet hätte. Dinge, die einem für immer bleiben.

Das erste Mal erlebte ich das in meiner frühen Schulzeit.

Meine erste Lehrerin überhaupt, Frau Meier, war eine besondere Frau und ich verehrte sie vom ersten Tag an über alle Maßen. Sie war nicht sehr hübsch, hatte kurze, rot gefärbte Haare, eine spitze, große Nase und wenn sie lachte, kam der schiefe Schneidezahn zum Vorschein, der sie sympathischer erscheinen ließ.

Ich wollte sie beeindrucken und gab mir deswegen die größte Mühe, gut genug für sie zu sein.

Ich verstand zu Beginn nicht, weshalb sie eine Abneigung mir gegenüber empfand. Erst später erfuhr ich, dass sie tatsächlich Mühe mit mir gehabt hatte: weil ich eine Fremde war und dazu noch Albanerin.

Ich erinnerte mich, wie ich statt zwei Seiten Mathematikaufgaben vier Seiten löste. Wie ich versuchte, die albanische Zeitung «Rilindje» zu lesen, damit ich in der Schule auch besser auf Deutsch vorlesen konnte.

Frau Meiers Anerkennung war mein Ansporn, noch besser zu werden und noch mehr zu leisten. Wer hätte es mir nicht gleichgetan? Ich liebte die Schule, war redselig und versuchte, die ganze Klasse zum Lachen zu bringen. Dies gelang mir auch gut, da ich nur wenig Deutsch sprach und mich dadurch sicherlich auch sehr witzig angehört haben muss.

Für Frau Meier war mein Eifer jedoch nichts, was sie belohnte. Regelmäßig ließ sie mich meine Hausaufgaben wieder ausradieren oder die Bänke putzen, weil ich wieder einmal keine separaten

Schuhe für den Turnunterricht besaß oder das falsche Essen für die große Pause dabeihatte.
Ich schämte mich, jedes Mal, wenn sie mich vor der Klasse zum Weinen brachte.
Doch dafür gab ich mir selbst die Schuld.
An einen Tag erinnere ich mich besonders gut. Ich hatte einen Füllfederhalter kaufen sollen, doch traute ich mich nicht, zu Hause um einen zu bitten – es herrschte Krieg im Kosovo und meine Eltern schliefen kaum, hatten Sorgen um ihre Familienmitglieder und schickten ihnen Geld, damit sie überleben konnten. Wir hatten für uns bereits wenig, das spürte ich sogar als Siebenjährige. Ich nahm deshalb einen Kugelschreiber mit, denn ich fand und hoffte, er würde reichen.
Als Frau Meier am nächsten Schultag meinen Kugelschreiber sah, begann sie laut zu lachen, schüttelte den Kopf und riss mir den Stift aus der Hand. Sie zeigte ihn der Klasse und fragte, ob das ein Füllfederhalter sei. Sie schaute mich an und fragte mich, ob ich zu dumm sei, einen Kugelschreiber von einem Füllfederhalter zu unterscheiden.
Ich sagte nichts.
«Es reicht mir langsam mit dir!», begann sie und wurde immer lauter.
Ich schloss die Augen und hielt meinen Kopf gesenkt.
Sie schmiss den Kugelschreiber auf meinen Tisch und nun hatte ich Angst vor ihr.
Dass ich dann wieder weinen musste, war nicht schlimm – ich kannte die Tränen ja. Ich kannte sie sogar gut. Ich lernte sie schon in diesem damals noch kurzen Leben so oft kennen, dass ich mir wünschte, keine Tränen mehr zu haben.
Ich kannte die Tränen vor Schmerz, wenn ich etwas Schlimmes getan hatte und die flache Hand mein Gesicht wie ein Blitzschlag traf. Ich kannte die Tränen der Trauer, als ich wegen

der Kriegsmeldungen im Kosovo träumte, dass meine Mutter erschossen worden sei.

Doch diese Tränen nun waren anders. Diese Tränen waren voller Stolz, voller Willen und Kraft, so dass sie Frau Meier noch weiter anzutreiben schienen. Ich stand auf, aufrecht vor ihr, schaute sie an und ließ ihre Wut über mich ergehen, bis sie außer Atem war. Ich konnte die Worte, die sie sprach, nicht einmal verstehen, doch das brauchte ich auch nicht. Ihr Blick und der Ton ihrer Stimme reichten.

Es war dieser Moment, in dem ich zum ersten Mal auch das Gefühl der Enttäuschung empfand: Ich war daran gescheitert, ihre Zuneigung zu verdienen.

Als sie endlich verstummte, drehte sie sich um, lief aus dem Zimmer und ließ die Tür weit offen.

Ich schaute mich um und sah meine Klassenkameraden an. Zwei Jungs kicherten, meine Schweizer Freundinnen weinten und ich selbst wollte nur noch weg.

Ich verließ das Zimmer, lief zum Gang und wusste nicht, wohin ich gehen sollte. Ich hörte ein hohes Pfeifen in meinem Ohr, das mir bis heute als Erinnerung an diesen Tag geblieben ist.

Und da stand sie – Frau Schläpfer.

Meine Lehrerein für Fremdsprachige war die Treppen hinaufgerannt, lief auf mich zu, kniete sich vor mich hin und lächelte mich ruhig an. Sie nahm mich in den Arm und hielt mich. Sie sagte nichts, sie war nur da, umarmte mich, während ich regungslos dastand.

Da lernte ich, was Tränen des Mitgefühls waren.

Frau Schläpfer zeigte sie mir.

Es gab wenige solcher bleibenden, fast schon prägenden Momente in meinem Leben. Die Begegnung mit Frau Schläpfer war einer davon.

In diesem Moment, in den Armen von Luan, empfand ich dieselbe Geborgenheit.
Ich konnte mich sicher fühlen, dass mir hier nichts geschah.
Und dies hatte nichts mit Zuneigung zu tun. Sondern mit dem Vertrauen darauf, dass alles gut werden wird.

17

Während ich das rote Satinkleid anzog, musterte ich mich im Spiegel. Meine Haut war gebräunt von der Sonne und die Tage am Meer hatten mir die Erholung verschafft, nach der ich mich schon lange gesehnt hatte. Ich zog die Träger des Kleides über meine Schultern, strich es glatt, drehte mich um und war zufrieden. Das Kleid, das bis kurz über die Knie reichte, passte noch immer. Die feuchte Luft verlieh meinem Haar schöne, große Locken, was perfekt zum Kleid und zu den rot geschminkten Lippen passte.

Hava hatte das Kleid in meiner Tasche entdeckt und entschieden, an diesem Abend mit mir auszugehen.

Trotz meiner Einwände, sie solle doch den Abend mit Gjon verbringen, wollte sie mich ausführen. Ich nickte und war eigentlich froh darüber, mal wieder etwas Zeit mit ihr allein verbringen zu können. Zuletzt waren wir immer als Gruppe oder ich mit Luan unterwegs gewesen. Ein Abend unter Frauen war genau das Richtige für den Abschluss in Saranda.

«Wow – ihr seht fantastisch aus!», sagte Gjon, als wir uns von den Jungs verabschiedeten.

«Willst du sie wirklich so ausgehen lassen, Gjon?», fragte Luan spitzbübisch und Gjon stieß ihn lachend in die Seite.

Hava trug ein enges, schwarzes Samtkleid und sah atemberaubend aus. Sie hatte ihre Haare streng nach hinten zusammengebunden und so kam ihr schönes Gesicht noch besser zu Geltung.

«He, lass das Luan!», stupste auch Hava ihn an und umarmte Gjon, «du bist doch nur eifersüchtig!», neckte sie ihn und zwinkerte mir zu.

«So, wir sollten endlich gehen! Ihr Jungs bleibt schön artig heute Abend, habt ihr mich verstanden?», sagte sie lachend und verabschiedete sich von den beiden.
Ich wollte gerade loslaufen, als Gjon mir zurief:
«Shote, ich lege mein Glück in deine Hände!»
Ich lächelte ihn an und rief zurück:
«Ich garantiere für nichts, lieber Gjon!»

* * *

Eine Sängerin machte sich gerade bereit für ihren Auftritt, als wir das Restaurant betraten und an unseren Tisch geleitet wurden. Es war nicht nur Glück, noch einen Platz mit Blick auf das Meer zu bekommen – Hava hatte dafür mit ihrem Charme gesorgt. Als wir uns hinsetzten, spürte ich die leichte Brise des Meeres im Gesicht und der Geruch von Salzwasser stieg mir in die Nase. Es herrschte eine schöne Atmosphäre im Restaurant, dessen Name bereits verriet, dass es für seine Muscheln bekannt war.
Ich wusste nicht, dass in Albanien Meeresfrüchte so gut zubereitet wurden, und während ich die empfohlenen Muscheln genoss, machte Hava sich mit dem Hummer des Tages bekannt. Man merkte, dass Hava ein Profi in ihrem Fach war: Kaum hatte ich mich für ein Menü entschieden, wählte sie den passenden Wein aus, fragte nach der Zubereitungsart der Muscheln und bat darum, diese mit etwas Olivenöl zu beträufeln.
Der von ihr ausgesuchte Weißwein «Arbëri» passte perfekt zum Essen und ich staunte einmal mehr über all die Fähigkeiten, die diese Frau besaß.
«Hava, gibt es irgendetwas, das du nicht kannst?», fragte ich sie lachend, als sie bereits die zweite Flasche «Arbëri» öffnete.
«Ach, Shote …», sagte sie, während sie zuerst mein Glas und dann ihres füllte.

«Ich konzentriere mich nur darauf, was ich noch lernen und worin ich mich verbessern kann. Das ist eine etwas schönere Art und Weise, auf das Leben zu blicken. Findest du nicht?»
«Da hast du wohl recht – auf dich, Alleskönnerin!», entgegnete ich und wir stießen an.
«Und auf dich! Dass du dich auf diese Reise begeben, uns in dein Leben gelassen hast und all das mit uns teilst!», ergänzte sie und stieß mein Glas nochmals an.
Sie war schon etwas angeheitert und auch ich spürte langsam die Wirkung des fruchtigen und süßen Weines.
Leichte, albanische Melodien ertönten und als die Sängerin «Lule Lule» zu singen begann, schlossen sich ihr einige der Gäste an, standen auf und tanzten zu dem Lied. Ich musste lächeln, als ich auch Hava hin und her wippen sah.
Es war immer dasselbe: Kaum ertönte irgendwo der Ton eines Instruments, stand schon der erste Albaner auf und schwang die Arme in die Luft, um zum Tanz anzusetzen. Wir waren ein Volk, das es liebte zu feiern, zu singen und das Leben zu genießen. Das hatte ich auch oft bei meinen Verwandten im Kosovo erlebt – man hatte nicht viel, doch man feierte jede noch so kleine Begebenheit. Schließlich wusste man nie, wann sich die nächste Gelegenheit bieten würde.
Ich liebte diese Sorglosigkeit in unserer Kultur und fing an, mich ihr hinzugeben. Seit Tagen hatte ich nicht mehr an die Arbeit gedacht und auch die Gespräche mit meinen Eltern wurden immer seltener. Sie wussten: Ich war in Sicherheit und mit guten Menschen unterwegs.
Ich fühlte mich endlich davon befreit, ständig die Kontrolle über alles haben zu müssen.
Die Sängerin stimmte ein Lied an, das ich aus meiner Kindheit kannte, und plötzlich merkte ich, dass ich ganz leise begonnen hatte, mitzusingen.

«Sie ist eine unserer Schwestern, ihr Name ist Liridona, Liridona …», sang die junge Frau auf der Bühne das alte Lied Gëzim Nikas «Ku rrjedh Drini».

Wir gingen den Weg zurück ins Hotel am Strand entlang und genossen die kühle Brise, die nach den letzten Stunden Sonnenbaden guttat. Hava erzählte gerade von einem ihrer Mitarbeiter und dessen Unfähigkeit, auch nur etwas in der Küche richtig zu tun, doch ich hörte nur halbherzig zu. Ich war in Gedanken versunken, als ich mich an unser Gespräch erinnerte und wie Hava das Leben sah.

«Hava?», unterbrach ich sie und blieb stehen.

«Ja, Shote?», fragte sie und hielt ebenfalls an.

«Hava, das, was du heute Abend gesagt hast, mit dem Leben und alles als Möglichkeit zu sehen, sich zu verbessern. Wie schaffst du das?»

«Hmm. Nun ja – es braucht sehr viel Zeit, um ehrlich zu sein.»

Die Laternen, die überall am Rand des Strandes aufgestellt waren, boten gerade so viel Licht, dass man sich auch in der Nacht orientieren konnte. Wir entdeckten eine Bank, wo wir uns hinsetzten. Hava erzählte mir, wie ihr Luan immer wieder eingetrichtert habe, sie müsse das Leben stets als Chance sehen, so könne sie nie etwas verlieren.

«Ich versuche auch, das zu lernen, Hava, doch ich weiß nicht, wo ich anfangen soll … Es fällt mir schwer, nicht all die Hürden zu sehen, die noch vor mir liegen, und welche Kraft es mich kosten wird, sie zu überwinden. Und was ist, wenn ich an ihnen scheitere? Wie schaffst du es, nicht daran zu verzweifeln?»

Hava hielt inne und atmete tief ein und aus. Ich vergaß, dass wir fast zwei Flaschen Wein getrunken hatten.

«Meine Tante erzählte mir immer Geschichten, als ich noch ein kleines Mädchen war. Eine davon, hat mir immer Mut gemacht, wenn ich vergaß, wie ich die Dinge angehen soll», sagte sie und begann zu erzählen.

Die Fähigkeit zu üben

Eine junge Frau hatte sich in einen Jungen aus dem Dorf verliebt und erzählte ihrer Mutter davon. Diese war nicht begeistert, als sie von der Zuneigung ihrer Tochter dem Jungen gegenüber hörte. Sie wollte ihre Tochter davor bewahren, diesen Schritt zu jung zu wagen, denn die Tochter hatte eben erst ihr Medizinstudium begonnen.
Die Mutter fragte ihre Tochter:
«Liebst du mich?»
«Natürlich, Mutter!», antwortete diese sofort.
«Würdest du alles für mich tun?», fragte sie weiter.
«Mutter, natürlich doch!», antworte die Tochter wieder.
«Wenn ich krank wäre, würdest du mich operieren, um mich zu heilen?»
Die Tochter war irritiert über die letzte Frage und antwortete:
«Niemals Mutter, wie könnte ich? Ich muss doch zuerst noch das Studium abschließen und lernen und üben – das braucht viele Jahre, bis ich so weit wäre, dich zu operieren!»
«Genauso ist es auch mit deinen Entscheidungen», erwiderte die Mutter und ergänzte:
«Für viele musst du erst noch wachsen, lernen und reifen, bis du alles hast, was es braucht, um sie zu treffen.»

«Diese Lebenseinstellung kommt nicht von ungefähr, Shote. Du musst die nötigen Erfahrungen sammeln, um zu verstehen, dass all die Hürden und Hindernisse Teil deines Lernprozesses, deines

Übens sind. Ohne diese Erfahrungen würdest du dich nicht weiterentwickeln. Der Schmerz ist nötig, damit du verinnerlichst, was du beim nächsten Mal besser tun kannst. Doch dafür musst du dich verwundbar machen und keine Angst davor haben, zu versagen.

Und wenn die schweren Tage kommen, dann reflektiere. Wieso ist es so gekommen? Was hast du zu dieser Situation beigetragen? Was kannst du für das nächste Mal mitnehmen? Und genau *das* wird dich an deine Ziele führen.»

Hava sagte diese Worte voller Zuversicht und mit einer außerordentlichen Kraft in ihrer Stimme. Ihre Worte drückten so viel Mut und Hoffnung aus, dass ich mich zugleich berührt und inspiriert fühlte.

18

Dunkelblaue, fast schwarze Schmetterlinge nahmen Platz auf den Pflanzen und den Holzspänen am Ufer, während ich dem Rauschen des Wassers lauschte.
Als wäre ich mitten im Amazonas, zeigte sich die wilde Natur an dieser Quelle. Wassermoos hatte sich an einigen Teilen des Ufers gebildet und lockte kleine Tiere an.
Die unzähligen Grüntöne der Bäume im Wald strahlten unter dem wolkenlosen Himmel und allein die markanten Berge in der Ferne deuteten darauf hin, dass wir noch mitten in Albanien waren.
Ich glaubte, noch nie ein solch einzigartiges und wunderschönes Gewässer gesehen zu haben.
«Syri i Kaltër» nannten sie diesen Ort hier, «das blaue Auge». Denn schaute man an einer bestimmten Stelle von oben auf den See hinunter, wirkte er wie ein großes, anziehendes blaues Auge. Dies war das bisher Beeindruckendste, was ich in Albanien sehen durfte und ich empfand eine tiefe Trauer in mir. Denn in diesem Moment wurde mir bewusst, wie wenig ich meine Heimat kannte. Hätte Luan diesen Ort nicht in seiner Liste erwähnt, hätte ich nie hierher gefunden. Wie konnte es sein, dass ich 28 Jahre alt werden musste, um hiervon zu erfahren?
Das Wasser sprudelte aus der Quelle, deren Tiefe noch nicht hatte gemessen werden können. Bisher hatte man lediglich fünfzig Meter erkundet. Die Ungewissheit, was sich am tiefsten Punkt der Quelle verbergen könnte, welche Tiere dort lebten oder wie die Welt dort unten aussah, machte «das blaue Auge» zu einem magischen Ort. Auch in den Gesichtern meiner Begleiter sah ich pure Bewunderung, als wir nach der Wanderung hier Halt gemacht hatten.
Der Steinboden im Wasser war noch kälter als das Wasser selbst, doch ich musste in diese Quelle eintauchen und Teil des

Farbenspektakels werden. Ich fror so sehr, dass ich gleich wieder auftauchen und mich in die Sonne legen musste, doch ich konnte mich nicht sattsehen an dem Bild, das sich mir bot, und wünschte mir, meine Großmutter wäre hier.
Hätte sie, die noch nie das Meer gesehen hatte, die noch nie in den Bergen gewesen war, es für möglich gehalten, dass mitten in dem Gebirge, in dem wir uns befanden, so etwas Einzigartiges existieren konnte?
Sie hätte es wohl einfach genossen, dachte ich. Sie wäre hier mit mir am Ufer gesessen, hätte ihre Strümpfe und die schwarzen Schnürschuhe, die sie immer trug, ausgezogen und hätte gelacht, wenn ihre Zehen das eisige Wasser berührt hätte.
Nicht glauben könnend, dass die Natur ein solches Wunder geschaffen hatte, hätte sie die Hand auf den Mund gelegt und mit den Schultern gezuckt, wenn ich sie mit großen Augen gefragt hätte, ob es ihr hier gefalle.
Großmutter hätte wohl ihren Augen nicht getraut. Und ich wünschte mir von Herzen, ich hätte ihr Notizbuch gefunden, als sie noch lebte, und hätte diese Reise bereits damals mit ihr unternommen.
Sie hatte nie schwimmen gelernt, hatte sie mir einmal erzählt. Ich war damals kaum dreizehn oder vierzehn Jahre alt und hatte keine Vorstellung davon, was für ein Leben sie gehabt hatte. Ich kannte sie nur als die hartnäckige und doch liebenswürdige Nana, weise und tüchtig. Erst jetzt begann ich sie und auch ihr Leben zu verstehen.
Es war zwar für meine Eltern die schwierigste Entscheidung ihres Lebens gewesen, den Kosovo zu verlassen. Doch besonders ihre Familien litten sehr unter der Trennung.
Jedes Jahr, wenn ich sie besuchte, fragte sie mich dasselbe: «Wo ist es besser – hier oder in der Schweiz?», oder «Wie lange werdet ihr bleiben?» – und dann lachte sie vor Freude und klatsche in

die Hände, wenn ich ihr antwortete, dass wir es liebten in den Kosovo zu kommen und dass wir zwei oder drei Wochen Ferien hätten – nur um einige Zeit darauf bereits die wenigen Tage abzuzählen, die ihr noch mit uns blieben.

«Ach, Nana …», dachte ich. Wie sehr ich sie vermisste. Ich würde sie gern um Rat fragen, wie ich die Zügel in meinem Leben wieder in die Hand nehmen könne, und versuchte mir vorzustellen, was sie mir geantwortet hätte.
Ihr wäre indes eine Frage zur Liebe lieber gewesen, denn sie war besonders gut darin, Menschen zusammenzubringen.
Ihr ging es dabei nicht nur darum, dass ich heiratete. Sie erklärte mir immer, ich müsse jemanden finden, der die Melodie meines Herzens kennen würde. Als ich sie einmal fragte, was genau sie damit meine, erzählte sie mir eine Anekdote.

Melodie

Ein junger, frisch verheirateter Mann suchte den Dorfältesten auf. «Meine Frau ist völlig außer sich! Ich gebe ihr alles, was ich habe – ein Dach über dem Kopf, die besten Speisen, ja sogar Goldschmuck und Geld! Doch sie beachtet mich nicht einmal, geschweige denn kümmert sie sich um mich! Was soll ich denn noch tun?», fragte er wütend und allmählich verzweifelt.
Der Dorfälteste antwortete ihm:
«Lass das Dach, das Brot und das Gold. Schenke deiner Frau schöne, liebe Worte und sprich zart zu ihr, als würdest du eine schöne Melodie singen. Denn deine Frau ist nicht so habgierig wie du, der nur Wert auf Materielles legt!»

Diese Geschichte hatte ich vollkommen vergessen … erstaunlich, dass sie mir hier, inmitten des albanischen Dschungels, in den Sinn kam. Ich nahm meinen Notizblock hervor, schrieb die Worte nieder und schaute die letzten Seiten des Buchs an. Ich hatte so viele Geschichten und Orte darin beschrieben, dass es sich so anfühlte, als hielte ich einen kleinen Schatz in meinen Händen, der wertvoller nicht hätte sein können.

19

«Lasst euch nicht von diesen Betrügern blenden, die euch nur Märchen erzählen!»
Die alte Dame vor mir rückte ihr Kopftuch zurecht. Es war ein altes Seidentuch, die Farben waren fast verblichen, doch es war noch ein Hauch von dunklem Rot, goldenen Verzierungen und weißen Blumen zu erkennen. Sie saß auf einem kurzen Holzbänkchen, das so winzig war, dass man es unter ihrem langen, grau-schwarzen Baumwollrock nicht sehen konnte. Nur wenn sie kurz aufstand, um die Erdbeeren an ihrem Tisch neu zu ordnen, kam es zum Vorschein.
«Ich erzähle euch, wie das damals war», sagte sie mit ihrer alten, müden Stimme und setzte sich hin, den Rücken mit der einen Hand haltend, mit der anderen ihren Holzstock.

Die Legende von Butrint

Noch bevor die Albaner die erste Religion annahmen, lebten in diesem Teil des Landes nur Frauen. Sie waren Amazonen und im ganzen Land bekannt. Wie wilde Tyranninnen regierten sie die Wälder, so weit das Auge reichte. Kein Mann hätte sich freiwillig in ihre Nähe begeben – er wäre von den Tieren, die sie hielten, zerfleischt oder zur Belustigung der Kämpferinnen gefoltert worden.
Zu dieser Zeit gab es jedoch einen Feind, den die Amazonen nicht bezwingen konnten. Ein riesiger Löwe machte Jagd auf sie und tötete viele der Kriegerinnen.
Eines Tages griff er eine Amazone an und verwundete sie so schwer, dass auch sie ihren Verletzungen erlag.

Diese Amazone war die heimliche Geliebte eines Prinzen von Korfu, und als dieser von ihrem Tod erfuhr, machte er sich sogleich auf die Reise, um sich an dem Löwen zu rächen.
Der Prinz und der Löwe kämpften drei Tage und drei Nächte lang miteinander – am Ende war der Löwe besiegt, doch auch der Prinz war schwer verwundet worden.
Vor seiner Abreise hatte der Prinz seiner Familie eine Mitteilung hinterlassen: Tötete er den Löwen, würde er die weiße Fahne an seinem Boot hissen. Erläge er dem Löwen, würden seine Gefährten die schwarze Fahne hissen.
Der Prinz hatte zwar den Kampf gewonnen, doch seine zurückkehrenden Kameraden verwechselten die Farben: Anstatt der weißen hissten sie die schwarze Fahne.
Die Familie des Prinzen sah das niederschmetternde Zeichen und brachte sich in ihrer großen Trauer um.

Ich blickte in die Runde und selbst Luan, Hava und Gjon schauten sich fragend an.
«Das ist … eine sehr besondere Geschichte …», antwortete ich der alten Frau zögerlich.
«Was ist denn die Moral der Erzählung?», fragte Hava mit gerunzelter Stirn.
Die ältere Frau schüttelte den Kopf und murmelte etwas in einem Dialekt, den ich nicht kannte. Dann sagte sie:
«Nicht jede Geschichte hat eine Moral, Kind. Manchmal ist eine Geschichte nur eine Geschichte.»

Wir verabschiedeten uns von der älteren Dame und bezahlten für die frischen Erdbeeren etwas mehr als verlangt, da ich ihr für ihre Geschichte etwas geben wollte. Ich hatte mir erhofft, dass sie mir gleich alle Anekdoten über die Stadt erzählen würde, denn

ich hatte gehört, dass sich um Butrint unzählige Geschichten rankten: von Römern, Griechen und aus längst vergangenen Zeiten.
Butrint selbst war das beeindruckende Erbe der albanischen Antike, schön und voller Geheimnisse.

Die Stadt lag etwa zwanzig Kilometer von Saranda entfernt und wir bereisten sie am Ende unseres Aufenthalts am südlichsten Punkt Albaniens. Ich hatte zwar schon viel von ihr gehört, doch ich konnte mir nicht vorstellen, dass man über zweitausend Jahre alte Bauwerke hatte aufrechterhalten können – denn anders als viele andere Länder mit solchen Monumenten hatte Albanien Kriege und den Kommunismus erlebt und war mehrmals bis auf seine Grundmauern zerstört worden.
Ich stand vor der Holzbrücke und sah zum Tor – dem Eingang der antiken Stadt. Hava war mit Gjon schon vorausgegangen und Luan blieb beim Eingangstor stehen, schaute zurück und wartete auf mich.
Ich überquerte die Holzbrücke, durchschritt das Tor und schaute auf die dreizehn Treppenstufen aus großen Steinblöcken, welche das Hauptmerkmal des Theaters von Butrint waren.
Das phänomenale Werk strahlte eine Kraft aus, die man sofort spürte, und so stumpf und hart das große Bild wirkte, hatte all das etwas Königliches an sich. Als wäre es schon vor unserer Zeit hier gewesen und würde auch noch lange nach uns bestehen.
Intuitiv ging ich die Treppen hoch bis zur Mitte und setzte mich hin. Ich betrachtete die einstige Bühne des Theaters und konnte mir gut vorstellen, wie, vor langer Zeit, die Menschen dort vorne getanzt, gesungen und gespielt hatten.
Die Bühne wirkte idyllisch in Szene gesetzt, denn der Wald im Hintergrund vollendete das Bild.
«Luan!», rief ich ihm zu, als er in Richtung Bühne lief.

«Stell dir mal vor, hier würde eines deiner Drehbücher als Theaterstück aufgeführt werden! Und genau hier würden Gjon, Hava und ich dir zujubeln, wenn am Ende der Aufführung die Gäste stehend applaudieren würden und du auf die Bühne gerufen würdest. Ich sehe es schon vor mir – all die Preise, die du gewinnen würdest, Luan, das wäre doch ein Traum!»

Ich lief die Treppen zu ihm hinunter und musste aufpassen, dass ich auf den glatten, schmalen Steinen in der Mitte nicht ausrutschte.

«Das wäre nicht nur, sondern ist und bleibt ein Traum, Shote», antwortete er mit viel Zweifel in seiner Stimme.

«Luan – so fangen wir nicht an. Vor nicht einmal einem Monat war ich in der Schweiz, hatte keine Ahnung, was ich mit meinem Leben anfangen sollte, habe meine Koffer gepackt und bin hierhergekommen. Und siehst du jetzt, wie weit ich bin?», fragte ich ihn.

«Weißt du denn jetzt, was du mit deinem Leben machen willst?», fragte er zurück und runzelte wieder die Stirn.

«Nun ja, das nicht. Aber das muss ich auch noch nicht. Ich werde es schon noch rauskriegen … glaube ich. Aber zu Hause, im selben Umfeld und mit den alltäglichen Sorgen hätte ich es erst recht nicht geschafft!»

Luan dachte über meine Worte nach, denn wie immer, wenn er das tat, schaute er skeptisch und spielte mit dem Autoschlüssel in seiner Hand.

«Lass dich einfach inspirieren und erlaube dir, von Großem zu träumen, mein Gott!», sagte ich und stupste ihn an.

Ich erkannte mich selbst kaum wieder, doch ich fühlte mich so beflügelt und voller Elan. Diese Orte hier hatten das einfach an sich.

Luan nickte lächelnd, was ich als Zustimmung interpretierte.

«Komm, lass uns unsere Turteltäubchen suchen. Wo sind die eigentlich schon wieder hin?», fragte er mich und erst da realisierte ich, dass Hava und Gjon schon lange vorausgegangen waren.

Wir fanden sie im ehemaligen Gymnasion, wo einst junge Männer in körperlichen, geistigen und intellektuellen Lehren ausgebildet wurden. Unterwegs hatte ich von einem Altar, einer Therme und einem Tempel gelesen, die auf dem großen Areal verteilt waren. Man konnte zum Teil nicht mehr erkennen, was wo gewesen war, doch faszinierten mich die Bauten, die zum Teil vor dem zehnten Jahrhundert vor Christus geschaffen worden waren.
Hohe Mauern ragten in den Himmel, Stein um Stein waren sie symmetrisch hinter den hohen Säulen aufgestellt und ein wahres Kunstwerk für das Auge. Alles schien perfekt konstruiert zu sein. Die Anlage beeindruckte mich sehr. Bisher hatte ich so etwas nur in der Schweiz gesehen, in der Nähe von Basel, in einem Dorf namens Augst. Das römische «Augusta Raurica» bot dort einen bedeutenden Einblick in das Leben der Römer während der Antike. Dies war eines der wertvollsten Kulturerben der Schweiz.

Hava und Gjon erklärten einer jungen Dame gerade, dass wir auf der Rundreise durch Albanien seien, und fragten sie nach der Herkunft der Tracht, die sie trug.
«Oh, das ist eine Tracht aus Medvegja!», antwortete die junge Frau im kosovarischen Dialekt.
«Shote, hast du nicht auch mal diesen Ort erwähnt?», fragte mich Gjon, als wir dazustießen, und ich nickte euphorisch. Das war die Geburtsstadt meines Vaters!
Die junge Frau trug das Nationalkostüm, das ich besonders schätzte und das wir die «Veshje Kombëtare» nannten: ein langes, weißes Baumwollunterkleid mit breiten Ärmeln, eine rote Schürze mit schwarzen Stickereien und im selben Stil wie die «Jelek», die Weste, die so wunderschön detailliert bestickt war.

Über der Schürze trug sie einen farbenprächtigen Perlengürtel, der für die Region «Medvegja» stand. Ihre Halskette mit einem «Lirë», einer Goldmünze, funkelte in der Sonne.
«Ja, mein Vater kommt aus Medvegja – unsere ganze Familie eigentlich», antwortete ich Gjon, der einmal mehr sein Elefantengedächtnis bewiesen hatte.
Die junge Frau arbeitete als Touristenführerin und reiste mit ihrer Gruppe ebenfalls durch Albanien. Sie und ihr Mann waren vor vielen Jahren aus dem Kosovo nach Albanien ausgewandert und hatten in Saranda ihr Glück gefunden. Ihr Name war Afërdita, was «der Tag ist nahe» bedeutete und auch die albanische Version der griechischen Göttin «Aphrodite» war.
«Kommt, ich zeige euch den Weg zum Dach – der Ausblick von oben auf die Stadt und das Meer ist atemberaubend!», meinte sie und lief, trotz High Heels, den felsigen Weg hinauf.

Afërdita hatte nicht zu viel versprochen: Die Aussicht war phänomenal. Man hatte das Dach zu einem kleinen Park mit Bänken umgebaut; Blumen waren gepflanzt worden und wäre es nicht so windig gewesen, hätte man bestimmt auch den Duft der Rosen genießen können.
Afërdita kümmerte sich gerade um ein paar Touristen, die ein Foto mit ihr machen wollten, und lächelte charmant in die Kamera.
Luan schaute ihr dabei zu und ich musste lächeln. Seit unserem Gespräch am Strand war eine Last von meinen Schultern genommen – ich war davon befreit, Bestätigung und Zuneigung zu erwarten, das Schlimmste zu befürchten und mich immer vorzusehen, niemanden zu nahe an mich heranzulassen.
«Shote, kommst du?», rief Hava und wartete unten an der Treppe. «Das Museum ist gleich hier, das musst du dir anschauen!»
Ich betrat einen kleinen, kühlen Raum, wo die Funde der Ausgrabungen in Vitrinen ausgestellt waren.

Doch mein Blick fiel auf die Statuen, die hinten an der Wand ausgestellt waren. Unter ihnen: die Büste der Königin Teuta. Ich betrachtete sie, die hohen Wangenknochen, die schön geformten Augen und die Kraft, die sie ausstrahlte. In Erinnerung an die Busfahrt von Prishtina nach Tirana fielen mir die Worte der älteren Dame Hana ein:
«Wir sind mutig, stolz und wir tragen das Gen der Kriegerin in uns. Das solltest du nie vergessen, Shote – wir alle stammen von der Königin Teuta ab. Ihre Stärke ist in uns.»
Das war sie – und heute empfand ich das mehr denn je.

Wir stiegen die Burg hinunter und kamen an einer Stelle vorbei, die mir beim Hinweg nicht aufgefallen war: eine Steintreppe, die hinunter zu einem Tor führte. Etwas war in einen der Steine eingraviert, doch ich konnte von oben nicht erkennen, was es war.
«Das ist ein Löwe, der einen Stier frisst», rief Afërdita mir zu und kam mir entgegen.
Ich schaute sie fragend an und sie ergänzte:
«Man nannte diese Stelle das Löwentor, es war der sechste Eingang zur Burg. Man erzählt sich, der Löwe stelle die Bewohner Butrints dar, und der Stier sei der Feind gewesen. Das Bild sollte als Drohung für alle Eindringlinge dienen.»
Ich dachte kurz nach und musste laut lachen.
«Okay, jetzt ist sie komplett übergeschnappt», scherzte Luan und drehte seinen Zeigefinger an der Schläfe im Kreis.
«Es war kein Löwe!», sagte ich zu den anderen, die mich noch immer fragend anschauten.
«Die Geschichte der alten Frau, vor dem Tor draußen! Sie sagte doch, es habe nur einen Feind gegeben, den die Amazonen nicht hatten bekämpfen können – und das war der Löwe. Doch der Löwe war nur ein Sinnbild, er stand für die

Bewohner hier, die die Amazonen gejagt hatten!», sagte ich, begeistert über meine eigenen Fähigkeiten, Zusammenhänge zu erkennen.

«Shote, du warst zu lange an der Sonne. Das ergibt doch gar keinen Sinn», neckte mich Luan noch immer.

«Luan, du hast mal wieder nicht hingehört. Manchmal ist eine Geschichte auch einfach nur eine Geschichte», sagte ich besserwisserisch und stürmte die Steintreppen hinauf, wo als Lohn der Ausblick auf das Meer wartete.

20

Ich schwamm in die Höhle hinein, bis ich den Boden unter meinen Füßen wieder spürte und schon nach zwei, drei Metern aus dem Wasser steigen konnte. Die kleine Öffnung im Felsen spendete genug Licht und doch war es in der Höhle kühl. Bei den draußen herrschenden Temperaturen war das zwar erfrischend, ließ mich jedoch nach dem Bad im kalten Wasser frieren.
Die Felswände waren grob, dunkel und wie ein ungeschliffenes Abbild der Mystik dieses Ortes: Alles glitzerte und funkelte. Ich setzte mich auf den mit Kieselsteinen bedeckten Boden und schaute auf das klare, türkisfarbene Wasser, das die Sonne reflektierte.
«Shote, komm da raus, das kann gefährlich sein!», rief Gjon mir von draußen zu. Ich hatte erfahren, dass Luan und Hava keine besonders guten Schwimmer waren, weshalb die beiden im Boot blieben, als Gjon und ich uns auf Entdeckungstour machten. Ich wollte die Felsküste genauer ansehen und da das Meer so ruhig war, schien dies der perfekte Tag dafür.
«Shote, ich bitte dich, die anderen machen sich bestimmt schon Sorgen, na komm schon», rief Gjon erneut und ich stand auf, lief ins Wasser hinein und winkte ihm zu.
«Schwimm nur hinein, Gjon – du wirst es hier lieben!»

«Sag mal, bist du lebensmüde?», fragte Gjon mich etwas genervt, als er in die kleine Höhle hineinschwamm. Er duckte sich reflexartig, als er aus dem Wasser stieg, obwohl die Steindecke hoch genug war.
«Ist das nicht magisch?», fragte ich und strahlte vor Freude, diesen Ort entdeckt zu haben.
Gjon schaute sich um und antwortete mir mit Kopfschütteln und hochgezogenen Augenbrauen.

«Du bist echt mutig, Mädchen!», rief er lachend und setzte sich zu mir auf den Boden.
Das Boot, in dem Luan und Hava mit dem Segelführer saßen, war einige hundert Meter entfernt und die beiden hatten uns für verrückt erklärt, als wir beschlossen, die Gegend schwimmend zu erkunden. Das Wasser war stellenweise sehr tief und ganz ungefährlich war es wohl nicht, doch das Abenteuer hatte sich auf jeden Fall gelohnt – so etwas hatte ich mich noch nie getraut und diesen Platz zu entdecken, war Lohn genug.
Man hörte nur das Wasser gegen die Felsen schlagen und selbst das hatte einen eigenen Rhythmus, der sich stets wiederholte und mich beruhigte. Ein Stück Himmel auf Erden, dachte ich, und das hier – an einem kleinen Strand in Vlora.
Ich hätte es nicht für möglich gehalten, dass mich nach dem Besuch beim «Syri i Kaltër», noch etwas hätte beeindrucken können. Doch war ich umzingelt von glänzenden Wänden und schaute auf das herrliche Meer hinaus.

* * *

Der Strand in Karaburun Peninsula war fast schon winzig, vielleicht vierzig oder fünfzig Meter lang und mit Kieselsteinen bedeckt. Umgeben von Hügeln und einer beeindruckenden Natur fühlte es sich hier an, als wäre man auf einer einsamen Insel, auf der noch nie ein Mensch gewesen war. Als wir hier ankamen, wäre ich am liebsten die steilen Felswände hinaufgeklettert, um vom obersten Punkt auf diese prachtvolle Stelle zu blicken. Weit und breit war keine Menschenseele zu sehen, kein Hotel, kein Geschäft und nichts, was an Zivilisation erinnerte. Wild gewachsene Sträucher, Büsche und Bäume hüllten die Umgebung in Grün und Braun; die Steine waren wie ausgetrocknete Wüstenblöcke und vollendeten den Anblick dieses Ortes.
Karaburun Peninsula.

«Gjon, Gjon, Gjon, was für ein Glück ihr habt», sagte ich zu ihm und schaute ihn an.
Erst jetzt, da er so neben mir saß, sah ich die lange Narbe auf seiner Schulter.
«Wir? Glück? Erzähl mir etwas weniger Witziges, Shote! Ich kann mich kaum retten vor Glück», sagte er etwas sarkastisch, aber mit einem Lächeln im Gesicht.
«Du bist in der Schweiz groß geworden, hast alles, was man im Leben braucht und bist frei! Du kannst überall hinreisen und dein Leben genießen – wie kommst du darauf, dass *wir* Glück haben?», fragte er mich.
«Das stimmt – und übrigens, die Schweiz hat auch wunderschöne Orte, und ich hoffe, ich kann euch drei bald in der Schweiz begrüßen und auch all jene Plätze mit euch entdecken. Doch das meinte ich gar nicht», erklärte ich ihm.
«Es ist die Art und Weise, wie ihr alle zusammenlebt. Seit ich hier bin, habe ich das Gefühl, dass ich Albaner auf eine neue Art und Weise kennenlerne. Ihr seid so viele und alle können so sein, wie sie wollen …»
«Ich will mich ja nicht anstellen, aber von wegen wir sind so viele – leben nicht mehr als zweihundertfünfzigtausend Albaner in der Schweiz? Reicht dir das denn nicht, Shote?», sagte Gjon und wir fingen beide an zu lachen.
«Gjon, du hörst dich gerade wie ein gewisser Politiker aus der Schweiz an! Wenn du mich jetzt noch ein schwarzes Schaf nennst, ist es vollbracht!», entgegnete ich ihm und er schaute mich nur fragend an.
«Nicht so wichtig, Gjon. Ich erkläre dir das, wenn ihr mich dann in der Schweiz besuchen kommt», versprach ich.
«Aber was das Thema ‹so viele Albaner in der Schweiz› angeht – vielleicht ist es genau das. Weißt du, damals, als meine Eltern in die Schweiz gegangen sind, da gab es kaum andere Albaner.

Meine Mutter erzählte mir immer, dass sie, wenn irgendwo eine andere Frau Albanisch sprach, sofort zu ihr ging, man sich anfreundete und versuchte, einander zu unterstützen. Dann brach der Krieg aus und es kamen unzählig viele Albaner in die Schweiz. Dann war plötzlich alles anders.»

«Ich verstehe nicht ganz, wieso denn anders?», fragte Gjon.

«Naja, viele waren vom Krieg traumatisiert oder hatten keine Perspektive und einige Jahre lang las man immer wieder von Albanern, die in kriminelle Aktivitäten verwickelt und negativ aufgefallen waren. Es gab viele Vorurteile, was es für uns nicht einfacher machte. Es brauchte etliche Jahre, bis wir das schlechte Image ablegen konnten.»

Gjon nickte nachdenklich und schaute mich an.

«Das ist mir nicht bewusst gewesen. Wir erleben hier ja auch Kriminalität, doch unterscheiden wir nicht in Nationalitäten – es gibt ja nur die eine. Aber bei einem Land wie der Schweiz fällt das auf, das verstehe ich. Wie konntet ihr denn überhaupt aus dieser Spirale entkommen?», fragte er mich nun.

Der Gedanke kam mir blitzartig und ich musste lachen.

«Ich glaube, den Start haben wohl Menschen wie Xherdan Shaqiri und Granit Xhaka gemacht!», antwortete ich grinsend.

«Die Fußballspieler?»

Gjon schaute mich erstaunt an und ich konnte verstehen, dass er den Zusammenhang nicht sah.

«Ja, die Fußballspieler. Sie haben mit ihrem Können und ihrer Entscheidung, für die Schweizer Nationalmannschaft zu spielen, ein Zeichen gesetzt. Immer wieder haben sie betont – und viele andere nach ihnen auch –, dass sie der Schweiz dankbar seien für die Hilfe, welche diese den Albanern nach dem Krieg geboten hatte. Und uns Albaner hat es sehr stolz gemacht, wenn wir Spieler wie Xherdan Shaqiri und Granit Xhaka, aber auch Valon Behrami, Pajtim Kasami, Admir Mehmedi oder Blerim Dzemaili,

auf dem Spielfeld sahen. Sie haben den Weg geebnet für eine Reihe erfolgreicher, albanisch-schweizerischer Fußballspieler.
Es berührte mich jedes Mal, wenn ich sah, wie sie angefeuert wurden – nicht nur von ihren albanischen Fans, sondern vor allem auch von den Schweizern. Auch war man stolz darauf, wenn Spieler wie Taulant Xhaka, Shkelzen Gashi, Benjamin Kololli und viele andere, die in der Schweiz ausgebildet wurden, später in der Nationalmannschaft Albaniens oder Kosovos Karriere machten. Ich glaube, dass das die Brücke zwischen zwei Kulturen war und diese Jungs einen großen Effekt auf das Bild der Albaner in der Schweiz hatten», beschrieb ich meine Wahrnehmung.
«Zemra Mal» lautete eine albanische Redewendung. Wenn das Herz vor Sehnsucht oder Schmerz so groß wie ein Wald wird. So fühlte es sich an, wenn ich daran dachte, wie jung die Fußballspieler noch gewesen waren, als sie diese Entscheidung hatten treffen müssen und wie sehr es sie geschmerzt haben musste, wann immer sie gegen Albanien oder Kosovo gespielt hatten.
«Das wusste ich nicht, Shote …», sagte Gjon.
«Ach, das sind nun mal Dinge, die jedes Land anders erlebt. Und ich möchte auch nicht behaupten, dass wir nur wegen der Fußballspieler ein besseres Image in der Schweiz genießen. Jeder einzelne Albaner, der täglich bei der Arbeit, im Studium und als Teil der Gesellschaft lebt, hat dazu beigetragen. Es lag und liegt an uns zu zeigen, wie viel Disziplin, Vielfalt und Herzlichkeit unsere Kultur beinhaltet. Darunter sind Politiker und Politikerinnen genauso vertreten wie Lehrkräfte, Kunstschaffende, Geschäftsleute und viele andere. Und alle gemeinsam, mit jedem Tag ein wenig mehr, wurden wir zu einem Teil der Schweiz. So empfinde ich es zumindest», sagte ich lachend, um dem Thema etwas von seiner Schwere zu nehmen.
«Versteh mich nicht falsch, Shote, aber das ist tatsächlich etwas, das Albaner aus dem Kosovo viel intensiver erlebt haben als wir

in Albanien. Wir sind mehrheitlich nach Italien ausgewandert; schon seit Jahrhunderten reiste immer wieder ein kleiner Teil der Bevölkerung – die Arbëresh – nach Kalabrien oder Sizilien und ließ sich dort nieder. Die Mentalität ist viel ähnlicher und selbst ich habe Verwandte, die in zum Teil albanischen Dörfern in Italien beheimatet sind und seit Jahrzehnten dort leben. Ich kann mich nicht erinnern, dass Albaner einen besonders schlechten Ruf in Italien hätten. Abgesehen von der Mafia, natürlich!», scherzte Gjon und führte seine Gedanken nach Amerika weiter, wo ebenfalls eine riesige Gemeinde von Albanern lebte, die sich vollständig integriert und doch niemals ihre Wurzeln vergessen hatte.

Ich hatte mich seit langem nicht mehr mit diesen Themen befasst, stellte ich fest – ein schönes Zeichen dafür, dass eine gewisse Ruhe in die Sache eingekehrt war.
Es gab sicherlich noch viel zu tun, doch wenn ich so darüber nachdachte, fiel mir auf, wie viel auch ich mittlerweile von der Schweizer Mentalität angenommen hatte. Selbst bei meinen Eltern konnte ich dies immer wieder beobachten – ob sie es merkten oder nicht, sie hatten so viele typische Eigenschaften der Schweizer angenommen, dass sie im Kosovo mittlerweile sofort auffielen.
«Es ist wahrlich besonders, dass unser Volk sich auf der ganzen Welt verteilt hat und nun von all diesen Ländern etwas annimmt», sagte ich zu Gjon.
«Ich musste gerade daran denken, dass die Generation meiner Eltern und auch meine eigene an einem Punkt sind, wo sie nirgendwo wirklich zu Hause sind. So integriert wir auch sein mögen, so sind wir doch noch immer ‹Fremde›, ‹Gäste›, in der Schweiz. Und mittlerweile auch im Kosovo, denn wir nehmen immer mehr die Werte und Angewohnheiten unserer Umgebung

in uns auf und ich sehe, wie wir ‹Ausländer›, wie sie uns im Kosovo nennen, den Menschen in der Heimat Schweizer Werte wie Pünktlichkeit, einen korrekten Fahrstil oder die Erhaltung der Umwelt aufzuzwingen versuchen», erklärte ich lachend, denn ich erinnerte mich an meine Reklamation an der Busstation in Prishtina und wie ich mich über die Verspätung des Busses hatte aufregen können.

«So sind wir, wir Heimatlosen. Ausländer hier, Ausländer da», schloss ich.

Gjon lächelte und sagte dann etwas, das ich nicht erwartet hätte: «Ich finde, du siehst das zu einseitig, Shote. Nun seid ihr mehr als zweihundertfünfzigtausend Menschen in diesem Land, seit fast dreißig Jahren lebt ihr mit Schweizern und anderen Nationalitäten zusammen. Du bist in der Schweiz zur Schule gegangen, hast studiert, arbeitest und bist ein Teil der Gesellschaft. Du bist völlig integriert – und doch sprichst du, bis auf einige sehr lustige Ausnahmen, gut Albanisch. Du kennst die Lieder von früher, albanische Gedichte, Künstler und sogar in der Schweiz erwähnst du die berühmten albanischen Persönlichkeiten wie die Fußballer von vorhin. Und das Wichtigste: Du bist hier. Du hast es nicht vergessen. Du hast deine Herkunft, deine Sprache, dein Volk nicht vergessen. Du und alle anderen, nicht nur in der Schweiz, sondern auch in Italien, Amerika, Deutschland und allen Teilen der Welt, ihr nehmt das Beste aus beiden Welten und entscheidet dann, wie viel ihr von beidem zulasst, was ihr annehmt und was ihr lasst. Denkst du denn, dass eure albanische Lebensweise keinen Einfluss auf die Schweiz und ihre Kultur hatte?»

Ich war erstaunt über Gjons Worte und Gedanken. So hatte ich das nie gesehen.

«Shote, tatsächlich mögen sich deine Eltern etwas verloren fühlen in diesen zwei Nationalitäten und sicherlich auch deine

Generation und du. Doch deine Kinder werden mit den besten Eigenschaften aus beiden Nationen groß werden – das darfst du nicht vergessen. Vielleicht war es nicht einfach für euch, diesen Weg zu gehen, doch sieh das große Ganze – schau in die Zukunft und verharre nicht bei einer Momentaufnahme. Dazu gibt es übrigens eine schöne Geschichte.

Die Wahl

Ein weiser Mann hatte bei der Schlichtung eines Streits zwischen zwei Familien so gute Arbeit geleistet, dass ihm die Familien dafür ein Tier zum Geschenk machen wollten.
Sie konnten sich nicht zwischen einem Kalb und einer Ziege entscheiden; das Kalb war noch klein, schwach und mager und die Ziege groß, stark und flink.
Deswegen überließen sie dem Weisen selbst die Wahl.
Der weise Mann erstaunte die beiden Familien mit seiner Entscheidung, das Kalb zu nehmen.
«Sag uns ehrlich, Weiser – wieso hast du das ausgehungerte, kleine Kalb gewählt und nicht die kräftige Ziege?», fragten sie ihn.
Der Weise antwortete:
«Das Kalb kann ich pflegen und füttern und es wird eines Tages eine große Kuh werden, die mir Milch, Butter, Käse und irgendwann auch Fleisch spenden wird. Die Ziege ist und bleibt jedoch immer nur eine Ziege.»

«So ist das im Leben, Shote, man darf nicht nur an heute denken. Die Zukunft sollte unsere Entscheidungen und Handlungen beeinflussen», erklärte mir Gjon.
Ich musste lächeln und erwiderte:

«In dir steckt ja ein richtiger Poet, Gjon. So viele Geschichten – jetzt weiß ich auch, wieso du so einen großen Kopf hast!», scherzte ich und war doch tief beeindruckt von seinen Worten.
«Schon gut, mach du nur deine Scherze, Shote!», sagte er lachend und sprang zurück ins Wasser.
«Lass uns zu den anderen gehen – sie fragen sich bestimmt schon, wo wir sind!», erwiderte er und ich sprang ihm hinterher in das eiskalte Wasser.
Als wir in Richtung des Bootes schwammen, kam mir noch etwas in den Sinn.
«Ach, Gjon, was ich dich noch fragen wollte: Woher hast du eigentlich diese Narbe an der Schulter?»
«Ach das! Als wir das Hotel bauten, hatte ich einen Unfall und verletzte mich so schwer an der Schulter, dass ich operiert werden musste. Meine Eltern hätten beinahe den Bau des Hotels abgebrochen, da sie meine Verletzung als schlechtes Omen ansahen. Doch ich bestand darauf, dass wir alles fertig bauen und dann das Schicksal entscheiden lassen, ob es ein gutes oder ein schlechtes Zeichen war.
Wie du siehst, Shote», und er zeigte lächelnd mit dem Kopf in Richtung Hava, «hat sich die Entscheidung gelohnt.»

21

«Meinst du echt, ich soll?», fragte ich Hava und wusste die Antwort eigentlich schon, denn sie strahlte über das ganze Gesicht und nickte aufgeregt.

Ich betrachtete mich im Spiegel und musste lachen. Ich sah irgendwie merkwürdig aus und doch wollte ich das alles gar nicht mehr ausziehen. Das weiße Baumwollhemd war etwas größer, als ich es gewohnt war, doch es passte zur Tracht. Die langen cremefarbenen Hosen mit dem schwarzen Streifen an beiden Seiten und den Verzierungen unterhalb des Gürtels waren dick und wärmten, passend zum etwas kühleren Wetter an diesem Tag. Ich drehte mich und betrachtete mich von allen Seiten, als die alte Verkäuferin gerade mit dem letzten noch fehlenden Teil der Tracht kam: der dunkelroten Weste.

Die Frau hielt sie stolz hoch und zeigte mir die Vorder- und Rückseite. Die Weste war wahrlich wunderschön.

Die langen Ärmel waren oben schmal geschnitten und gingen nach unten weit auseinander. Schwarze Stickereien verzierten den Kragen abwärts bis zum Ende. Und dort, wo normalerweise die Knöpfe waren, war die Weste wellig geschnitten und so genäht worden, so dass sie fest und beständig hielt.

Hava half mir, sie vorsichtig anzuziehen, und strich den Stoff an meinem Rücken und bei den Armen zurecht.

«Jetzt siehst du aus wie sie», sagte sie und hielt die Hände zusammengefaltet vor ihrem Gesicht. Ich glaubte, Tränen bei ihr aufblitzen zu sehen, doch es hätte auch das Funkeln ihrer Augen sein können, wie sie es immer hatte, wenn sie gerührt war.

«Hava, ich kann doch so jetzt nicht da rausgehen?», fragte ich, in der vollen Montur Shote Galicas gekleidet.

Ich sah aus wie meine Namensvetterin.
Wie eine Kriegerin.

* * *

Wir waren eben erst in Kruja angekommen, hatten das Auto geparkt und waren den mit großen Steinen gepflasterten Boden hinauf zum Museum von Gjergj Kastrioti Skenderbeu gegangen, als ich das kleine Geschäft in einem der robusten Häuser entdeckte. Schon von weitem waren mir die an den Wänden ausgehängten Teppiche aufgefallen, die noch immer von Hand in prächtigen Mustern und in Gold-, Schwarz und Rottönen gewebt wurden.
Aus einem kurzen Blick ins Geschäft wurde eine Anprobe der hiesigen Trachten, doch so schön die langen Roben für Frauen auch waren, mein Blick fiel sofort auf die Kleidung der Männer und insbesondere auf eines der Prachtstücke. Ich näherte mich diesem, und als mich Hava beim Namen rief, war die Verkäuferin ganz entzückt. Ihrer Meinung nach hatte wohl mein Unterbewusstsein bereits entschieden, dass ich nicht für das gewöhnliche Gewand gemacht war.
Für den Besuch im Museum zog ich mich jedoch wieder um. Ich wusste nicht, wie die Menschen hier in Kruja auf eine solcherart gekleidete Frau reagieren würden, und wollte nicht respektlos erscheinen.
Wir verabschiedeten uns von der älteren Dame im Geschäft und liefen zu den Jungs, die draußen warteten.
Luan grinste besserwisserisch, als er mich mit der großen Einkaufstasche sah. Er hatte mich bereits vor dem Betreten des Geschäfts gewarnt, dass ich den albanischen Verkaufsstrategien niemals widerstehen könne.
Ich zuckte nur mit den Schultern und sagte:
«Irgendjemand muss die Wirtschaft dieses Landes ja ankurbeln!»

Wir gingen die breite Straße hinauf und das Museum wirkte bereits jetzt gewaltig. Die Präzision, mit der die einzelnen Steine am Boden, in den Mauern der Burg und der Gebäude angeordnet worden waren, war schlichtweg beeindruckend. Sie waren zwar nicht perfekt, aber genau das machte sie aus.
Wir näherten uns dem großen Gebäude und eine Melodie, gespielt von einem alten Mann an seiner «Qifteli», dem albanischen Streichinstrument mit nur zwei Saiten, wurde immer lauter. Der Mann saß auf einem Felsen, eine Zigarre im Mundwinkel, hielt seine Qifteli mit dem schwarzen Doppelkopfadler in der Mitte und gab mit dem Fuß den Takt an.

Er erinnerte mich ein wenig an meinen Großvater: Er trug ein weißes Hemd mit einem hellbraunen Wollpullover darüber, ein schwarzes Jackett und dazu dunkelbraune Stoffhosen. Seine schwarzen Lederschuhe schienen uralt und abgenutzt, doch er hatte sie poliert und sie glänzten in der Sonne, die durch die Wolken hindurch schien. Auch schien er immer eine Zigarette in der Hand zu haben.
Er spielte wundervolle, alte Lieder, die ich noch aus meiner Kindheit kannte. Zu gern hätte ich mich zu ihm gesetzt und seiner Kunst gelauscht. Die anderen waren jedoch bereits zum Eingang des Museums vorausgegangen und warteten auf mich. Ich legte dem alten Mann zweihundert Lekë hin und lächelte ihn an. Er hörte auf zu spielen, zog seinen beige-karierten Hut vor mir, nahm sein Lied wieder auf, und auch wenn sein Schnurrbart seinen Mund verdeckte, glaubte ich, ihn lächeln zu sehen.

Kruja stand, wie so viele bedeutsame Bauten in Albanien, auf dem Gipfel eines Berges und schaute auf das Tal hinunter, auf die Felder und Wälder. Einige Grundmauern hatte man noch als Erinnerung an die Vergangenheit stehen gelassen, genauso

wie einige der älteren Häuser, in denen noch immer Menschen zu leben schienen.
Kruja bedeutete «Quelle» oder auch «Brunnen». Welch Sinnbild für diese Ortschaft, die tatsächlich die Quelle der albanischen Nationalität widerspiegelte.
Vor allem war sie eines: die Stadt von Gjergj Kastrioti Skenderbeu. Zeit seines Lebens hatte er sie und sein Land verteidigt und war so in die Geschichtsbücher Albaniens eingegangen. Heute feiern wir ihn als Nationalhelden.
Die Lebensgeschichte Gjergj Kastriotis ist so einzigartig wie er selbst: Sein Vater Gjon war verpflichtet, dem damaligen Sultan der Osmanen seine Söhne als Pfand zu übergeben, unter anderem auch Gjergj. Dieser war zwar als Christ geboren und bis dahin in diesem Glauben erzogen worden, musste bei den Osmanen jedoch zum Islam konvertieren und wurde dann jahrelang zum Krieger ausgebildet. Erst als sein Vater starb, fast zwanzig Jahre nach der Integration ins osmanische Reich, besann sich Skenderbeu seiner albanischen Identität. Mit dreihundert Gleichgesinnten flüchtete er nach Albanien, übernahm Kruja und hisste 1443 die albanische Flagge mit dem schwarzen Doppelkopfadler auf rotem Grund, wie wir sie heute kennen. Es war die Flagge der damaligen Kastrioten-Familie.
Den Rest seines Lebens verteidigte er Albanien vor anderen Besatzern. Erst nach seinem Tod konnten die Osmanen Albanien für die nächsten vierhundert Jahre einnehmen.
Ich erinnerte mich an seine Statue in Tirana, die zwischen den zwei Gotteshäusern stand und daran erinnern sollte, dass er die beiden Religionen, das Christentum und den Islam, vereint hatte.

Das Museum war nicht nur von außen ein Meisterwerk der Architektur, sondern überzeugte auch in seinem Inneren.

Ich war erstaunt, als mir Hava erklärte, dass das Konzept des Museums von niemand Geringerem als von Pranvera Hoxha stamme – der Tochter Enver Hoxhas.
Gleich beim Eingang begrüßten uns Skenderbeu und seine Gefolgschaft als Betonskulpturen und ließen bereits erahnen, welchen Wert der Fürst in der albanischen Kultur hatte.
Viele Kunstwerke hatte ich bereits im Historischen Nationalmuseum in Tirana bewundert, doch was in Kruja hervorstach, das waren die einzigartigen Mosaike und Gemälde, welche berühmte Persönlichkeiten der Vergangenheit oder geschichtliche Momente festhielten. Eines dieser Werke, das besonders beeindruckend war, zeigte auf einer etwa zehn bis zwölf Meter langen Wand eine der Schlachten gegen die Osmanen um das albanische Reich.

Ich fühlte mich wohl hier, hatte mich völlig verloren in meinem Streben nach Wissen, was wohl alles auf diesem Grund und Boden passiert war, und hatte die anderen drei schon längst aus den Augen verloren.
Sie kannten das bereits und wussten, dass ich, wenn ich erst einmal in meinem Element war, nicht mehr aufzuhalten war. Wahrscheinlich waren sie bereits draußen und genossen die frische Luft hier oben, nahe den Bergen. Es gab auch hier nur wenige Touristen, und ich fühlte mich frei, mir die Zeit zu nehmen, all die Gemälde und Schriften in Ruhe durchzugehen und zu verinnerlichen. Es war spürbar, wie bedeutsam der Ort hier war.

Eines der Zimmer war besonders klassisch gestaltet und ich entdeckte in einem Bücherregal Werke über Skenderbeu in den verschiedensten Sprachen. Es war mir nie bewusst gewesen, dass der Nationalheld Albaniens eine prominente Figur in der

Geschichte Europas gewesen war. Dies bestätigte sich noch, als einer der Aufseher mir erklärte, dass die ausgestellten Besitztümer Skenderbeus lediglich Repliken waren. Die Originale befänden sich alle im Kunsthistorischen Museum in Wien, beispielsweise auch der echte Helm Skenderbeus mit dem Ziegenkopf darauf oder auch Schwerter, die man ihm zugeordnet hatte.

Als ich nach draußen trat, fragte ich mich, wo meine Begleiter wohl geblieben waren, denn ich hatte sie auch beim Zurückgehen nirgendwo mehr finden können.

Draußen schien nun die Sonne und die Wolken, die für die kühlen Temperaturen gesorgt hatten, hatten ihre Reise fortgesetzt und einen blauen Himmel hinterlassen.

Da ich meine Gefährten noch immer nicht sehen konnte, nutzte ich die Chance, den Musiker unten an der Treppe des Museums nochmals zu besuchen. Von dort aus würde ich meine Freunde sofort sehen, wenn sie ihre Tour abgeschlossen hatten.

Rufat hieß der alte Mann, der die Qifteli sanft, bedacht und trotzdem mit Leidenschaft spielte. Er freute sich, als ich mich zu ihm setzte und fragte, ob ich ihm ein wenig zuhören dürfe. Wir sprachen über die Musik und er versuchte mir zu erklären, wie er durch das Halten der Seiten oben mit der linken Hand den Ton regulierte und mit der rechten Hand beim Schwingen der Saiten die Stärke des Klangs.

«Das eine geht nicht ohne das andere», erzählte er, lachte, sang und rauchte, ohne dafür seine Finger von der Qifeli zu nehmen.

«Kommen Sie jeden Tag hierher?», fragte ich ihn, als er gerade eine Pause einlegen wollte und mir eine Zigarette reichte. Ich schüttelte den Kopf und dankte ihm, indem ich meine Hand auf das Herz legte – als Zeichen, dass ich beim besten Willen nicht rauchen könne. Ich musste die Geste irgendwo in den

letzten Tagen aufgeschnappt haben, denn ich konnte mich nicht erinnern, das jemals zuvor getan zu haben.
«Jeden Tag, seit vielen Jahren. Viel zu vielen Jahren!», scherzte er und ergänzte:
«Doch anders ist es kaum möglich, mich über Wasser zu halten. Hier geben mir die Besucher etwas Geld, ich kann meine Musik spielen, an die Tage von früher denken und diejenigen vermissen, die von uns gegangen sind.»
Mir gefiel die Art, wie er das Leben sah, dennoch schmerzte es mich, da er in seinem Alter anscheinend nichts anderes hatte, worauf er sich verlassen konnte.
«Rufat, haben Sie denn keine Kinder, die sich um Sie kümmern können?», fragte ich ihn, denn in der albanischen Kultur war es üblich, dass sich die Kinder um die Eltern und Großeltern kümmerten.
«Leider hat Gott für meine Frau und mich keine Kinder vorgesehen. Und seit sie vor ein paar Jahren von mir gegangen ist, brauche ich auch nicht mehr so viel, wenn auch mein Leben sehr einsam geworden ist. Doch das ist nicht weiter schlimm, die Kinder meines Bruders leben in Deutschland und sie denken viel zu oft an mich, schicken mir Geld und kaufen für mich ein, wenn sie hier sind. Ich will mich nicht beklagen, ich war und bin ein gesegneter Mann. Und ich bin gern hier, treffe Menschen aus aller Welt und zeige ihnen meinen Garten, wie ich diesen Platz so gern nenne», erzählte Rufat mit viel Demut in seiner Stimme.
«Es freut mich sehr, das zu hören. Vor allem, dass selbst Menschen, die weit von Ihnen entfernt leben, an Sie denken und sich um Sie kümmern», sagte ich ihm.
Rufat zeigte mit dem Kopf auf einen Mast mit etwa zwanzig Schildern: Reiseziele aus der ganzen Welt waren dort markiert und die Entfernung von Kruja zu den verschiedenen Ortschaften in Kilometern angegeben.

«In Berlin sind meine Lieben zu Hause – siehst du: 1910 Kilometer. Und ich trage sie auch immer hier», und nun zeigte er mit der Hand, in der eine neue Zigarette glühte, auf sein Herz.
«Oh, Berlin! Da habe ich auch Verwandte! Leider habe ich sie aber seit Ewigkeiten nicht mehr gesehen oder etwas von ihnen gehört …», gab ich zu und merkte, wie sich Rufats Gesichtsausdruck veränderte.
«Es ist eine schreckliche Zeit gekommen, wenn man vergleicht, wie der Familienzusammenhalt früher war und wie er heute ist. Nicht wahr?», fragte ich ihn.
«Kind, es ist schön, dass du hier bist und deine Heimat besuchst. Es ist wichtig zu wissen, woher man kommt. Doch zu wissen, zu wem man gehört, ist genauso wichtig. Und ich spreche hier nicht von Albanien, denn die Nationalität wird in den nächsten Jahren immer weniger von Bedeutung sein. Doch die Familie, dein Fleisch und Blut, aber auch deine Freunde, die Menschen, die dich im Leben begleiten, die darfst du niemals vergessen. Es gibt eine wichtige Lektion, die uns Gjergj Kastrioti Skenderbeu hinterlassen hat.

Brich einen Ast

Als Gjergj Kastrioti Skenderbeu auf dem Sterbebett lag, ließ er seine Gefolgschaft zu sich kommen. Sie sollten sich dafür bereit machen, dass er als Führer bald nicht mehr sein würde, und er wollte sehen, wie die Vorbereitungen für die Organisation nach seinem Tod liefen.
Einer seiner Krieger sagte:
«Herr, wir werden deinen Kampf weiterführen, uns den Osmanen widersetzen und dein Land schützen. Ich wäre ein geeigneter Anführer für unsere Gruppen und würde deine Taten und dich in Erinnerung halten!»

Ein Weiterer, der sich meldete, wollte ebenfalls das Amt des Führers übernehmen sowie auch ein Dritter, Vierter und unzählige mehr. Sie alle hatten den Eindruck, das Heer Skenderbeus anführen zu können. So gerieten sie in einen Streit, dem Gjergj Kastrioti eine Zeit lang zuschaute, bis er genug hatte und die Hand hob. Sofort wurden seine Männer still.
«Hol mir einen großen Bund Äste», befahl er einem der jüngeren Soldaten.
Dieser kehrte kurz darauf mit einem riesigen Bund zurück.
Skenderbeu nahm einen Ast und brach ihn in der Mitte durch. Dann nahm er den großen Bund voller Äste und wollte diesen ebenfalls brechen, doch schaffte er es nicht.
Er rief den ersten Krieger, der sich gemeldet hatte, und bat ihn, den großen Bund Äste in der Mitte zu brechen. Doch nur wenn er alle gleichzeitig brechen könne, dürfe er das Heer anführen.
Der erste Krieger scheiterte, der Bund war einfach zu dick. So auch der zweite und jeder andere nach ihm.
«Das ist es, was ihr verstehen müsst: Einen einzelnen Ast brechen kann jeder. Einen einzelnen Krieger töten, selbst einen Anführer, schafft sogar ein gebrechlicher, kurz vor dem Tod stehender Mann. Doch einen ganzen Bund, ein vereintes Heer, eine Truppe, die untrennbar ist, die konnte selbst der Jüngste und Stärkste unter euch nicht brechen.
Nehmt das als Weisheit mit auf eurem Lebensweg: Allein wird man euch bezwingen können, doch niemals, wenn ihr gemeinsam für eine Sache steht.»

Rufat schaute mich mit einem etwas traurigen Blick an und sagte: «Ihr habt alles, was ihr zum Leben braucht, aber vergesst nicht, dass all das nichts wert ist, wenn man es nicht mit jemandem teilen kann.

Wenn du allein bist, kannst du leichter gebrochen werden, dich von deinen Überzeugungen, deinen Zielen, deinen Werten abbringen lassen. Doch mit deinen Liebsten an der Seite hast du Verstärkung, Rückendeckung und Standhaftigkeit. Und das kann dich unbesiegbar werden lassen.»

Ich dankte Rufat für die Geschichte und wollte ihm nochmals etwas dalassen, doch er ließ mich nicht. Er holte seine Qifteli hervor und bat mich darum, überall auf der Welt zu erzählen, dass er am Fuß des Museums von Kruja die schönsten Lieder singe und sich freue, Menschen aus allen Teilen der Welt in seinem Garten willkommen zu heißen.

22

Hava strahlte über das ganze Gesicht. Sie hatte es nicht glauben können, als wir ihr vorschlugen, mit ihr in das Restaurant zu gehen, von dem sie bereits seit Jahren träumte. Gjon hatte uns einige Tage zuvor mehr beiläufig von ihrem Wunsch erzählt und als ich sah, dass das «Mrizi i Zanave» auf unserem Weg von Kruja nach Ulqin lag, schlug ich vor, dort Halt zu machen. Obwohl Hava einen gewissen Hang zum ausschweifenden Loben hatte, hielt sie sich bezüglich Kulinarik sehr damit zurück. Es musste also etwas Besonderes sein, das Hava an diesem Restaurant so bewunderte. Die Freude in ihren Augen, als wir die Route umplanten, war die Reise bereits wert.

* * *

Wir waren am Tag zuvor noch in Kruja geblieben, hatten in einem Hotel übernachtet und waren am nächsten Tag spät aufgestanden, da wir die halbe Nacht über die albanische Geschichte und unsere Eindrücke vom Ausflug nach Kruja gesprochen hatten. Die drei hatten mich im ganzen Museum gesucht, während ich draußen bei Rufat gewesen war. Selbst die Sicherheitsleute hatten sie alarmiert – man stelle sich vor, eine Schweizerin (als was ich hier tatsächlich gesehen wurde) ginge in der Bergstadt verloren! Nun ja, ich war kurz darauf draußen gefunden worden und die Unruhe hatte sich wieder gelegt. Rufat hatte das Ganze mit viel Begeisterung mitverfolgt:
«Das ist das Spannendste, was hier seit Jahren passiert ist!», meinte er dazu und lachte lauter, als er zuvor gesungen hatte.
Ich musste auch grinsen, denn ich war den Rummel um meine Person nicht gewohnt. Dennoch hatte es etwas Schönes an sich, wie die drei sich um mich gesorgt hatten. Wir kannten uns seit

etwas mehr als zwei Wochen und ich spürte, wie sehr auch sie mir ans Herz gewachsen waren. Ich wusste, dass uns nur noch ein paar gemeinsame Tage blieben, und ich konnte mir nicht vorstellen, wie die Reise ohne sie weitergehen würde.

Die Bauern am Straßenrand und die jungen Ziegenhirten winkten uns, als wir an ihnen vorbei und zur Einfahrt des Restaurants fuhren. Ich sah von weitem die schwarz-weiß gefleckten Kühe, die Ziegen in ihrer Horde, schwarze, große und kräftige Pferde und Pfleger, die sich um das Wohl der Tiere kümmerten.
Weite, grüne Felder waren zu sehen, in denen gerade verschiedene Gemüsesorten geerntet wurden. Die Obstbäume und Blumenwiesen zierten den großen Garten, inmitten dessen das Restaurant stand. Das Gelände war riesig und umfasste ein Hotel, einen Tierpark und eine Getreidemühle.
Alles, was in diesem Restaurant zubereitet wurde, stammte von diesen Feldern oder aus dem Dorf – es war regional, biologisch, mit Bedacht und Fürsorge gesät, gehegt und geerntet worden. Ich verstand nun, weshalb Hava sich so sehr in diesen Ort verliebt hatte: Sie hatte dieselbe Vision für ihr gemeinsames Hotel mit Gjon in Tirana.

Die Landschaft kam mir wie eine Filmkulisse aus einer romantischen Komödie vor, so idyllisch schien mir alles. Eine Oase der Ruhe, dachte ich noch, bevor mir ein Bunker aus der Zeit des Kommunismus ins Auge fiel. Zum ersten Mal, seit ich diese Bauten im Land erblickt hatte, musste ich jedoch lächeln: Als hätte eine Waldfee ihre Liebe an dem Betonklotz ausgelebt, war er mit Blumen und Pflanzen bedeckt, ein riesiger Korb lag wie ein Hut auf seinem Dach und grüner Wildwuchs ragte aus dem Korb und verzierte das sonst so dominierende Grau.

In Albanien hatte man ein Talent dafür, Schmerzhaftes anzunehmen, als Erinnerung bestehen zu lassen, aber es zugleich sinnvoll zu nutzen, indem man es mit Farben (wie in Tirana) oder mit Blumen, wie hier, neu erstrahlen ließ.

Wir gingen den Weg zum Restaurant hinauf und ich genoss die Art und Weise, wie die Natur im Innenhof oder auch auf der Treppe mit dutzenden Pflanzen und Blumen in Violett, Weiß und Rosa integriert wurde.
Hava war ganz ruhig, hielt Gjon an der Hand und wartete nur darauf, dass uns ein Platz zugewiesen wurde. Doch das Restaurant war bis auf den letzten Tisch besetzt.
Hava unterhielt sich mit einer Kellnerin und dann ging alles ganz schnell: Ein zusätzlicher Tisch wurde geholt und aufgestellt, nachdem das Paar am Zweiertisch, zu dem wir uns gesellen durften, nach seinem Einverständnis gefragt worden war.
Kaum hatten wir Platz genommen, hörte ich den Schweizer Dialekt der beiden: Es waren Berner.

Es ist wohl schwierig, sich vorzustellen, welche Wirkung einzelne Worte, die kaum von Bedeutung sind, auf einen Menschen haben können. Oder eine Stimme, die eine Erinnerung auslöst, so dass man innerlich eine kleine Zeitreise erlebt. So empfand ich es, als ich den Dialekt aus der Schweizer Hauptstadt hörte und ein Stück Zuhause an unserem Tisch vorfand.
Genau in diesem Moment musste ich an das Lied von Ilir Shaqiri denken, das von seinem Besuch in einem türkischen Bazar erzählt. Ihm fällt eine Vase auf den Boden, die zerbricht. Als der Händler ihn auf Türkisch beschimpft, antwortet Shaqiri ihm auf Albanisch und sieht den Händler plötzlich weinen, da dieser ebenfalls Albaner ist. Die Fluchworte auf Albanisch, die er so lange nicht gehört hatte, kamen ihm wie ein Segen vor.

Ich hatte keine Zeit, mir intensiver darüber Gedanken zu machen, ob die Erinnerung an dieses Lied eine tiefere Bedeutung für mich hatte, denn meine Freunde hatten uns schon vorgestellt und wir setzten uns neben das Paar, das gerade sein Bier genoss.
Der junge Mann und die junge Frau waren auf Entdeckungsreise in Albanien und hatten bereits verschiedene Städte besucht: Korcë, Tirana, Shkodër und nun Lezhë. Sie wollten das Land erkunden, Berge besteigen und Naturstrände entdecken, von denen nur wenige wussten.
Ich schätzte, dass Eva und Thomas etwa so alt wie ich waren; sie vereinten all die Eigenschaften, die mir besonders bei Bernern aufgefallen waren und welche ich sehr schätzte: Sie interessierten sich für die albanische Sprache und versuchten sogar, mithilfe eines Wörterbuchs Albanisch zu sprechen, waren aufgeschlossen und herzlich. Ich beobachtete das Zusammentreffen dieser beiden völlig unterschiedlichen Kulturen und genoss es, den Austausch unter ihnen zu sehen. Thomas und Eva schienen begeistert von ihrem bisherigen Urlaub: Wie sie von Albaniens Berglandschaft und der Gastfreundschaft der Menschen schwärmten, rührte mich sehr. Als hätten zwei Welten zueinander gefunden, dachte ich. Und da ich nicht daran glaubte, dass solche Zusammenkünfte zufällig passieren, fragte ich die zwei, wie sie überhaupt dazu gekommen seien, nach Albanien zu reisen.
«Es ist eigentlich eine völlig verrückte Idee gewesen», erzählte Eva, «eine Arbeitskollegin stammt aus dem Kosovo und nach ihrer letzten Reise nach Albanien zeigte sie mir die Bilder von ihren Wanderungen, dem Essen, den Stränden und den Dörfern in den Bergen. Ich war so fasziniert, dass ich Thomas vorschlug, unsere nächsten längeren Ferien auch in Albanien zu verbringen. Nun sind wir hier und völlig fasziniert!»
«Das heißt, ihr wart niemals zuvor hier und habt euch einfach entschlossen, ein paar Tage durch das Land zu reisen? Ohne

Touristenführer?», fragte ich und war erstaunt, dass das Paar, welches nicht einmal die Landessprache beherrschte, so viel selbstständiger war als ich selbst.
«Ich sag ja – verrückt!», lachte Eva und hielt Thomas' Hand.
«Man muss dazu sagen – ihre Arbeitskollegin hat uns eine dreiseitige Dokumentation zu allen Sehenswürdigkeiten erstellt und uns auch viele Tipps gegeben. Wir waren also nicht ganz auf uns gestellt. Und immer wieder konnten wir auch geführte Reisen dazubuchen, was wir auch gerne getan haben. Außerdem sind die Menschen hier so zuvorkommend und hilfsbereit, und auch wenn wir uns manchmal nur mit Händen und Füßen verständigen konnten, reichte das vollkommen für das, was wir brauchten. Ich muss gestehen, dass ich sehr überrascht war über die Vielfalt an Möglichkeiten, die wir hier entdeckt haben. Und dieser Ort hier», Thomas zeigte mit den Händen auf das Restaurant, «ist ein ganz besonderer!», erklärte er uns.
Damit Hava, Gjon und Luan unsere Unterhaltung verstanden, sprachen wir Englisch und es entstand eine schöne Atmosphäre, in der zwischen frischem Brot, Tomatensalat und verschiedenen Paprika-Lëngë-Spezialitäten mit Deutsch, Albanisch und Englisch jongliert wurde.
Unsere Runde fiel auf und die vorbeigehenden Menschen lächelten uns zu, Kinder winkten zum Abschied und die albanischen Gäste nickten freundlich, als sie das Restaurant verließen.
Wir hatten in der ganzen Euphorie der Begegnung völlig vergessen, zu bestellen und der Kellner schaute abermals an unserem Tisch vorbei, um die Bestellung für den Hauptgang aufzunehmen. Ein Blick in die Karte zeigte, dass es hier an Vielfalt nicht fehlte, was es uns umso schwerer machte, eine Wahl zu treffen.
Die angepriesenen Gerichte boten eine Art kulinarische Transkultur: traditionelle albanische Speisen, die biologisch angebaut und modern inszeniert wurden.

«Dürfen wir Sie um etwas bitten? Wir sind eine Gruppe aus Schweizern, Albanern und einer Kosovo-Schweizerin. Gibt es etwas, das Sie uns bringen können, was wir alle niemals wieder vergessen werden?», fragte ich den Kellner.
Er lächelte, nickte und sagte: «Das lasse ich gern für Sie herrichten, Zojë».
Langsam gewöhnte mich daran, «Dame» genannt zu werden.

Der Kellner hatte nicht zu viel versprochen, als er und seine Kollegen das fantastisch duftende Essen brachten: Eine große Platte albanischen Suxhuk, eine Wurstspezialität, Trockenfleisch und Schafskäse, Brot mit Olivenöl und zwei riesige Platten gebratenen Truthahn. Doch das Highlight wurde an unserem Tisch vollendet: Violette und gelbe, in Holzkohle gebackene Kartoffeln wurden vor unseren Augen mit heißem, geschmolzenem Käse bedeckt und mit violett-weißen Blümchen dekoriert. Ich traute meinen Augen nicht!
Tatsächlich wurde an unserem Tisch ein albanisches Raclette serviert und wir alle waren begeistert über die Idee des Kochs, unsere besondere Zusammenkunft mit einem solchen Gericht zu krönen. Der von Hava gewählte Weißwein passte perfekt zu den Speisen und ich nippte an meinem Glas, schaute über den Tisch, lauschte dem Restaurantbetrieb und lächelte beim Anblick der neuen Freundschaften, die gerade entstanden.
Thomas und Gjon waren in ein Gespräch über Agrokultur und Berglandschaften vertieft und tauschten ihre Theorien aus, während Hava und Eva, die ja denselben Namen aus verschiedenen Kulturen trugen, sich über die Welt der Küche unterhielten. Wie es der Zufall wollte, war Eva die Marketingleiterin eines Restaurants in Bern, das ich gleich auf meine Merkliste setzte.

«Ihr müsst unbedingt in die Schweiz kommen und uns dann besuchen!», sagte Eva zu Hava und die beiden stießen auf Zukunftspläne und ihre neue Bekanntschaft an.
Ich empfand tiefe Dankbarkeit, als ich die vier so beobachtete und gleichzeitig überkam mich eine leise Trauer, wenn ich mich daran erinnerte, dass ich bald von allen Abschied nehmen musste. Meine Reise durch Albanien ging bald zu Ende und so sehr ich die letzten zwei Wochen genossen hatte, so hatte ich nicht das Gefühl, am Ziel angekommen zu sein.

«Alles in Ordnung bei dir?»
Luan hatte den Stuhl neben mich gerückt und setzte sich.
«Ja, ja, natürlich – ich spinne nur wieder», sagte ich lächelnd und schaute auf den Tisch.
Luan hielt die Arme verschränkt und lehnte sich zurück.
«Ach, Shote. Sei mal ehrlich – was kann dich an diesem grandiosen Tag so traurig stimmen?», fragte er mich.
Ich zeigte mit dem Kopf auf unsere Gruppe und lächelte, doch mir kamen bereits die Tränen.
«Schau, ist das nicht wundervoll?», fragte ich ihn und schaute zur Decke, als ob das mein Weinen verhindern könnte.
«Das ist es, wahrlich. Doch sollte dich das nicht freuen? Du bist an einem der schönsten Plätze Albaniens, isst das wohl beste Schweizer Essen, das ein Albaner je zubereitet hat, und bist von wunderbaren Menschen umgeben. Was fehlt dir denn?»
Ich hielt inne und schaute Luan an.
«*Ihr* werdet mir fehlen», antwortete ich ihm leise und lächelte.
Luan nahm meine Hand und sagte nichts, er schaute mich an und nun sah ich, dass auch ihm diese Trennung schwerfiel.
Ich räusperte mich und wischte die Tränen weg. Ich wollte den anderen nicht die Stimmung verderben.

«Ich dachte, dass ich am Ende der Reise so viel mehr haben würde. Versteh mich nicht falsch – ich bin so dankbar, habe ich drei so wichtige und besondere Menschen auf meinem Lebensweg gefunden. Doch das, was ich bereits in der Schweiz so vermisste, das fehlt mir auch hier.
Habe ich von der Reise zu viel erwartet?», dachte ich laut und merkte, dass diese Frage mehr an mich selbst als an Luan gerichtet war.
«Du wirst es nicht glauben, aber es gibt eine sehr passende Geschichte zu dem Thema», sagte Luan und begann zu erzählen.

Gier

Ein junger Mann war neu im Dorf und man erzählte sich, dass er ein mieser Gauner und Betrüger sei. Die Dorfbewohner waren skeptisch, wenn er sich am Bazar oder in den Geschäften herumtrieb, und mieden ihn, so gut es ging. Doch konnten sie ihm nichts vorwerfen, solange er nicht auf frischer Tat ertappt werden würde. Und so machte er die Runde, während ihn die Dorfbewohner nicht aus den Augen ließen.
Eines Tages ging der vermeintliche Gauner in den Schmuckladen des Dorfs und fragte nach einem Schmuckstück, das höchst selten war.
«Es tut mir leid, der Herr. Solche Dinge führe ich hier leider nicht», antwortete ihm der Händler.
Da begann der Gauner den Händler erbost aufs Übelste zu beschimpfen und ihn zu verfluchen. Der Händler lächelte, als der Gauner seine Hassrede beendet hatte, und holte eine Goldmünze hervor. Er reichte sie dem Gauner und sagte:
«So kreativ und voller Leidenschaft wurde ich noch nie beschimpft! Nehmt diese Münze als Dank!»

Der Gauner war verwundert und erfreut. Wenn es so einfach ging, in diesem Dorf sein Gold zu verdienen, dann hatte er ja das richtige Werkzeug dazu.
Schnurstracks lief er zum Eisenwarenhändler gegenüber und verlangte dort ebenfalls nach Waren, die der Verkäufer offensichtlich nicht haben konnte.
Wieder gab er sein Arsenal an Drohungen, Beschimpfungen und Flüchen zum Besten.
Der Eisenwarenhändler ließ ihn nicht einmal seinen letzten Satz beenden, bevor er zu seinem Gewehr griff und den Gauner an Ort und Stelle erschoss.
Der Sohn des Schmuckverkäufers sah, was passiert war, und rannte sofort zu seinem Vater.
«Vater, Vater! Der Eisenwarenhändler hat den Gauner erschossen! Der Eisenwarenhändler hat den Gauner erschossen!», rief er ihm zu.
«Nein, mein Sohn», erwiderte der Schmuckverkäufer, «meine Goldmünze hat ihn erschossen. Denn seine Gier war es, die ihm zum Verhängnis wurde.»

«Shote, du hast noch einen langen Weg vor dir und ich weiß, dass du deine Bestimmung noch finden wirst. Aber lass dir Zeit. Du willst alles auf einmal herausfinden, doch was du suchst, wirst du erst durch Geduld finden. Was hast du denn erwartet? Dass du in zwei Wochen die Antwort auf alle Fragen des Lebens finden würdest?», fragte er mich.
Ich wusste darauf keine Antwort.
«Du brauchst nur die Antwort auf eine einzige Frage. Wenn du die hast, diese eine Antwort, hast du deinen Sinn. Dann hast du alles, was du zum Leben brauchst, um deine Zeit hier so zu nutzen, dass du bei deinem letzten Atemzug lächeln wirst

im Wissen, dass du das Leben mit allem, was dazugehört, ausgekostet hast.»

Ich wartete darauf, dass er fortfuhr, doch er hielt inne und schaute mich nur an.

«Und was ist die Frage?»

23

Wilde Steinschluchten führten an einen Fluss, wo das Wasser durch unzählige Felsbrocken floss, die Steine mit seinem Tanz mal streichelte und mal schliff.
Man sagte hier, dass das Wort des Menschen genauso sei wie das Wasser eines Flusses – war es einmal geflossen, konnte es weder zurückgenommen werden, noch konnte man den Vorgang ungeschehen machen.

Es lebte kaum noch jemand hier oben in diesen Wäldern und es hatte den Anschein, als ob die Zeit längst stehen geblieben war, irgendwann, bevor wir Menschen begonnen hatten, die Welt zu verändern.
Die Zweige und Blätter der Olivenbäume am Straßenrand wehten im Wind, als würden sie uns zur Begrüßung zuwinken, uns dazu einladen, die großen, grünen Früchte ihres Baumes zu kosten. Es lag eine Stimmung in der Luft, als ob der Wald ein Eigenleben entwickelt hätte, worin der Mensch nur kurz Gast sein durfte, als Wanderer oder Entdecker. Zu lange hier, würden wir bereits einen Einfluss auf die Natur und ihr Leben haben.
In der Ferne entdeckte ich ein winziges Dorf, zwei, drei alte Lehmhäuser, und einen kleinen Jungen, der Ziegen hütete.
Er war kaum ein Teenager und doch schien er seiner Aufgabe gewachsen zu sein. Es war ein wundervolles Bild, ihn in dieser wilden und doch zauberhaften Landschaft zu sehen.
Es muss schön sein, in diesen Tälern mit den sprudelnden Gebirgsbächen aus kristallklarem Wasser aufzuwachsen. All das ließ die Gegend so märchenhaft aussehen, dass nur die Bunker Enver Hoxhas an die Zeit erinnerten, in der die Freiheit der Menschen so klein wie die Betongefängnisse selbst gehalten wurde.

Die einstündige Fahrt war wie im Flug vergangen und wir würden bald die Grenze zu Montenegro erreichen. Diese Gegend war wahrlich beeindruckend – viele Legenden rankten sich um diese verwunschenen Berge und ich hatte als Kind von den Waldfeen und ihren Geschichten gehört. Großmutter liebte diese Gestalten aus der albanischen Mythologie und erzählte mir Märchen, die noch brutaler waren als diejenigen der Gebrüder Grimm. Die Geschichten erzählten davon, was die Menschen in diesen Ländern gewohnt waren: Es gab nun mal nicht immer ein gutes Ende.
Bisher war immer Luan der Fahrer gewesen und es erstaunte mich, als er mich darum bat, die Fahrt nach Ulqin zu übernehmen. Ich freute mich darüber, dass er mir dieses Vertrauen entgegenbrachte, und ich versuchte, die Schlaglöcher auf den alten Straßen so gut es ging zu umfahren und trotzdem zügig voranzukommen.
Schaute ich aus dem Fenster, überwältigte mich das Bild der Natur. Das gewaltige Gebirge war majestätisch, als wäre es der Olymp. Nachdem lange Zeit nur Wald und Gebirge zu sehen waren, kamen wir an einem Stand vorbei, an dem es frischen Honig zu kaufen gab.
Der Honig aus den Bergregionen war etwas, das ich liebte – wann immer ich konnte, kaufte ich im Kosovo den Honig aus Medvegja. Es war, als holte ich mir ein Stück Heimat nach Hause. Hier, wo die Bienen so viele wilde Blumen vorfanden, die in der unberührten Natur wuchsen, musste der Nektar genau diesen unvergleichlichen Geschmack haben, der einem auch fernab dieser Wälder das Gefühl von Heimat vermittelte.
Ich hielt an und fragte meine Gefährten, ob jemand sich die Füße vertreten oder etwas Honig möchte, doch meine Freunde waren alle im Halbschlaf. Kein Wunder, nach dem schweren – und vorzüglichen – Mittagessen und dem ausgiebigen Wein im «Mrizi i Zanave».

Die Verkäuferin trug ein dunkelblaues, kurzärmeliges Hemd, das nur bis zur Mitte zugeknöpft war, und einen schwarzen Pullover mit langen Ärmeln darunter. Ihr schwarzes Kopftuch war nicht enganliegend, sondern enthüllte ihre ergrauten Haare. Die ältere Dame sagte, sie sei vierundsiebzig Jahre alt, doch hätte ich ihr dieses Alter nie gegeben.
Ihre dünnen Lippen bewegten sich kaum beim Sprechen und sie schaute mich mit ihren stahlgrauen Augen an.
«Das macht dann zweihundertzwanzig Lekë, Zojë», sagte sie und packte mein Glas Honig in eine grüne Plastiktüte.
Das Glas war sicher ein Kilo schwer und hatte mich nicht einmal zwei Euro gekostet. Ich bat um ein weiteres Glas, das ich den anderen schenken würde, und reichte ihr fünfhundert Lekë.
«Bitte behalten Sie den Rest», sagte ich.
Sie hielt das Geld an ihre Brust und strahlte über das ganze Gesicht.
«Ich bin gespannt, ob sich dieser Honig geschmacklich von demjenigen aus unserer Gegend unterscheidet», sagte ich und lächelte die Dame an.
«Woher kommst du denn?», fragte die ältere Frau freundlich und legte das Geld in eine kleine, dunkelgrüne Metalldose.
«Ich komme aus dem Kosovo», sagte ich und erklärte der Dame, dass wir auf der Durchreise seien.
«Ach, wie schön – unser kleiner Bruder Kosovo», scherzte sie und ich lachte mit.
«Ja, Kosovo hat auch sehr schöne Täler, doch hier haben Sie es sehr gut getroffen! Ich hoffe, Sie können die Ruhe und diese Natur genießen?», erwiderte ich.
«Nun ja, solange die Geister auf unserer Seite sind, ist alles in Ordnung», meinte sie lächelnd und doch war ersichtlich, dass sie es genauso meinte.
«Die Geister?», fragte ich erstaunt.

«Die Geister der Wälder, des Himmels, des Lebens und der Schönheit. Sie alle leben hier», antwortete sie und deutete damit die Wesen der albanischen Mythologie an.
«Meine Großmutter hat mir früher von ihnen erzählt, doch das ist lange her …», sagte ich und sah, wie sie nun aufzublühen schien. Es freute mich, ihr etwas Unterhaltung bieten zu können, denn sie hatte – wie alle Großmütter – etwas so Liebenswertes an sich, dass man ihr nur Gutes tun wollte.

«Früher glaubten die Menschen an vielerlei Götter, das war in der Zeit vor der ersten Religion. Wir hatten viele, viele Gottheiten, die alle eine Aufgabe zu erfüllen hatten. Doch nicht alle Götter waren bei den Menschen und nur die wenigsten erschienen den Menschen auch. Wir glauben bis heute daran, dass die Götter oder Geister unter uns weilen.
So gibt es ‹Shurdhi›, den Gott des Wetters. Sein Name bedeutet ‹der Gehörlose› und er bewegt sich durch Wolken hindurch. Wenn er erscheint, kündigt er sich jeweils mit Hagelstürmen und Blitzen an.
‹Prende› ist die Göttin der Liebe und die Ehefrau von ‹Perendi›, dem Gott des Himmels. Sie ist auch bekannt als die Göttin der Schönheit und man widmete ihr den Freitag, weshalb bis heute Freitag auf Albanisch ‹Premte› genannt wird.
Es gibt den Gott des Feuers, sein Name ist ‹Verbti›, der Blinde. Er ist die Gottheit, die Unreinheit und schlechte Sprechweisen verabscheut. Wenn ihn jemand aus seiner Ruhe aufweckt, wird dieser mit Blindheit gestraft.
Eine meiner liebsten Gottheiten ist die ‹Zana e Malit›, die Waldfee Zana. Sie kann gut oder böse sein. Es gibt eine schöne Legende über sie.

Zana e Malit

Zana erschien einem jungen Armeeoffizier namens Bekim. Als er den Geist der Zana erblickte, warf er sich nieder und flehte sie an, sein Leben zu verschonen. Zana beruhigte ihn, es würde ihm nichts geschehen und sie sei hier, um ihn zu warnen. Sie sagte, er solle sich vor dem Ast eines Baumes und einem Reh hüten und dass er nicht sicher sei, wenn er «an der Wurzel» sei.
Bekim, der ein sehr zwielichtiger Mann war, hinterging seine Truppen und traf sich mit einer Frau. Auf der Flucht vor Soldaten, die er für ein Reh hielt, stolperte er über einen herumliegenden Ast eines Baumes und fiel hin. Als die Krieger ihn fanden, schrie er auf und verfluchte den Ast. Die Soldaten erkannten an seiner Aussprache des Wortes «Baumast», dass er aus dem Land kam, mit dem sie Krieg führten, und töteten den Armeeoffizier.»

«Der arme Bekim. Dabei war er doch nur verliebt …», sagte ich zu der Frau, die sich mittlerweile auf einen Plastikstuhl gesetzt hatte.
«So ist das Leben, manchmal weisen uns die Menschen auf etwas hin, das wir nicht sehen können oder nicht sehen wollen. Doch am Ende entscheidet jeder für sich, denn was man tut, tut man immer sich selbst an», sagte die alte Dame und ich musste lächeln. Es war die Geschichte meines Großvaters, die sie ansprach.
«Ich liebe diese Erzählungen und hoffe, sie werden nie in Vergessenheit geraten», sagte ich zu ihr und wollte gerade meinen Honig nehmen und mich verabschieden.
Sie schaute mich an und sagte:
«Weißt du, Kind, unsere Geschichten waren unsere einzige Möglichkeit, Nachrichten zu versenden und unsere Kultur

beizubehalten, ohne dass unsere Besatzer den Inhalt der Worte verstehen konnten. Mit der Zeit dienten sie auch der Unterhaltung und irgendwann waren sie ein Bestandteil unserer Tradition, die wir den nächsten Generationen weitergaben. Jedes Mal, wenn ich mit meinen Enkelkindern die Honiggläser fülle, bitten sie mich darum, ihnen die Geschichte der verwunschenen Blume zu erzählen. Diese Traditionen müsst ihr Jungen weiterführen, denn sonst werden wir die Geschichten mit ins Grab nehmen.»
Meine Großmutter kam mir in den Sinn und ich stimmte lächelnd zu.
«Würden Sie mir die Geschichte der verwunschenen Blume auch erzählen?», fragte ich die alte Frau und sie strahlte, als sie zu erzählen begann:
«Die verwunschene Blume ist eine Pflanze, die unter anderem im Kelmendi-Gebirge blüht. Um ihre Schönheit beschreiben zu können, erzählen sich die Bewohner eine Legende.

Die verwunschene Blume

Eines Tages sagte Gott den Bienen, sie sollten ihm jeweils eine Blüte von allen Blumen, die er je geschaffen hatte, bringen.
Die Bienen sammelten die Blumen von überall her und machten sich bereit, sie ihrem Herrn zu übergeben. Eine Blume jedoch, die schönste unter ihnen und so wundervoll, dass die Bienen sich nicht von ihr trennen konnten, versteckten sie und brachten ihrem Herrn nur die anderen Blumen, die sie für ihn gesammelt hatten.
Der Gott der Bienen sprach zu ihnen: Die Blumen, die ihr mir übergeben habt, sollen gesegnet sein – möget ihr sie immer nutzen und ihren Nektar kosten. Doch diejenige, die ihr vor mir verborgen habt, sei verflucht und für euch für immer verboten.»

Die Geschichte erinnerte mich sehr an Adam und Eva und den verbotenen Apfel.
Ich dankte der älteren Frau für ihre Zeit und ging zurück zum Auto. Die anderen schliefen noch immer und ich musste lächeln. Ich liebte diese Begegnungen mit den Menschen hier und war dankbar, dass ich wenigstens das letzte Zeichen meiner Großmutter verstanden und diese Reise angetreten hatte.
Ich musste an Luans Worte denken über die eine Frage, die ich mir stellen solle. Ich hatte von ihm wissen wollen, welche Frage das sei.
Luan hatte sich nach vorne gelehnt, mir in die Augen geschaut und gesagt:
«Was macht dich glücklich?»

24

Ich trug einen beigen, mit einer schwarzen, großen Schlaufe verzierten Strohhut, ein weißes Wickelkleid, das im Wind wehte, und genoss den Gesang der Möwen, die an diesem warmen Morgen den Klang der Wellen begleiteten. Der Sand war fein und noch kühl, doch bereits in einigen Stunden würde er so heiß werden, dass man ihn ohne Sandalen nicht mehr betreten konnte. Dann würde ich auf Zehenspitzen die paar Meter bis zum Meer hüpfen, bevor ich hineinging und mich dem eiskalten Wasser hingab.
Ulqin kannte ich bereits aus Urlaubstagen mit der Familie und ich kam sehr gern hierher zurück. Es war anders als Albanien, hatte seinen eigenen Charme.
Es lebten zum größten Teil montenegrinische Albaner, aber auch Montenegriner in dieser Stadt; so ergab sich eine Art Mischkultur, die man als Gast nur positiv empfinden konnte. Für Albaner war dies ein sehr beliebter Ferienort, doch jetzt, Ende Mai, gab es hauptsächlich Einheimische und Touristen aus dem nördlichen Teil Europas hier, welche die gemäßigten Temperaturen schätzten.
Gjon hatte Verwandte in Shtoj, einem Städtchen ein paar Kilometer von Ulqin entfernt, und wir konnten eines der Ferienhäuser nutzen, das zurzeit leer stand und in der Hauptsaison für 40 Euro pro Nacht vermietet wurde. Mir imponierte dabei weniger, dass wir genug Zimmer für alle hatten, sondern dass Gjons Tante uns jeden Morgen das Frühstück zubereitete.
Auch hier wurde Gastfreundschaft großgeschrieben und es war spürbar, dass die Menschen sie mit Herz und Seele lebten.
Das Haus in Shtoj war ruhig gelegen: Es gab zwar viele Wohnhäuser, Apartments und kleinere Hotels in der Gegend, aber lediglich einen kleinen Bazar und wenige Geschäfte.

Die Region bot mehrere Strände und Gjon empfahl uns, die Kitesurfer beobachten zu gehen, die an der Mündung des Flusses Buna ihrem Hobby frönten. Die Buna hatten wir unterwegs immer wieder gesehen und jedes Mal hatte Gjon versprochen, uns das kleine Spektakel zu zeigen, wo der Fluss eins wird mit dem Meer.

Als wir am Ufer der Buna standen, deren Wellen sich dem Meer ergaben und zu einem Teil des großen Gewässers wurden, spürte ich eine große Ruhe in mir. Als hätte sich der innere Sturm ein wenig gelegt.
Die Buna war ihren langen und steinigen Weg gegangen, hatte alle Hindernisse überwunden und nun war sie an ihr Ziel gelangt und ging in den Wellen des Meeres auf.

* * *

Der Strandtag tat uns allen gut und abgesehen von einem leichten Sonnenbrand, spürte ich eine große Vorfreude auf die nächsten Tage. Denn ich hatte vor, meine Begleiter mit einer Idee zu überraschen.
Wir hatten uns zurechtgemacht, um auszugehen, und wollten in einem bekannten Restaurant essen gehen, das direkt an der Buna lag. Gjon meinte, es gebe dort die allerbeste Fischsuppe der Welt. Da ich noch nie im Leben ein solches Gericht gegessen hatte, wollte ich mir diese Chance nicht entgehen lassen.
Ich hätte mich früher niemals darauf eingelassen, eine Fischsuppe zu probieren, doch vielleicht hatte ich mehr von der Reise mitgenommen, als mir bewusst war.

* * *

Wir hatten Glück, dass wir so früh zum Abendessen erschienen, denn nur sehr wenige Menschen waren in dem Restaurant. Wir

saßen auf dem Balkon, sahen auf den wunderschönen Fluss und winkten den Menschen zu, die auf ihren Hausbooten und Yachten noch immer die Abendsonne genossen.
«Seht ihr die schönen, großen Häuser und Villen da drüben?», fragte Gjon.
«Die meisten Besitzer dieser Häuser sind berühmte Sänger oder Reiche aus dem ganzen albanischen Raum. Viele von ihnen könnten überall auf der Welt ihren Urlaub verbringen, trotzdem zieht es sie immer wieder in ihre Heimat», meinte er.
Ich lächelte Gjon an und konnte dies bestätigen – auch mir und vielen anderen Albanern, die im Ausland lebten, ging es so. Auch wenn uns die ganze Welt offenstand, kamen wir doch immer wieder zurück in die Heimat, zu unserer Erde, unseren Wurzeln. Es gab dafür sogar ein Wort, das für mich Sinnbild dieses Gefühls war: «Atdhe».
Übersetzt zwar «Heimat» bedeutend, beinhaltete es auch die Worte «diese Erde». Der Ausdruck verkörperte die Liebe zur Heimat.
«Du fühlst dich hier wohl, Gjon, das merkt man dir an», sagte ich zu ihm.
«So ist es. Ich liebe nun mal das Meer, den Fluss und das Leben hier. Hätten wir nicht das Hotel in Tirana, wäre ich schon längst hierher ausgewandert!», meinte er und stupste Hava an. Sie verdrehte lächelnd die Augen und schaute ihn verliebt an.
«Sagt mal, wie seid ihr beiden eigentlich zusammengekommen?», fragte ich sie und war gespannt auf ihre Antwort.
«Weißt du, Shote, eigentlich war es für Gjon eine rechte Herausforderung. Ich habe viele Menschen in meinem Leben verloren und war mir sicher, dass ich nur jemanden in mein Leben lasse, der mir Beständigkeit bringt. Bevor ich also überhaupt eine Verabredung mit Gjon in Betracht zog, musste er mir beweisen, dass er mir diese Beständigkeit bieten konnte», erzählte Hava und schaute Gjon dabei lächelnd an.

Nun verstand ich, weshalb mir Gjon an dem Abend auf der Dachterrasse in Tirana den Rat gegeben hatte, das Gute zu definieren, das ich suchte. Hava hatte ihm auch von Anfang an mitgeteilt, was ihre Erwartung an eine Beziehung war.
«Hava, hast du das tatsächlich von ihm verlangt?», fragte ich noch immer erstaunt.
«Das hat sie tatsächlich!», antwortete Gjon statt ihrer und schüttelte lachend den Kopf.
«Ich musste lange nachdenken und habe mir unzählige Beweise ausgedacht – doch nichts davon hätte Beständigkeit zum Ausdruck gebracht. Ich war verzweifelt und dabei wusste ich vom ersten Moment an, dass ich sie und keine andere Frau wollte.»
«Und was hast du getan?» Ich wusste nicht, was mich mehr erstaunte: die Aufgabe, die Hava ihm gestellt hatte, oder Gjon und seine wundervolle Art, Hava seine Liebe beweisen zu wollen.
«Ich ging zu meinem Großvater, Shote. Ich fragte ihn, wie ich ihr beweisen könne, dass ich sie aufrichtig wolle, dass ich es ernst meine. Und wie ich ihr diese Beständigkeit geben könne. Mein Großvater erzählte mir daraufhin eine Geschichte. Willst du sie hören?», fragte Gjon.
Ich brannte darauf.

Liebe

Eine frisch verheiratete Frau fühlte sich von ihrer Schwiegermutter schlecht behandelt und war erbost über diese. Am Abend beschwerte sie sich bei ihrem Mann:
«Immer stichelt sie gegen mich und kritisiert mich bei allem, was ich tue! Was ist das nur für eine grausame Frau?»
Der Mann dachte kurz nach und wandte sich dann an seine Frau:

«Hast du schon einmal ein ausgetrocknetes Gebüsch gesehen?», fragte er sie.
Seine Frau, erstaunt über den ungewöhnlichen Themenwechsel, antwortete:
«Ja, natürlich. Aber was hat das mit deiner Mutter zu tun?»
«Nun», sagte er, «diese trockenen Sträucher waren nicht für die Dürre und Hitze, die sie durchleben mussten, vorgesehen. Da sich niemand um sie kümmerte und sie ohne Schatten stets litten und austrockneten, verletzen sie uns heute, wenn wir sie streifen, und brechen bei jedem Kontakt. Würde man ihnen jedoch Wasser geben, würden sie wieder erblühen und zu wunderschönen Büschen werden. Genauso ist es mit den Menschen. Wenn wir lange keine Liebe oder Aufmerksamkeit erhalten und wir dem Alltag mit seinen Herausforderungen allein ausgesetzt sind, verderben wir innerlich. Durch Liebe und Fürsorge finden wir wieder zu Güte und Herzlichkeit.»
Die Frau legte sich schlafen und wollte die Theorie des Mannes gleich am nächsten Tag auf die Probe stellen. Vom Morgen bis zum Abend überhäufte sie ihre Schwiegermutter mit Komplimenten, herzte sie und kümmerte sich fürsorglich um sie, doch vergebens: Die alte Frau war noch immer griesgrämig und voller Groll.
Am Abend sagte die Frau zu ihrem Mann:
«Du hattest Unrecht! Den ganzen Tag lang habe ich deine Mutter verwöhnt und geliebt, doch sie war noch immer voller Verachtung mir gegenüber!»
Der Mann antwortete ihr lächelnd: «Wie bei einem Gebüsch kannst du nicht mit einem Wasserguss die ganze Pflanze retten – du überschwemmst sie vielmehr und sie ertrinkt. Doch jeden Tag ein wenig Wasser macht den Strauch zu einem schönen und grünen Busch. Es ist nicht die Menge, die es ausmacht, sondern die Beständigkeit dieser Liebe.

«Als ich die Worte meines Großvaters hörte, wusste ich, dass diese Geschichte der Beweis für meine Absichten war. Dass ich ihr diese Beständigkeit, die sie sich wünschte, geben würde», beendete Gjon seine Ausführung und ließ Luan und mich sprachlos. Wir schauten uns an und nickten nur voller Bewunderung für diesen jungen Mann.

«Wie hätte ich nach dieser Geschichte nein sagen können?», fragte nun Hava und hatte schon feuchte Augen.

Es war verständlich, dass Gjon sich so um Hava bemüht hatte. Es war nicht bloß ihre Schönheit, sondern ihr reines Herz, das sie so besonders machte.

«Das ist das Schönste, was ich je gehört habe», sagte ich glücklich für die zwei, und doch versetzte mir ihre Geschichte einen kleinen Stich im Herzen.

Eine solche Verbindung war es wert, darauf zu warten. Und doch hatte ich mir nie vorstellen können, solche Gefühle in einer anderen Person wecken zu können.

In diesem Moment dachte ich an all die Menschen, die mich in meinem Leben zurückgewiesen hatten. Ich war dankbar dafür, dass sie das getan hatten, denn so konnten sie den einen Menschen finden, der ein solches Gefühl in *ihnen* auslöste.

Ich schaute zu Luan hinüber, er hatte die Hände vor seinem Gesicht gefaltet und strahlte seine Schwester an. Ich hoffte inständig, dass es ihm genauso ergangen war wie Gjon. Dass er ein solches Glück empfand.

Ich schaute in die Runde und konnte nicht glauben, dass ich diese drei Menschen bereits in zwei Tagen verlassen würde.

«Shote, worüber denkst du nach, dass du so traurig schaust?», fragte mich Hava und legte ihre Hand auf meine.

«Ach Hava … Alles, woran ich denken kann, ist, dass ich euch nach unserer letzten Station in Shkodër verlassen werde.» Es war

mir anzuhören, dass mir die Unterhaltung schwerfiel, und wie sehr ich die drei vermissen würde.
«Die letzten zwei Wochen waren atemberaubend … Wir haben wundervolle Erinnerungen gesammelt, Unglaubliches gesehen und erlebt, und dann solche Momente wie diese. Ich möchte nicht, dass das ein Ende nimmt. Zumindest noch nicht jetzt», erklärte ich ihnen.
«Was willst du damit sagen, Shote?», fragte Luan erstaunt.

Ich hatte in den letzten beiden Wochen so vieles über Albanien erfahren und mein Buch, das Notizbuch meiner Großmutter, hatte sich mit Geschichten und Erinnerungen gefüllt. Doch waren noch so viele Seiten leer – das musste etwas bedeuten! Es konnte noch nicht vorbei sein.
Ich hatte vieles soeben erst entdeckt und war mir sicher, dass noch viel mehr auf mich und meine Freunde wartete.
Sie waren nicht zufällig in mein Leben getreten und ich wollte nicht, dass es hier bereits endete. Ich war noch nicht am Ziel angekommen und dafür brauchte ich sie.
Ich holte tief Luft und wusste, dass man seine Wünsche aussprechen musste, damit sie wahr werden konnten.
«Ich will damit sagen: Kommt mit mir mit. Lasst uns gemeinsam nach Kosovo reisen.»

25

Eine große schwarze Krabbe schaufelte sich ihren Weg im Sand frei und schien etwas orientierungslos zu sein. Wollte sie zurück ins Meer oder suchte sie einen Ort, um sich in der abendlichen Sonne zu wärmen?

Der Sand war abgekühlt und massierte unsere nackten Füße, als wir vor dem Abendessen noch einen Spaziergang am Strand unternehmen wollten.

Die Jungs hatten sich schick gemacht, trugen Hemden und lange Hosen, die sie nun hatten umkrempeln müssen, damit sie von den schwachen Wellen nicht nass wurden. Hava und ich hatten die Kleider getauscht, glücklicherweise trugen wir dieselbe Größe, und freuten uns darauf, den Abend in der Altstadt Ulqins zu verbringen.

Ich blickte auf die kleine Stadt und erkannte, wie sehr sie sich verändert hatte.

Als ich als Kind mit meiner Familie hier gewesen war, standen gerade mal drei oder vier Hotels am Strand, während jetzt fast nichts anderes zu sehen war als große, luxuriöse Touristenanlagen. Der Strand, der mir damals so unglaublich groß vorgekommen war, entpuppte sich als kleiner, ansehnlicher Platz für die Badegäste, die es nach Ulqin verschlagen hatte.

Ich musste damals etwa vier oder vielleicht fünf Jahre alt gewesen sein und wir wohnten in einem der Hotels, das gleich neben dem kleinen Strand gelegen war. Von unserem Zimmer aus konnte ich damals sogar auf das Meer blicken. Jeden Abend gab es Live-Shows, unten auf der großen Veranda des Hotels, und am liebsten mochte ich es, wenn Sabri Fejzullahu seine melancholischen Lieder darbot. So schlief ich ein, zu seiner einzigartigen Stimme in Liedern wie «Dashuri e vonuar» – eine späte Liebe.

* * *

Sie hatten ja gesagt.

Ich musste grinsen, als ich an ihre Gesichter dachte, als ich sie am Abend zuvor gefragt hatte, ob sie mit mir nach Kosovo kommen würden. Hava hatte sich so gefreut, dass sie kaum zu beruhigen war, und auch Luan und Gjon dankten mir für das Angebot. Ich hatte Glück, dass in Tirana um diese Jahreszeit nicht so viel los war und noch keine Touristen die Stadt stürmten, so dass Hava und Gjon ohne weiteres ihre Flitterwochen verlängern konnten. Und für Luan war es eine ideale Gelegenheit, um neue Leute aus der Branche kennenzulernen und Kontakte zu knüpfen.

Ich selbst war glücklich und dankbar, die drei noch einige Tage bei mir zu haben, und malte mir in meinem Kopf schon all die Reiseziele aus, die ich mit ihnen besuchen wollte. Meine Großmutter hatte jede einzelne Großstadt Kosovos in ihrem Buch notiert: Gjakova, Peja, Mitrovica, Drenica, Ferizaj und Prizren. Vielleicht reichte die Zeit sogar noch, um einen kleinen Abstecher nach Mazedonien zu machen, Skopje zu sehen oder auch eine andere Stadt. Ich überließ die Planung wieder einmal Luan, der erstaunlicherweise sehr gut über die verschiedenen Ortschaften Bescheid wusste.

* * *

Wir aßen in einem der Hotelrestaurants am Strand, blickten von der Terrasse aus auf das Meer und wurden ein Teil der besonderen Atmosphäre, die dort Abend für Abend herrschte. Erstaunlich, wie viele Menschen ihre Badeferien in Ulqin bereits jetzt genossen: Die Promenade füllte sich, je später der Abend wurde, und man hörte das Rauschen der Wellen kaum noch.

Nach dem Essen lud uns Gjon noch auf ein Glas Wein ein und wir gingen die steile Pflastersteinstraße hinauf zu einer Bar mit einem englischen Namen, von der wir die ganze Stadt von oben bewundern konnten.
Die Lichterketten am Straßenrand verliehen Ulqin etwas Bezauberndes, das durch das Mondlicht im Meer noch verstärkt wurde. Die Bar war fast voll und das Lied «Hatixhe» von Capital-T lud zum Tanzen ein.
Wir saßen unter freiem Himmel, tranken Wein und es war der perfekte Abschluss, bevor wir nach Kosovo weiterreisen würden.
«Na, Shote, was sagst du zum heutigen Ulqin?», fragte Gjon, nachdem ich ihnen erzählt hatte, dass ich den Ort noch aus meiner Kindheit kannte.
«Es ist wunderschön hier – aber so erging es mir in fast allen Orten, in denen wir waren, und ich bin dankbar, dass ihr die Reise mit mir bis hierhin durchgestanden habt – und dass wir noch einige gemeinsame Tage haben! Gëzuar!», und ich hob mein Glas zum Anstoßen.
«Es ist schön, dass wir dich noch eine Weile begleiten dürfen», entgegnete Luan.
Hava, die neben mir saß, nahm meine Hand in ihre.
«Ich bin auch sehr glücklich!», sagte sie und lächelte.
«Vor allem bin ich gespannt, wie ihr Kosovo empfinden werdet. Ich habe hier so viele interessante und lehrreiche Momente erlebt und hoffe, ihr werdet Kosovo genauso lieben, wie ich mich in Albanien verliebt habe!», sagte ich lachend.
Luan grinste und meinte:
«Ich hoffe, du kannst dort auch so viele großartige Geschichten notieren, wie du das hier getan hast!»
«Das wäre schön, aber ich bin etwas erstaunt – wieso sind diese Geschichten immer alle so ernst? Gibt es denn keine anzüglichen Anekdoten?», fragte ich in die Runde.

Die drei schauten sich an und zuckten mit den Schultern. In diesem Moment kam ein Kellner vorbei, um uns nach weiteren Wünschen zu fragen.
«Bringen Sie uns doch noch eine Flasche Wein, es geht ja auf ihn», sagte Luan und klopfte Gjon lachend auf die Schulter.
«Und eine Frage noch: Sie wissen ja, wie gerne wir Albaner Geschichten und Anekdoten erzählen. Wir fragen uns gerade, ob es auch lustige Anekdoten gibt oder, naja, etwas unterhaltsamere Erzählungen?»
Der Kellner lachte und sagte, er werde mal fragen, ob einer seiner Kollegen eine wisse, er selbst befasse sich nicht so sehr mit alten Geschichten.
Ich lächelte und erkannte, dass nicht nur wir, die im Ausland lebten, diesen Teil unserer Kultur zu vergessen schienen.
Ein junges Paar, das neben uns saß, hatte unser Gespräch mitgehört und der Mann wandte sich an uns.
«Bitte entschuldigt, dass wir eure Unterhaltung einfach mitgehört haben. Ihr habt über Anekdoten gesprochen und ich bin ein großer Fan von alten Geschichten», erzählte er.
Sein Name war Betim und seine Verlobte hieß Ardiana. Sie lebten in Gjilan, einer Stadt im Westen Kosovos, und Betim besaß mit seiner Familie diverse Restaurants, die sie betreuten. Dies war die einzige Zeit im Jahr, in der noch keine Hochzeiten stattfanden und sie vor dem großen Touristenansturm noch einige Tage Urlaub genießen konnten.
Wir tauschten Anekdoten aus, sprachen über den Wert ihrer Lektionen und wie sinnvoll und hilfreich sie selbst in unserer modernen Zeit waren.
«Nun waren wir auf der Suche nach einer witzigen oder zumindest etwas lockeren Geschichte – aber ich glaube, früher war so etwas vielleicht nicht Teil der Kultur», erklärte ich meinen Gedankengang.

Betim widersprach mir und sagte:
«Du würdest dich wundern! Auch unsere Vorfahren liebten es, versteckte Witze in ihren Geschichten zu erzählen. Ich weiß tatsächlich eine!», rief er aus und erzählte uns seine kleine Anekdote.

Großer Stolz

Vor vielen Jahren, als die politische Situation auf dem Balkan immer kritischer wurde, hörte ein Mann wochenlang bis spät in die Nacht die Nachrichten und vernachlässigte so seine Frau.
Eines späten Abends sprach einer der damaligen Politiker davon, dass die Bevölkerung verkleinert werden müsse und die Menschen deswegen keine Kinder mehr zeugen sollten.
Der Mann hörte dies und fühlte sich bevormundet, ja sogar in seinem Stolz verletzt.
«Der will mir sagen, wann und wie viele Kinder ich zeugen soll?», dachte er sich, schaltete das Radio aus und ging zu seiner Frau ins Schlafzimmer.
Als er sie weckte, rief sie:
«Was ist denn nur los? Du bist doch sonst nicht so früh hier?»
Der Mann erzählte seiner Frau von der Anordnung des Politikers und dass er nun erst recht Kinder zeugen würde!
Von da an merkte sich die Frau, wann immer der Politiker im Radio zu hören war, und ging voller Vorfreude früh ins Bett.

Wir mussten alle über die Geschichte lachen, die so untypisch war.
«Wie kommt es denn, dass du all diese Anekdoten kennst?», fragte ich Betim.

«Nun ja – diese Erzählungen wurden in den ‹Oden› erzählt. Das waren Räumlichkeiten, die nur Männern vorbehalten waren. Jede Familie hatte ein separates, kleines Häuschen, das als ‹Oda› genutzt wurde. Geschichten und manche Witze wurden dann auch nur in ganz bestimmten Kreisen erzählt. Vielleicht kennt man sie deshalb weniger. Doch mein Großvater und auch mein Vater waren große Geschichtenerzähler. Es wurde mir so zu sagen in die Wege gelegt!», erklärte Betim stolz.
Wir unterhielten uns noch lange mit dem Paar und sie erzählten uns von ihrem Leben, ihren Plänen und ihrem Wunsch, ihren künftigen Kindern ein gutes Leben ermöglichen zu können, wofür sie ein Leben im Ausland anstrebten.
«Aber bevor die Kinder dann kommen, müssen wir erst noch unsere Hochzeit überstehen!», erklärte Ardiana lachend und Betim nickte zustimmend.
«Oh! Was sind eure Pläne für die nächsten Wochen?», fragte Ardiana uns plötzlich aufgeregt.
«Wir werden morgen in Richtung Kosovo aufbrechen und dann dort unsere Reise fortsetzen. Wieso fragst du denn?», sagte Hava und ich sah die Hoffnung in ihren Augen darüber, dass jetzt eine Einladung folgen könnte.
«Das ist perfekt, Betim! Sie sollten unbedingt bei unserer Hochzeit dabei sein!», meinte Ardiana und schaute uns mit großen Augen an.
«Das ist eine wundervolle Idee, Zemer! Ihr müsst uns an diesem Tag begleiten, es würde uns freuen, wenn wir euch als Gäste bei uns haben dürften! So könntet ihr eine typisch kosovarische Hochzeit sehen», sagte Betim und die beiden akzeptierten kein «Nein» als Antwort, selbst als wir meinten, dass wir ihr Familienfest nicht stören wollten.
Bevor sie gingen, notierte Betim das Datum und das Restaurant, in dem das Fest stattfinden würde, auf seiner Visitenkarte.

«Wir sehen uns bald!», rief Ardiana uns noch zu, als sie bereits die Steintreppen zur Promenade hinuntergingen und wir ihnen zum Abschied winkten.

Hava und ich waren ganz aufgeregt und ich zählte ihr die Abendroben auf, die ich in Prishtina aufgrund der vielen Hochzeiten in meiner Familie noch hatte und die ihr perfekt stehen würden.

«Luan, ich glaube, wir sollten beide lieber nach Tirana zurückkehren, das wollen wir uns doch nicht antun, oder?», fragte Gjon lachend.

«Ich weiß nicht, was du meinst, Gjon, ich freue mich schon jetzt darauf, das Tanzbein zu schwingen!», antwortete Luan, hob seine Hände in die Luft und führte den albanischen Tanz «Valle» vor. Er sang alte Liebeslieder und schloss dabei die Augen, als ob er uns bereits tanzen sähe.

26

Die Menschen in der Stadt waren mit alten Motorrädern oder zu Fuß unterwegs, Touristenbusse – alte VW-Busse, die an die Siebzigerjahre erinnerten – mit «Shkodër»-Schildern hinter der Windschutzscheibe fuhren vor und ständig war von irgendwoher ein Hupen zu hören.

Die Stadt Shkodër, oder auch Shkodra genannt, unterschied sich sehr von den bisher besuchten Städten: viel Lärm, viel Verkehr, Menschen, die in Scharen unterwegs waren, und mittendrin die Statue der Mutter Theresa. Sie war eine der berühmtesten Albanerinnen der jüngeren Vergangenheit und Stolz der ganzen Nation.

Auf den Terrassen der vielen, etwas älteren Wohnblöcke waren Satelliten für den Fernsehempfang befestigt, Händler verkauften am Straßenrand Gemälde, Sonnenbrillen, Bücher, Gemüse und lebende Fische, die in Wasserkübeln gehalten wurden.

Zu meinem Erstaunen waren überall meist Frauen bei der Arbeit zu sehen: Sie handelten mit Waren auf der Straße, arbeiteten in den Geschäften und hielten die Umgebung sauber.

Shkodra schien wie viele Städte Albaniens gerade im Umbruch zu sein. Neue Gebäude wurden neben veralteten Bauten errichtet und machten das Stadtbild zu einem Labyrinth, in dem man den roten Faden der Architektur suchte.

Die Fahrt von Ulqin nach Shkodër dauerte kaum eine Stunde und es war gerade Mittagszeit, als wir ankamen.

Gutes Essen in Albanien zu bekommen, war nicht schwierig, denn die frischen Zutaten, die selbst in den kleinen Imbissbuden verwendet wurden, machten die Küche des Landes so wunderbar.

Wir saßen in einem kleinen Bistro und bestellten Bohnensuppe mit getrocknetem Rindfleisch – ein Nationalgericht, das man

«Pasul» nennt. Als ich in der Dessertkarte noch die «Trileqe» entdeckte, konnte ich nicht widerstehen. Der in Milch getunkte Vanilleteigkuchen mit Karamellüberzug war eine meiner liebsten Nachspeisen und die Küchenmeister in Shkodra schienen ein besonderes Talent für diese traditionellen Gerichte zu haben.
Der Weg auf die Burg von Rozafa, für die Shkodra berühmt war, dauerte nur etwa vierzig Minuten und von dem Mittagessen gestärkt, stiegen wir den steilen Weg mühelos hinauf. Wir waren gespannt auf die Burg, von der Luan so begeistert erzählt hatte.

* * *

Ich schaute hinunter auf die Buna wie ein Erwachsener auf ein kleines Kind: lächelnd und im Wissen, dass dies erst der Anfang ihrer Reise war, dass sie noch wachsen und ihr Weg in den Weiten des Ionischen Meeres von Neuem beginnen würde.
Das Bild der alten Burg wurde etwas gestört durch den Ausblick auf die moderne Stadt.
Ich sah auf die Steinmauern um mich herum, die Tempel, die noch erhalten waren, und stellte mir vor, wie vor über zweitausend Jahren die Arbeiter Block um Block und Mauer um Mauer errichtet hatten.
Die gehisste albanische Flagge wehte hoch im Wind, als ich sie fotografierte und ich freute mich darauf, die Bilder meinem Großvater zeigen zu können. Zu sehen, dass ich all die Orte, die Großmutter niedergeschrieben hatte, fand, besuchte und Erinnerungen an diese besonderen Plätze mitbrachte, würde ihn freuen.
Die Burg selbst wirkte kalt und grob auf mich. Einzig die Mohnblumen, die hier und da wuchsen, brachten etwas Wärme, etwas Schönheit, auf den Hügel.
«Gefällt es dir?», fragte mich Luan, der gerade zu mir an die Mauer der Burg gekommen war.

«Ich weiß nicht … Ich hatte das Gefühl, dass die Burg in Gjirokastër so viel Geschichte beinhalten würde. Hier sehe ich nur die Mauern, diese Bauten, doch es fühlt sich so seelenlos an, so fremd. Ich weiß, das muss sich verwirrend anhören …»
Luan schüttelte den Kopf und lachte.
«Du und deine Geschichten! Auch diese Burg hat vieles zu erzählen, Shote. Du solltest dich nur etwas umsehen.
Kennst du denn die Legende der Rozafa?», fragte er mich.
«Nein, aber sie kann kaum die Legende der Argjiro übertreffen!», sagte ich und grinste ihn an.
«Lass dich eines Besseren belehren, liebe Shote», meinte Luan und begann zu erzählen.

Legende der Rozafa

In einer Zeit, als die Familien noch zusammenlebten, bauten einmal drei Brüder eine Burg auf dem Berggipfel in Shkodër. Den ganzen Tag lang schufteten sie, doch jede Nacht stürzte die Burg in sich zusammen und sie mussten am nächsten Tag wieder von vorne beginnen. In ihrer Verzweiflung suchten die Brüder einen weisen Mann im Dorf auf.
Dieser fragte die Brüder, ob sie für die Burg ein Opfer dargebracht hätten.
Die Brüder verneinten, denn ihnen war der Brauch einer Opfergabe für das Bauwerk nicht bewusst gewesen.
Der weise Mann erzählte ihnen von den Geistern auf dem Hügel in Shkodër und sagte ihnen voraus, dass die Mauern der Burg solange einstürzen würden, bis den Geistern ein Opfer gebracht werde.
Die Brüder schauten sich an, im Unklaren, welche Art Opfer den Geistern genügen könnte.

«Die Frau, welche euch morgen die erste Mahlzeit serviert, soll den Geistern als Opfer gebracht werden. Sie möge eingemauert werden, über die Burg wachen und dort in Ewigkeit ruhen.»
Die Brüder, von den Worten des Weisen eingeschüchtert, vereinbarten, ihren Frauen nichts von der Vorhersage des alten Mannes zu erzählen und es dem Schicksal zu überlassen, welche von ihnen am nächsten Tag die erste Mahlzeit servieren würde.
Der älteste Bruder wollte seine Frau jedoch nicht verlieren und klärte sie am Abend auf.
Auch der mittlere Bruder befahl seiner Frau, am nächsten Tag kein Essen vorzubereiten. Nur der jüngste Bruder vertraute auf die Vereinbarung und überließ es dem Schicksal, obwohl er und seine Frau einen neugeborenen Sohn hatten.
Am nächsten Morgen bat die Mutter die älteste Schwiegertochter darum, ihren Söhnen das Essen zuzubereiten und zur Burg zu bringen.
Diese antwortete ihrer Schwiegermutter, sie sei krank und könne unmöglich das Essen zubereiten.
Auch die mittlere Schwiegertochter enthielt sich und erklärte, sie habe sich an der Hand verletzt und könne an diesem Tag nicht kochen.
Die jüngste Schwiegertochter, Rozafa, die nichts vom Pakt der Brüder wusste, bereitete das Mahl für die drei vor, gab ihrem Neugeborenen einen Kuss und brachte die Speisen zur Burg.
Dort warteten die Brüder bereits auf Rozafa und erzählten ihr von der Vorhersage des Weisen und dass das Schicksal sie als Opfer für die Geister der Burg bestimmt habe. Die junge Frau hielt inne und antwortete:
«Ich werde dem Opfer zustimmen, doch habe ich vier Wünsche:
Baut nicht mein rechtes Auge ein, denn ich brauche es, um über meinen Jungen zu wachen. Baut nicht meine rechte Brust ein, denn ich benötige sie, um meinen Jungen zu ernähren. Baut nicht meine rechte Hand ein, denn ich benötige sie, um meinen Jungen zu

streicheln. Und baut nicht mein rechtes Bein ein, denn ich benötige es, um meinen Jungen in seiner Wippe zu schaukeln.»
Die Brüder entsprachen den Wünschen der jungen Mutter und mauerten sie zur Hälfte in die Burg ein.
Ab diesem Tag wurde die Burg fertig gebaut und nach ihrem Opfer, der jungen Rozafa, benannt.
Bis heute noch, sagen die Einwohner, weht bei der Hand der Frau ein zarter Wind und fließt von der Brust in der Mauer eine weißliche Flüssigkeit.

Das Opfer der Frau.
Einmal mehr musste ich an all die Opfer denken, die albanische Frauen für ihre Familien erbracht hatten.
So war es bei Argjiro gewesen, bei Rozafa und bei wohl jeder albanischen Mutter.
Es war die Frau, die den Ruf der Familie zu wahren hatte aber oft keine Rechte, keine Stimme haben durfte.
Wie viele albanische Mädchen hatten früher nicht studieren oder eine Arbeit erlernen dürfen?
Wie viele Frauen hatte man ungefragt verheiratet oder verschenkt, da dies als ehrenvoll galt?
Wie viele albanische Frauen hatte man im Kosovo zurückgelassen, als ihre Männer sich im Ausland um eine Arbeit bemüht und sich dort ein zweites Leben, manchmal mit einer zweiten Familie, aufgebaut hatten?
Wie viele hatten nicht das Recht gehabt, ihre Töchter nach ihren Wünschen großzuziehen, sondern hatten sich an alte Muster zu halten?
Wie viele Frauen waren bei ihren Männern geblieben, die sie misshandelten, weil ihre Eltern sie nach einer Scheidung nicht mehr zurückgenommen hätten?

Wie viele Frauen mussten ihre Söhne mit dem Wissen erziehen, dass die Frauen in seinem Leben für sein Wohl zu sorgen haben: seine Mutter, seine Schwester, seine Frau – und irgendwann seine Tochter.

Und wie viele Frauen gab es, die all das heute noch durchmachen mussten?

Ich sprach ein Gebet aus, für all die Frauen inner- und außerhalb der albanischen Kultur, deren Rechte weltweit noch immer mit Füßen getreten werden.
Möge Gott sie schützen, ihnen die Kraft und den Mut geben, aus dem Kreis der Unterdrückung auszubrechen, frei zu sein und ihre Stimme zu erheben, um gehört zu werden. Eine Geschichte hatte mir meine Mutter bereits als kleines Mädchen erzählt. Diese Geschichte hatte mich damals und bis heute in meinem Wesen geprägt.

Hüte deine Worte

Eine alte Frau lag im Sterben und ihre Enkelinnen kamen zu ihr, um sie nach ihrem letzten Willen zu fragen.
«Einen einzigen letzten Willen habe ich.
Mein Leben lang hat man mir den Mund verboten.
Als ich ein Mädchen war, sollte ich schweigen – es war beschämend, sich als junges Mädchen zu äußern.
Als ich heiratete, sollte ich schweigen, denn es war beschämend für eine «Nuse», eine junge Braut, zu sprechen.
Als alte Frau sagte man mir, ich solle nicht sprechen, denn ich könnte falsch liegen und es wäre beschämend, in meinem Alter noch Fehler zu begehen.
Mein letzter Wille ist: Sprecht!»

27

Der wunderschöne große Kronleuchter warf warme Lichtstrahlen auf die verzierten Wände und die atemberaubende Kuppel. Es wirkte wie das Zentrum im Innern der Moschee. Ich war das erste Mal in einer traditionellen muslimischen Glaubensstätte und verzaubert von den orientalischen Einflüssen. Die prächtigen Farben, der faszinierende Schmuck und das warme Licht, wie es auf die arabischen Schriftzeichen fiel, machten mich als Gläubige ehrfürchtig und ich fühlte mich in der Seele berührt.

Ich sprach ein Gebet, ging dafür in die Knie und legte die offenen Hände vor mein Gesicht. Ich sprach es für meine Familie, meine verstorbene Großmutter, meine Freunde zu Hause und die neuen, die ich auf der Reise gewonnen hatte. Ich betete für die Gesundheit aller Menschen, dass jeder das Gute in sich entdecken konnte, um es mit der Welt zu teilen, und ich dankte Gott für das Leben, das er mir geschenkt hatte.

Als Luan mir von der im 15. Jahrhundert erbauten Hadum-Moschee erzählt hatte, die in Gjakova zu finden war, wollte ich die Gelegenheit nicht missen, sie mir genau anzusehen.

Wir waren am Abend zuvor müde angekommen und hatten in einem kleinen Hotel noch zwei freie Zimmer gefunden. Nach dem Frühstück wollte ich als Erstes hierher, bevor wir die Weiterreise nach Prishtina antreten würden.

Schon draußen wirkte der Platz heilig und strahlte eine immense Kraft aus. Das Minarett, von dem der Imam die fünf Gebetszeiten ausrufen würde, stand wie ein stolzer Pfeil zum Himmel gerichtet.

Die Architektur des Gebäudes erinnerte an alte arabische Märchen und ein kleiner Park lud zum friedlichen Gebet in der frischen Luft ein.

Während meine Freunde drinnen noch die Moschee bewunderten, versuchte ich auf einer Bank draußen meine Eindrücke und Gedanken festzuhalten.
Ich wusste nicht, ob meine Großmutter jemals in einer Moschee gewesen war, und wenn ich das Buch an ihrem Grab niederlegen würde, hätte sie zumindest meine Beschreibung dieses kleinen «Wunders» auf Erden bei sich.
Ein junger Mann kümmerte sich um die Landschaft rund um die Moschee und unterbrach seine Arbeit, als er mich schreiben sah. Es schien, als wollte er mich mit dem Laubbläser nicht in meinen Gedanken unterbrechen, und legte für einen Moment seine Arbeit nieder.
«Ich bitte Sie, fahren Sie ruhig fort, das stört mich wirklich nicht!», sagte ich zu ihm.
Er lächelte und meinte:
«Gedanken sind auch eine Form des Gebets, ebenso wie die Kunst des Schreibens. Wer wäre ich, würde ich Sie in Ihrem Gebet unterbrechen für eine Arbeit, die ich auch später erledigen kann?»
Ich dankte ihm und fragte, ob er schon lange in der Moschee arbeite. Besnik, so stellte sich der junge Mann vor, hatte keine feste Arbeit hier. Er sah es als seine Aufgabe an, mit seinem kleinen Beitrag den Ort sauber und schön zu erhalten.
Er musste etwas älter als zwanzig Jahre alt sein und ich war erstaunt ob der Denkweise des jungen Mannes.
«Darf ich Sie fragen, woran Sie schreiben?»
«Ja, natürlich. Ich wollte lediglich meine Eindrücke von der Moschee und dieser Umgebung notieren, da ich ein Buch für meine Großmutter schreibe. Sie soll dadurch all die Orte, Menschen und Plätze, die ich auf meiner Reise angetroffen habe, spüren können.»
«Das ist eine sehr schöne Idee, ihre Großmutter ist bestimmt sehr stolz auf Sie. Ist sie selbst denn so schwach, dass sie nicht

mit Ihnen zusammen die Reise unternehmen kann?», fragte mich Besnik.
Ich schaute ihn traurig an und gestand ihm, dass meine Großmutter bereits verstorben sei und ich diese Reise deswegen für sie unternehme.
Besnik nickte nur und lächelte mich an.
«Das ist sehr nobel von Ihnen. Ich bin mir sicher, der Geist Ihrer Großmutter weiß Ihre Liebe und Mühe zu schätzen.»
Ich zuckte mit den Schultern, denn es kam mir nicht nobel vor. Besonders, da sie mich so oft gebeten hatte, nach Kosovo zu kommen und ich alles andere als wichtiger empfunden hatte, als sie zu besuchen, erklärte ich Besnik.
«Wissen Sie, wir in Gjakova, wir lieben Sprichwörter. Eines passt zu dem, was sie gesagt haben.

Wenn ein Gjakovar dich verfluchen möchte, wünscht er dir Arroganz.

Jeder weiß, dass Arroganz oder eine zu hohe Meinung von sich selbst das Ende von allem bedeutet: Sie kann Familien auseinanderbringen und Freundschaften zerstören. All das bringt einem dem Bösen näher. Denn allein ist der Kampf für das Gute immer am schwersten.»
Wir sprachen noch etwas über die albanische Kultur und den Umstand, gern über die anderen Regionen und Menschen zu lästern oder diese abzuwerten. Ich kannte das nur zu gut auch aus der Schweiz, wo es beispielsweise den «Röstigraben» gab, der angeblich die Deutschschweizer von den Westschweizern «trennte», oder auch die Sticheleien zwischen den Baslern und den Zürchern.
«Wir Menschen haben wohl den Drang, Grenzen zwischen uns zu ziehen und die anderen zu belächeln!», teilte ich meine Gedanken mit Besnik.

Er überlegte kurz und sagte dann:
«Auch dafür haben wir ein Sprichwort.

Die Menschen lachen sogar über Gott!

Was bedeutet, dass wir kleinen, in der ganzen Galaxie so winzigen und unbedeutenden Wesen sogar über den allmächtigen Gott urteilen.
Doch er verzeiht uns dies, denn hätte er uns vollkommen schaffen wollen, hätte er das so getan.
So denke ich mir das zumindest – aber was weiß ich schon!», sagte der junge Mann lächelnd.
Ich sah meine Freunde die Moschee verlassen und dankte Besnik für die schöne Unterhaltung. Er bedankte sich ebenfalls bei mir für den Austausch und bevor ich zu meinen Freunden ging, sagte er noch:
«Unter uns weilen die Engel. Seien Sie achtsam», und er zeigte auf mein Buch, das bald auch um seine Worte ergänzt werden würde.

28

Nachdem wir uns in Gjakova gestärkt hatten, wollten wir einen Zwischenstopp in Peja einlegen, bevor wir am nächsten Tag endlich in Prishtina ankommen würden. Ich freute mich, nach mehr als drei Wochen wieder nach Hause zu kommen, meinen Großvater zu sehen und ihm meine neuen Freunde vorzustellen. Meine Eltern waren schon wieder in die Schweiz zurückgereist; so hatten wir genügend Platz im Haus, um von da aus jeweils die Städte zu erkunden, die wir uns noch vorgenommen hatten. Auf dem Weg von Gjakova nach Peja führte die Strecke über Rugova, ein Tal, das im Winter für seine Skigebiete und im Sommer für die faszinierende Wanderkulisse bekannt war. Die albanischen Alpen erstreckten sich bis hierhin und es war ein wahrhaftes Naturspektakel, das wir unterwegs entdeckten.

Der Lumbardh i Pejës, ein Nebenfluss des weißen Drin, war einer der Flüsse, der durch dieses Gebiet floss und für seine helle Farbe und seine kleinen Wasserfälle bekannt war.
Immer wieder waren alte Eisenbrücken zu sehen, über die Hirten den Fluss überquerten. Schaute man sich die Schlucht an – die heute in einer der schönsten Gegenden Kosovos lag –, konnte man sich nur schwer vorstellen, dass sie in Millionen von Jahren vom Wasser auf diese Weise geschliffen wurde.
Wanderer hatten sich die steinigen Wege zu eigen gemacht und ich sah, wie sie unerschrocken die vielen Höhlen besuchten und das Innenleben der Berge entdeckten. Ich wäre zu gern mit ihnen gegangen, doch war ich mit meinen Turnschuhen nicht für eine Wanderung ausgerüstet.
Da Luan wieder das Steuer ergriffen hatte, genoss ich den Ausblick auf die Natur vom Beifahrersitz aus, hörte die neuesten

Hits Kosovos im Radio und merkte, wie viele Sänger und Lieder ich mittlerweile kannte. Gerade lief ein Lied von Ilir Shaqiri, «Trandafilet e Turkeshës» – die Rosen der Türkin. Die Melodie passte zum Bild der Landschaft, und ich würde mich in Zukunft wohl immer an diesen Moment im Auto erinnern, wenn ich das Lied hören würde.

Bevor wir in Peja ankamen, mussten wir ungewollt eine kleine Pause einlegen: Ein Hirte trieb gerade seine Schafe, die wild umherrannten, auf der Straße zusammen.

Luan stieg aus und fragte ihn, wie lange das Ganze dauern solle.

«Mit etwas Hilfe geht es sicherlich schneller», antwortete der junge Mann lächelnd und winkte uns zu.

Wir verließen das Auto und der Lärm, den die Schafe verursachten, riss uns aus der schläfrigen Stimmung, in die wir während der Fahrt verfallen waren.

Die Schafe schienen das turbulente Treiben zu genießen und es dauerte einen Moment, bis wir es schafften, jedes Tier auf die Wiese zu bringen. Der junge Hirte bedankte sich bei uns, holte eine Packung Zigaretten aus der Hosentasche und streckte mir eine Marlboro hin, während er seine Hand an die Brust hielt.

«Vielen Dank, aber ich rauche nicht», lehnte ich ab. Der Hirte nickte nur, reichte Luan und Gjon eine, die sich gern bedienten.

«Seit wann raucht ihr beiden denn?», fragte ich erstaunt, denn ich hatte keinen von ihnen während der Reise je rauchen gesehen. Auch Hava war erstaunt, denn auch sie hatte die Zigarette dankend abgelehnt.

«Machen Sie sich mal keinen Kopf, so eine Rauchpause hat noch niemandem geschadet – ganz im Gegenteil!», meinte der junge Hirte und lachte.

«Wie meinen Sie?», fragte ich im Wissen darum, wie schädlich diese Angewohnheit war.

«Wir haben da so einen Witz, den wir Nichtrauchern erzählen. Wollen Sie ihn hören?», fragte er und begann seine Geschichte, als er mich nicken sah.

Eine Pause einlegen

Ein Mann ging zum Dorfältesten, da er dringend einen Ochsen zum Pflügen der Felder brauchte. Da er selbst keinen besaß, wollte er den Dorfältesten darum bitten, ihm einen Ochsen zu leihen.
Der Dorfälteste sagte zu dem Mann:
«Beantworte mir eine Frage: Rauchst du?»
Der Mann war erstaunt und verneinte die Frage.
Der Dorfälteste antwortete ihm daraufhin:
«Es tut mir leid, aber ich kann dir keine Arbeitstiere leihen», und schickte den armen Mann weg.
Als die anderen Dorfbewohner das hörten, wandten sie sich an den Dorfältesten.
«Wieso gibst du ihm denn deinen Ochsen nicht? Du weißt doch, wie schlecht es um ihn steht», sagten sie ihm.
Daraufhin der Älteste:
«Der arme Mann raucht ja nicht! Das heißt, er wird nie ruhen oder eine Pause einlegen und meine Tiere vollkommen überlasten! So einem gebe ich doch meinen Ochsen nicht!», sprach er und zündete sich eine Zigarette an.

«Genau deswegen ist eine Zigarette manchmal mehr als nur eine Zigarette», sagte der junge Hirte.
«Es geht dabei nicht darum, eine Zigarette zu rauchen – das ist nur das Sinnbild der Geschichte. Wir Menschen muten uns manchmal so viel zu; dabei ist unser Körper nicht gemacht dafür,

ständig zu funktionieren. Auch wir brauchen manchmal eine Pause – auch wenn wir das nur zu gern im Alltag vergessen», erklärte der Hirte und zwinkerte mir zu.
Nun verstand ich seine Metapher und musste grinsen. Dieses «etwas durch die Blume sagen» hatte etwas Besonderes an sich und es bestätigte die Art und Weise, wie Menschen früher miteinander kommuniziert hatten.
Wir saßen auf dem Feld und betrachteten die Wiese mit dem schönen Lavendel, den Gänseblümchen und weiter vorne die Schafe, die nun das Gras fraßen und sich danach ausruhten.

Luan schaute auf die Uhr und sprang auf – wir mussten weiter, um noch rechtzeitig ein Hotel in Peja zu finden.
Wir verabschiedeten uns von dem Hirten und gingen zum Auto zurück.
Die Zigarette, die der Hirte mir am Ende nochmals anbot, nahm ich dieses Mal dankend mit.

29

Meine Freundinnen in der Schweiz, die aus Peja stammten, hatten immer lobende Worte für ihre Stadt gefunden. Ich konnte die Liebe zu ihrer Stadt nachvollziehen, als ich auf den großen Platz blickte und die Architektur Pejas bewunderte. Es war besonders eindrücklich, wie das Bild der Stadt durch die umliegenden Rugova-Berge abgerundet wurde und einem in Erinnerung rief, wie klein wir Menschen doch waren.
Groß waren einzig die Eisbecher, die Gjon und Luan vor sich hatten, während Hava und ich uns in dem Café mit einer Kugel Vanilleeis begnügten.
Die Sonne strahlte hoch am Himmel, es war warm und während sich meine Freunde unter dem Sonnenschirm versteckten, freute ich mich, mein Gesicht in die Sonne zu halten und zu spüren, wie sie mich bräunte, mich wärmte und mir Energie spendete.
Ich war etwas nervös, da gleich meine Freundin Leonora und ihr Vater zu uns stoßen würden. Unsere Väter hatten in Mitrovica zusammen studiert und waren bis heute enge Freunde geblieben. Während meiner gewöhnlichen Urlaubstage im Kosovo hatte ich so viele Verwandte zu besuchen, dass wir uns nur selten sehen konnten. Umso schöner war es, dass sie spontan Zeit gefunden hatte, um mich in Peja zu treffen, und sie bot an, mich mit ihrem Vater gemeinsam durch die Stadt zu führen.
Da meine Freunde nicht stören wollten, entschieden sie sich, eine kurze Wanderung zu machen.

Leonora und ihr Vater fanden mich auf Anhieb und sie stellten sich gleich selbst meinen Freunden vor. Ich sah, wie die Jungs Leonora anstarrten, und musste lachen – sie war tatsächlich eine Augenweide.

Wir tranken noch einen Kaffee zusammen, bevor sich die anderen auf den Weg ins Hotel und auf ihre Wandertour machten.
«Also – wir haben so vieles, was wir dir zeigen können! Es gibt viele wunderschöne Moscheen, dann die alten Bauten, wie die ‹Kullas›, die Steinhäuser, die überall in der Stadt zu finden sind. Dann gibt es noch die Berge – aber die hast du ja bereits gesehen. Und natürlich den Park! Dann gibt es noch das Ethnologische Museum ...», zählte Leonora aufgeregt die Sehenswürdigkeiten auf und ich musste lachen, da sie kaum nach Luft schnappte, während sie ihre Vorschläge unterbreitete.
Ihr Vater Hamza legte ihr eine Hand auf die Schulter und sagte: «Wie wäre es, wenn wir einfach in Richtung Park spazieren und dort einen schönen Nachmittag verbringen. Ich kenne ein besonders gutes Restaurant, das einem Freund von mir gehört. Dort gibt es wunderbare traditionelle Gerichte – würde dir das gefallen, Shote?», fragte er mich und lächelte mich herzlich an.
Ich nickte glücklich und schoss noch ein Erinnerungsfoto für Papa, der sich über mein Treffen mit den beiden gefreut hatte.

«Dein Vater war einer meiner besten Freunde», erzählte mir Hamza unterwegs und ich war gespannt, welche Geschichten ich noch hören würde. Ich wusste nicht viel über die Jugend meines Vaters, da er kaum über diese Zeit sprach. Ab und zu rutschte ihm ein Kommentar heraus und so stellte sich heraus, dass er Gemüse aus Skopje importiert und in Prishtina am Bazar verkauft hatte. Oder Reisen nach Istanbul unternommen hatte, um spezielle Jeans nach Kosovo zu bringen.
«Ich glaube, Papa ging es genauso mit dir, Bac», und ich nannte ihn Onkel, als Zeichen meines Respekts, «doch Papa spricht nicht oft über die Vergangenheit», erklärte ich ihm.
«Das kann ich mir gut vorstellen – er war schon immer sehr zurückhaltend, wenn es um seine Person ging. Doch er war wie

kein anderer: Er war einer der ersten jungen Männer in Prishtina, die ein Motorrad fuhren! Ich sage es dir – er war ein richtiger Draufgänger», erzählte Hamza und musste lachen. Ich erinnerte mich, vor Jahren auf dem Dachboden meiner Großeltern ein Foto meines Vaters auf einem Motorrad entdeckt zu haben. Ich hätte jedoch nie gedacht, dass es sein eigenes gewesen war!

«Es gibt so viele Geschichten, die ich dir von ihm erzählen könnte, doch ich glaube, es ist manchmal besser, die Vergangenheit ruhen zu lassen.»

Wir spazierten durch die Stadt und sie zeigten mir die vielen Schönheiten rund um den Park, der in diesem Frühsommer mit Blumen bedeckt war und Familien mit ihren Kindern zum Picknicken einlud.

Es wurde langsam Abend und, wie von Hamza angekündigt, landeten wir in einem bekannten Restaurant, das in einem dieser Steinhäuser das beste traditionelle Essen Pejas anpries.

Hamza bestellte gleich für alle und ließ den Salat des Hauses, Paprika in Sahne gebacken mit Pitalka, einer Brotspezialität, Sarma und dazu gebratene Fleischspieße bringen.

Ich konnte mich nach dem Essen kaum noch bewegen und schlug vor, dass wir den Weg zum Hotel zu Fuß gehen.

Der Weg entlang der «Bistrica e Pejes», führte uns direkt zum Bazar der Stadt. Ich war erstaunt, dass der Bazar um kurz nach zwanzig Uhr noch geöffnet hatte und freute mich, durch die Stände stöbern zu können.

An einem Bücherstand sah ich ein Buch, das mir bekannt vorkam und das ich mir genauer ansehen wollte.

Es war Fadil Berishas Buch «Albanian American Success Stories» über die hundert erfolgreichsten Albaner in Amerika – der Fotograf hatte mir dieses Buch geschenkt, als ich ihn durch eine meiner Freundinnen in New York kennengelernt hatte.

«Entschuldigen Sie, wie viel kostet dieses Buch?», fragte ich den Händler, der mich nun von oben bis unten musterte.
«Fünfundfünfzig Euro», sagte der Mann trocken und wandte sich bereits wieder von mir ab.
«Ist das Buch wichtig für dich?», fragte mich Leonora.
Ich erzählte ihr die Geschichte, wie ich Fadil Berisha hatte kennenlernen dürfen und welchen Einfluss sein Leben und Schaffen auf die albanische Gemeinschaft in den Vereinigten Staaten hatten.
«Weißt du, er ist nicht nur ein begnadeter Fotograf, sondern auch ein sagenhafter Mensch, der sehr viele andere Menschen in ihrer Karriere unterstützt hat», erklärte ich Leonora und ich erinnerte mich genau, wie ich Fadil Berisha das erste Mal getroffen hatte.

* * *

Die Bücher auf dem Glastisch in New York waren aufeinandergestapelt: «Albanian American Success Stories», Bücher über Mode, Stil und künstlerische Freiheit und dann «Patrick Heiniger», Rolex-Chef und Freund Fadil Berishas. Zu dessen Geburtstag hatte der Fotograf eine Kollektion der schönsten Bilder für den Unternehmer zusammengestellt – ein Zeichen der langjährigen Freundschaft der beiden.
Fadil Berisha war ein Mann des Wortes. Auf Albanisch nennen sie dies «Besa», was «Schwur» oder «mein Wort» bedeutet. Für Albaner ist dieses «Besa» heilig.
Fadil Berishas Versprechen bestand darin, Albaner zu unterstützen, die vielfältige Kultur aufzuzeigen und den Namen der Shqiptaren bekanntzumachen. Etliche Projekte realisierte er bereits für dieses Ziel, beispielsweise die Dokumentation «Dear Albania» zusammen mit der Schauspielerin Eliza Dushku.
Ein stattlicher Mann stand bei unserer ersten Begegnung vor mir, strahlend und mit Augen voller Magie, als ob er das wahre

Wesen, die innere Schönheit, bei seinem Gegenüber erkennen würde.
Fadil zeigte sich mir, wie er war: ein Mann mit einem gütigen Herzen, einer wundervollen Seele und einer Aura der Lebensfreude.
«Ich bin dabei», sagte er zu meiner Projektidee, ohne die Details zu kennen und ohne Wenn und Aber.
Seine Kunstwerke, wie ich seine Fotografien bezeichne, waren im ganzen Atelier zu bewundern. Die schönsten Frauen und Models der Welt hatten seinen Lebensweg begleitet und trotz des Glanzes, des High-Society-Lebens, schien er niemals seine Bodenständigkeit verloren zu haben. Wir tauschten uns aus und sprachen über die albanische Kultur, ihr Wesen und die diversen Formen, in der sie nun endlich gelebt werden konnte.
Fadil erzählte mir von der Großzügigkeit der Menschen, denen er auf seinem Weg begegnet war, und von den vielen Geschichten, die man ihm über seine ehemalige Heimatstadt Peja erzählt hatte. Eine Geschichte war mir besonders in Erinnerung geblieben, denn sie handelte von dem heiligen Versprechen «Besa».

Ein Wort bleibt ein Wort (Besa bes)

Als im Zweiten Weltkrieg die Juden auf der Flucht waren, versuchten die Menschen im albanischen Raum möglichst viele von ihnen bei sich zu Hause zu verstecken. Die Legende besagt, dass ein Mann, der einen Sohn hatte, einen Judenjungen bei sich aufnahm. Er versteckte ihn in seinem Keller und gab ihm sein Wort – «Besën» –, das ihn mit Leib und Seele beschützen würde.
Als die Soldaten die Häuser stürmten, fanden sie den Sohn des Mannes sowie den Judenjungen vor. Sie fragten den Mann, welcher der jüdische Junge sei, und richteten die Waffen auf die beiden.

Der Mann wusste, dass einem der Jungen in diesem Moment das Leben genommen würde, und hielt sich an sein Wort – er zeigte auf seinen Sohn, welcher auf der Stelle von den Soldaten erschossen wurde.
Sein Wort war heiliger als die Liebe zu seinem eigenen Sohn, den er für dieses geopfert hatte.

* * *

In Erinnerung an diese Begegnung schaute ich den Buchhändler an, nickte lächelnd, reichte ihm die fünfundfünfzig Euro und gab das Geschenk in Hamzas Hände.
«Shote, was machst du denn da – das wäre doch nicht nötig gewesen!», sagte er und schaute mich berührt an. Fünfundfünfzig Euro waren ein Viertel des Monatslohns in gewissen Berufen im Kosovo; so viel Geld für ein Buch auszugeben, war für die Menschen hier absurd.
«Baci, die Menschen in diesem Buch haben Unglaubliches geleistet und gehören zu den einflussreichsten Albanern Amerikas. Im Buch werden die Leidenswege dieser Menschen erzählt und wie sie sich an die Spitze kämpften. Diese Lektüre wird für deine Kinder ein Ansporn sein, genauso viel in ihre Fähigkeiten zu investieren, um ihre eigenen Träume zu erfüllen. Das sind die fünfundfünfzig Euro tausendmal wert.»
Hamza war sichtlich gerührt und umarmte mich lange. Er dankte mir und ich freute mich, ihm zumindest eine kleine Freude bereitet zu haben.
«Weißt du, so kann ich zumindest einen Beitrag dazu leisten, dass die Menschen die Kunst Fadil Berishas genießen können und nicht vergessen, wie viel er für Albaner auf der ganzen Welt getan hat. Er verdient es genauso, wenn nicht noch mehr als diese hundert Menschen im Buch, bewundert zu werden. Zudem ist seine Erfolgsgeschichte so schön, dass nicht einmal Hollywood

sie so schreiben könnte!», sagte ich lachend und freute mich, als ich sah, wie Hamza das Buch nicht einfach nur in der Tasche trug, sondern mit verschränkten Armen vor der Brust hielt.

«Du hast viele Ähnlichkeiten mit deinem Vater», sagte Hamza, als sie mich zum Hotel begleitet hatten.
«Ach wirklich? Ich habe immer das Gefühl, dass wir verschiedene Sprachen sprechen ...», erwiderte ich und versuchte, nicht allzu traurig zu klingen. Besonders seit meine Großmutter gestorben war, hatte sich mein Vater sehr zurückgezogen und ließ niemanden mehr an sich heran.
«Wirklich», antwortete Hamza lächelnd, «du erinnerst mich an ihn als junger Mann. Er setzte sich für alle ein, kämpfte für seine Rechte und versuchte zu helfen, wo er nur konnte. Als ein Freund von uns mal kein Geld mehr übrighatte, ging dein Vater nach Skopje, belud seinen Wagen so sehr, dass er kaum noch fahren konnte, und gab dem Freund den Erlös des Verkaufs. Er sagte damals, der Freund solle es ihm irgendwann zurückzahlen, wenn er keine Geldsorgen mehr hätte – und tja, soviel ich weiß, hat er es nach über vierzig Jahren noch immer nicht angenommen», erzählte mir Hamza.
In diesem Moment war ich stolz auf meinen Vater und es freute mich, dass Baci Hamza eine solche Güte auch in mir sah.
Ich konnte es kaum erwarten, Papa in der Schweiz von all dem zu berichten.

30

Luan saß allein in der Lobby und beendete ein Telefongespräch, als er mich kommen sah.
«Hey, Shote! Auf dich habe ich gewartet. Hattest du einen schönen Tag mit deiner Freundin und ihrem Vater?», fragte er mich und rückte mir den Sessel zurecht, damit ich mich zu ihm setzen konnte.
«Es war tatsächlich sehr schön mit den beiden. Ich musste nur die Jungs von Leonora fernhalten, die haben sie mit ihren Augen verschlungen!», sagte ich lachend und sah schon Luans verträumten Blick, als ich Leonora erwähnte.
«Ja, sie ist tatsächlich eine sehr besondere junge Frau», meinte er und grinste frech.
«Gerade du solltest dich etwas zurückhalten, Luan! Was würde wohl deine Freundin davon halten, wenn sie sähe, wie du hier anderen Frauen nachschaust?», fragte ich ihn. Es war das erste Mal, dass ich ihn darauf ansprach.

Luans Gesichtsausdruck veränderte sich schlagartig.
«Shote, wie kommst du darauf, dass ich eine Freundin habe?», fragte er mich und ich sah in seinem Blick, dass er die Welt nicht mehr verstand.
Mir stockte der Atem. In meinem Kopf ratterten die Gedanken und ich wusste nicht, wie ich Luan erklären sollte, dass ich ihn damals in Pogradec aus Versehen belauscht hatte.
«Shote, sag mir bitte, wie du auf so etwas kommst?»
«Ich … ich habe dich gehört, in Pogradec. Als du am Telefon warst. An dem Morgen, bevor wir uns treffen sollten», erklärte ich und hielt den Kopf gesenkt.
«Oh, Shote …», sagte er und atmete langsam. Luan hielt sich die Hände vor sein Gesicht und sagte:

«Das war nicht meine Freundin, Shote.
Das war meine Tochter.»

«Meine Tochter» hallte es in meinem Kopf. Luan saß mir noch immer gegenüber und ein runder Holztisch stand zwischen uns. Die Lobby des Hotels war leer, nur die klassische Musik im Hintergrund war noch leise zu hören.
«Du hast eine Tochter?», fragte ich, noch immer benommen, und schaute nun zu Luan.
«Das ist eine sehr, sehr lange Geschichte, Shote. Ich wollte sie dir schon vor einiger Zeit erzählen, doch dann dachte ich – wozu? Du wirst in einigen Tagen in die Schweiz zurückkehren und wir sind dann nur noch eine Erinnerung für dich. Wir werden uns aus den Augen verlieren und das … das war's dann.»
Luans Augen glänzten, als er diese Worte sprach und es schien als wollte er, dass seine Version der Geschichte nicht wahr sein, dass sie ein anderes Ende nehmen würde.
«Luan, was redest du denn da? Weißt du denn immer noch nicht, wie sehr ihr mir alle ans Herz gewachsen seid? Ich werde euch nicht vergessen, bestimmt nicht! Ich werde euch oft besuchen kommen und ihr mich in der Schweiz doch auch, oder? Wir sind doch Freunde, Luan!», sagte ich zu ihm und setzte ein Lächeln auf. Ich spürte mein Herz rasen bei dem Gedanken, dass Luan tatsächlich eine Tochter hatte. Dass er Vater war. Tausend Fragen stellten sich mir, deren Antworten ich fürchtete.
Plötzlich stand er auf und setzte sich auf den Holztisch vor mir.
«Was ist, wenn es mir nicht reicht, dein Freund zu sein, Shote?»
Luan nahm meine Hände und schaute mich mit seinen hellbraunen Augen an, als könnte er mich mit seinem Blick festhalten.
«Was ist, wenn ich dir sage, dass ich jeden Tag voller Freude beginne, seit wir uns begegnet sind? Wenn ich dir sage, dass ich auch dann am Abend an dich denke, wenn wir bereits den

ganzen Tag zusammen verbracht haben? Wenn ich nicht einmal schlafen gehen kann, ohne dich noch einmal zu sehen?
Was ist dann, Shote?»

Seine sanfte Stimme beruhigte mein Herz, das mir bis zum Hals schlug und mir meine Stimme nahm.

«Bitte, Shote, sag mir, dass nicht nur ich das so empfinde …»

Luan wischte meine Tränen weg und hielt mein Gesicht in seinen Händen.

Ich hatte mein Leben lang darauf gewartet, von jemandem diese Worte zu hören. Und seine Worte, die ich sehnsüchtig begehrt hatte, trafen mich so unerwartet, dass ich sie nicht an mich heranlassen konnte.

Ich hatte seit Wochen meine Zuneigung zu ihm unterdrückt, es für unmöglich gehalten, dass dies jemals passieren könnte. Er war einer der Menschen geworden, die ich nicht mehr missen wollte in meinem Leben. Doch weiter hatte ich nie gedacht.

Es war keine Angst da, dass er mich verletzen würde, kein Misstrauen, dass er es nicht ernst meinte.

Es war Luan … Der mir mit seinen Worten den Rücken stärkte, meine Hand hielt, wenn ich nicht weiterwusste und mir mit seinen Geschichten immer den Weg wies. Der mich so vieles lehrte und sich mir anvertraut hatte. Es war Luan. Ich wusste, wenn etwas zwischen uns sein könnte, dann wäre es echt. Pur.

Doch wir, Luan und Shote, wir konnten nicht zusammen sein.
Uns fehlte etwas, auf das ich für mein Glück nicht verzichten konnte:
Beständigkeit.

Hier, in Kosovo, solange er bei mir war, empfand ich dieses Gefühl und war beflügelt von dem, was ich in den letzten Wochen erlebt hatte. Mit ihm erlebt hatte.

Doch das war nur ein winziger Bestandteil meines Lebens.
Wie könnte ich Luan zurücklassen und ohne weiteres in die Schweiz gehen? Wie könnte ich lernen, ein «uns» aufzubauen, wenn so vieles zwischen uns stand?
Ich wollte dieses bedingungslose und erfüllende Zusammenkommen. Und ich wusste, mit ihm konnte es Wirklichkeit werden. Doch bevor ich mich auf *ihn* einlassen konnte, musste ich *meinen* Weg zuerst abschließen.
Ich nahm Luans Hände in meine und küsste sie.

«Nein, Luan. Du bist nicht der Einzige. Ich empfinde genauso und ich … ich wünschte, ich könnte jetzt, in diesem Moment, ja sagen. Ja zu dir, zu uns.
Doch ich bin noch nicht bereit dafür, Luan, nicht für all das, was dieses Ja mit sich bringen würde.
Luan schaute mich mit diesen Augen an, die mir das Herz brechen wollten, nickte und ließ meine Hände los.
«Gibst du mir etwas Zeit, um all das zu verstehen?», fragte ich ihn und legte meine Hand auf seine Wange.
«Luan … ich empfinde genauso», sagte ich erneut, nahm ihn in den Arm und küsste sein Gesicht.

«Doch mit einer Blüte allein blüht der Frühling nicht», zitierte ich das alte Sprichwort.

Ich versuchte, ihm zu zeigen, dass die bisherigen Erkenntnisse mich noch nicht an mein Ziel gebracht hatten und der Weg zu mir selbst noch lange war. Ich hatte erst eine Blüte – doch ich wartete auf den blühenden Frühling.

31

Laute Musik dröhnte aus den Boxen, die Menschen drängten sich nach vorne zur Bühne und es schien niemanden in der Bar zu geben, der die Songs der Band nicht mitsang. Ich kannte ihren Namen nicht, sie spielten lockeren albanischen Rock, tanzten in einer Ecke, die als Bühne diente, tranken Rakia zwischen den Liedern und stießen mit den Gästen an, die wie im Delirium um die Band herumtanzten.

Ich verlor mich in den Gitarrenklängen des Leadsängers, ließ seine Worte auf mich wirken, während ich das dritte oder vierte Glas Weißwein trank. Ich hatte aufgehört zu zählen.

Die Menge in der kleinen Bar tanzte auf den Tischen und die offene Eingangstür ließ die geradezu heroischen Melodien nach draußen dringen, so dass selbst die Raucher, welche die Bar für eine Zigarette, eine Unterhaltung, eine Begegnung verlassen hatten, ihre Köpfe zum Takt wippen konnten.

«Ich verstehe», hatte Luan geantwortet und es schien mir eine Ewigkeit her zu sein, seit er diese Worte zu mir gesprochen hatte. Dabei waren seit unserer Unterhaltung erst zwei Tage vergangen. Wir hatten uns vor meinem Hotelzimmer umarmt, er hatte mich auf die Stirn geküsst und gesagt, dass er warten werde.

Gjon und Hava hatten von alldem nichts mitbekommen, tanzten nun engumschlungen und schienen den Abend zu genießen. Ich liebte es, die beiden so glücklich zu sehen und mir vor Augen zu halten, dass ich irgendwann auch dafür bereit sein würde.

Luan verhielt sich so, als hätte es den Abend in der Lobby nicht gegeben. Er stand neben mir, nippte an seinem Bier und wann immer ich zu ihm blickte, lächelte er mich an oder zwinkerte mir zu.

Ich nahm ihn an der Hand, während ich Hava und Gjon winkte, als Zeichen, dass wir weiterziehen sollten.
Draußen warteten bereits meine Cousinen Vera und Nita auf uns, rauchten eine Zigarette und waren in ein Gespräch mit ihren Freundinnen vertieft. Ich schaute die Gruppe dieser jungen Frauen an und musste grinsen. Die Welt in Prishtina war so modern, dass man manchmal nicht wusste, ob man in der kosovarischen Hauptstadt oder in einem Pub irgendwo in London, Amsterdam oder Milano war.
Wo man auch hinsah, waren atemberaubende junge Frauen zu bewundern. Keine glich der anderen und jede war eine Schönheit für sich. Sie kleideten sich provokativ, waren voller Selbstbewusstsein, so erfolgreich, gebildet und weltoffen, wie die Frauen es vielleicht noch nie zuvor in diesem Land gewesen waren. Sie erzählten von Literatur, von Musik und Kunst, klapperten die Bars und Cafés der Gegend ab, dateten Jungs und studierten, machten Karriere und lebten in Wohngemeinschaften, Studentenwohnungen oder allein. Sie waren der neue, frische Wind, der durch Kosovo wehte, und es war schön zu sehen, wie sich mir all dies an diesem Abend, hier vor der Bar, offenbarte.
Ich liebte die Szene, die sich hier entwickelt hatte, und spürte den Freiheitsdrang, den diese Frauen ausstrahlten. Sie wollten alles haben, was die Welt ihnen zu bieten hatte, und endlich war die Generation gekommen, die sich auch all das nahm.
«Shote, wo soll's als Nächstes hingehen?», fragte mich Vera und strich ihre langen Haare nach hinten.
«Lasst uns Tee trinken – und etwas essen. Ich sterbe vor Hunger!», antwortete ich.
Die anderen lachten, schüttelten ihre Köpfe und deuteten auf die Uhrzeit. Ich ging los, schaute zurück und sie wussten, dass ich beim Thema Essen keinen Spaß duldete.

* * *

Nita und Vera hatten uns in eine ruhige Bar geführt, in der ich mir kurz vor Mitternacht noch ein Club-Sandwich bestellen konnte. An allen Wänden gab es riesige Regale mit Büchern auf Albanisch, Deutsch, Englisch und Französisch. Hava hatte bereits nach einem gegriffen – es war ein Buch von Salih Zogiani, einem albanischen Schriftsteller, der die größte Sammlung albanischer Anekdoten veröffentlicht hatte. Sie blätterte darin und schien gefesselt von seinen Erzählungen.

«Erzählt mal, wie ist das Leben für euch im Kosovo so?», fragte Gjon meine Cousinen, die sich mittlerweile von ihren Freundinnen verabschiedet hatten.

Vera hatte gerade eine weitere Runde Caj für uns bestellt und rührte ungeduldig mit dem kleinen Löffel im Glas.

«Weißt du, solange man studiert und ein wenig Geld hat, ist das Leben hier wunderbar. Wir sind frei, wir sind jung, wir wollen die Möglichkeiten nutzen, die wir hier haben – auch wenn die Zukunftsaussichten fehlen. Mehr als die Hälfte der Bevölkerung Kosovos ist unter fünfunddreißig. Du kannst dir ja vorstellen, wie es hier am Wochenende zugeht – besonders, wenn es noch etwas zu feiern gibt!», erzählte Vera und erinnerte an etliche Konzerte, etwa das Benefizkonzert der britischen Popsängerin Rita Ora vor dreihunderttausend Menschen auf dem Hauptplatz in Prishtina. Nita begann «Shine ya light» zu singen, das Lied, dessen Videoclip Rita Ora sogar in Prishtina filmen ließ.

Ich konnte mich noch an die Bilder im Fernsehen erinnern und war gerührt, dass die junge Berühmtheit ihre Wurzeln nicht vergessen hatte und ihrem Volk etwas von ihrem Erfolg zurückgab.

«So geht es auch uns in Albanien. Kein Wunder, dass so viele junge Menschen ins Ausland flüchten», meinte Gjon.

«Ihr könnt wenigstens flüchten! Uns sind die Hände gebunden mit diesen Visumsanträgen, die nie bewilligt werden – wir stecken hier fest. Alles, was uns bleibt, ist, Politiker zu wählen, die dieses Land vorantreiben. Doch leider sind hier viele Menschen noch immer der Meinung, dass Kriegsveteranen das Land führen sollen und nicht etwa junge, gebildete Politiker wie Albin Kurti», erklärte sie und man sah ihr an, dass diese Themen die Jugend des Landes schwer beschäftigten.

Mir waren diese Herausforderungen sehr wohl bewusst, denn seit meiner Kindheit waren meine Eltern an der Politik im Kosovo interessiert. Anfang der Neunzigerjahre hatte es viele Aufstände im Kosovo gegen die Unterdrückung der Albaner gegeben, da die Zustände die Grenzen der Zumutbarkeit überschritten hatten: Man durfte die eigene Sprache nicht mehr sprechen, die Religion und selbst den eigenen Beruf nicht mehr ausüben. Die Menschen wurden zum Teil auf der Straße grundlos festgenommen, ungerechtfertigte Kontrollen albanischer Haushalte endeten in einem Blutbad, wenn albanische Literatur gefunden wurde oder sich auch nur der geringste Widerstand erhob.

In vielen Ländern gingen die Albaner auf die Straße und versuchten, auf diese Missstände aufmerksam zu machen. So auch meine Eltern, die uns von klein auf zu Demonstrationen und Kundgebungen mitnahmen.

Ich liebte es, dass meine Eltern uns genau erklärten, weshalb wir mit zwei ausgestreckten Fingern nach Freiheit riefen, wenn wir «Demokratie» schrien. Heute noch löst dieses Wort Gänsehaut bei mir aus.

«Kosovo ist wieder an einem Punkt angelangt, an dem die Politik das Volk aus dem Land vertreibt, und dennoch gibt es diesen kleinen Hoffnungsschimmer. Denn wir, die junge Bevölkerung des Landes, demonstrieren und fordern von unserer Regierung, das Land in eine bessere Zukunft zu führen», ergänzte Nita, die Politikwissenschaften an der Universität in Prishtina studierte. Dies war in Zeiten, in denen das Wort ‹Korruption› in der kosovarischen Politik großgeschrieben wurde, eine Herausforderung. Albin Kurti, der Vorsitzende der Partei Vetëvendosje, ‹Selbstbestimmung›, schien der Jugend hier neue Hoffnung zu geben, das Land in eine Zukunft der politischen und wirtschaftlichen Sicherheit zu führen.

«Doch dieses Land hat so vieles durchgemacht, dass die ältere Bevölkerung auf ihre Helden setzt, und so kann es keine Veränderung geben», erzählte Vera.

Plötzlich meldete sich Hava zu Wort.

«Leute – ihr werdet es nicht glauben. In diesem Buch steht eine Geschichte, die perfekt zu diesem Thema passt», sagte sie und las uns die Anekdote vor.

Junge Hähne

Es war einmal ein weiser Bauer, der einen alten Hahn hielt, welcher sein Liebling war. Stets sagte er zu seiner Frau:

«Hüte dich davor, den alten Hahn zu schlachten, denn er singt so schön am Morgen.»

Eines Tages erwartete das Paar einen sehr wichtigen Gast. Die Frau ging hinaus, um einen der Hähne zu fangen und zu schlachten. Doch weil sie die jungen Hähne nicht fangen konnte, nahm sie den geliebten alten Hahn und schlachtete ihn für das Abendessen. Sie traute sich nicht, ihrem Mann davon zu erzählen, und ging beunruhigt schlafen.

Am nächsten Tag, als der Mann die jungen Hähne singen hörte, sagte er zu seiner Frau:

«Was ist passiert, dass nicht mein alter Hahn singt, sondern die jungen Hähne?»
«Ich habe den alten Hahn schlachten müssen», gestand sie ihm, «da ich die jungen Hähne gestern einfach nicht fangen konnte.»
«Nun», sagte der weise Bauer, «diese jungen Hähne singen ja noch schöner als der alte Hahn! Sie haben wohl nicht singen können, da der alte sie nicht ließ.»

«Neue Hähne braucht das Land», sprach Vera lachend einen Trinkspruch aus und hob das Glas.
«Neue Hähne braucht das Land», riefen wir und stießen auf die Zukunft des jungen Landes an, das mit einer solchen Jugend noch spannende Zeiten vor sich hatte.

32

Das Porzellan war noch genauso schön wie am Tag, an dem ich es mit meiner Mutter gekauft hatte. Ich füllte das frisch zubereitete Birchermüsli in die kleinen, runden Schüsseln und bereitete den Tee vor.

Meine Freunde liebten mein «Schweizer» Frühstück, das ich ihnen jeden Morgen, seit wir in Prishtina waren, zubereitete. Wir hatten in der Nähe einen Früchte- und Gemüsestand, wo ich in der Früh die Beeren und Äpfel aus der Region kaufen ging. Früher hatte auch unser Garten allerlei Früchte gehabt, doch seit dem Tod meiner Großmutter hatte Großvater die Bäume und den Garten vernachlässigt, so dass jene kaum noch Früchte trugen.

Für Großvater bereitete ich zwei Eier mit Suxhuk vor, Brot und zwei scharfe grüne Paprikas. Er zögerte immer lange, überhaupt an den Esstisch zu kommen, doch saß er endlich hier, verwickelten wir ihn so sehr in Gespräche, dass er alles aufaß, ohne dass ich ihn dazu drängen musste.

Es war schön zu sehen, wie sich meine Freunde mit ihm verstanden, wie herzlich sie ihn jeden Morgen begrüßten und wie auch er die vielen Gäste im Haus schätzte.

Nachdem wir den Tag und die halbe Nacht zuvor die Cafés von Prishtina besucht hatten, wollte ich meinen Freunden auch die Besonderheiten der Stadt zeigen. Nach dem langen Frühstücksritual mit meinem Großvater machten wir uns auf den Weg in die Innenstadt, das Herz Prishtinas.

Ich hatte mir einige Gedanken gemacht, was die drei interessieren könnte, und hatte mir vorgenommen, mit ihnen das Nationaltheater, die Carshi-Moschee («Steinmoschee»), den berühmten Uhrturm von Prishtina, das Ethnografische Museum sowie die im ganzen Balkanraum bekannte Nationalbibliothek Kosovos zu besuchen. Für den Abschluss hatte ich mir etwas Besonderes ausgedacht, doch musste ich sehen, wie weit wir mit meinem Plan kamen. Alles lag zwar nahe beieinander, doch kannte ich meine Begleiter und wusste, dass die Jungs bereits mit den Augen rollen würden, wenn ich ihnen alle Stationen aufzählte.

Das Nationaltheater war einer meiner liebsten Orte Prishtinas und Zentrum der kosovarischen Kultur. Über vierhundert Theaterstücke hatten in dem Haus ihre Premiere gefeiert, Menschen berührt und Geschichte geschrieben. Wir liefen den «Shesh», wie die Promenade im Herzen der Stadt genannt wird, bis zur «Carshi-Moschee», die eines der ältesten Monumente Kosovos ist. Wir philosophierten darüber, wie vor all dieser Zeit etwas entstehen konnte, das heute noch bestand und nichts an seinem Wert verloren hatte.
Auch der Uhrturm von Prishtina war ein solches Relikt aus der Vergangenheit, das seit über zweihundert Jahren die Stadt zierte. Es schmerzte mich, als ich schon von weitem die Graffiti an der Tür und den Wänden sah. Wie konnte jemand ein solch historisches Werk so verunstalten?
Die Begeisterung meiner Freunde hatte sich bisher in Grenzen gehalten – bis wir das Ethnografische Museum erreichten. Ein junger Mann mit kurzgeschorenen Haaren und einem auffälligen Schnurrbart begrüßte uns und bot uns eine kleine Führung an. Wir hatten zwar nicht geplant, viel Zeit im Museum zu verbringen, doch als ich die faszinierten Gesichtsausdrücke Luans, Gjons und Havas sah, ließ ich den jungen Mann uns durch das schöne, antike Haus führen.
Das aus Stein gebaute Museum bestand aus zwei Gebäuden mit jeweils zwei Etagen. Die Holztreppe führte uns ins Innere und ich fühlte mich einige hundert Kilometer weit nach Gjirokastër

versetzt. Abgesehen von den fehlenden Bildern der Familie Hoxha bot das Museum eine ebenso wundervolle Ansammlung alter Kunstwerke, Schmuck, Kostüme, Töpferwaren, Waffen und Werkzeuge. Besonders nahe ging mir der Aufbau des Hauses, den uns der Führer erklärte:

«Das Haus beschreibt den Kreis des Lebens – so spiegeln sich hier die Lebensphasen des Menschen wider: die Geburt, das Leben selbst, der Tod und dann das Erbe.»

Ich sah, wie vor allem Hava und Luan vom Museum fasziniert waren. Sie hatten in Gjirokastër kaum die Gelegenheit gehabt, etwas Derartiges zu bewundern. Hier war alles neutral, und sie konnten es ohne den Schmerz, den sie in Gjirokastër empfunden hatten, genießen.

Die vielen großen Fenster boten einen Blick auf die Stadt und es war beachtlich, wie selbst das Messinggeschirr nach Jahrhunderten immer noch im Licht glänzte. Ich trat an die Kinderwiegen aus Holz, bewunderte die schönen Schnitzereien, die Trachten, die alten Qiftelis und die prachtvollen roten Teppiche mit schwarzen Stickereien, wo zusätzlich Lammteppiche für die Gäste ausgelegt worden waren. Der prunkvolle Kronleuchter mit seinen Goldelementen vollendete den Raum.

Wir hingen alle noch dem Zauber der Vergangenheit nach, als wir das Museum verließen und aus einer Gasse wunderschöne Musik und den Duft von frisch zubereitetem Essen vernahmen. Ich schaute meine Freunde erwartungsvoll an und sie nickten mir nur zustimmend zu, da sie meine Essgewohnheiten langsam kannten.

Die Küche im «Shpija e Vjetër» – das alte Haus – war das eine, doch die Atmosphäre in diesem Traditionshaus, wo noch Baumäste ins Haus hineinragten und die Einrichtung wie eine Verschmelzung aller Epochen wirkte, war das andere. Ich sah

meinen Freunden an, dass sie völlig verblüfft waren, und musste schmunzeln. Nun wussten sie, wie es mir in den letzten drei Wochen in Albanien ergangen war.
Ich bestellte noch eine Runde Caj und als wir vom vielen Essen kaum noch atmen konnten, kam der kurze Spaziergang zur Nationalbibliothek gerade recht.

Von weitem schon waren die einzelnen Kuppeln zu sehen, neunundneunzig an der Zahl. Das Bauwerk, das im ganzen Balkan bekannt war, galt in Prishtina als der «Stahlkessel» der Stadt, da es komplett in Stahlelemente gehüllt ist. Ich prahlte damit, dass ein Foto der Bibliothek gerade im Museum of Modern Arts als ein Beispiel von über hundert Bildern von überragenden Kunstwerken osteuropäischer Architektur ausgestellt wurde, doch die Blicke meiner Freunde verrieten nur, dass sie absolute Kunstbanausen waren.
«Du musst gar nicht so schauen, Shote! Wir wollen dich doch nur aufziehen», sagte Luan lässig.
Ich versuchte nicht daran zu denken, doch wann immer er zu mir sprach, hallten seine Worte in meinem Kopf und ich sah die Szenen in der Hotellobby vor meinem inneren Auge.
«Wenn ihr *das* nicht zu schätzen wisst, dann freut euch auf einen der Schätze, den ich für den Schluss aufgehoben habe!», sagte ich und war froh, dass wir am späten Nachmittag noch dazu kamen, den letzten Punkt auf meiner Liste abzuhaken: die Mutter-Teresa-Kathedrale.

Sie war wunderschön, grazil und heilig – die große Kathedrale, die nach Mutter Teresa benannt wurde. Wir stiegen die Steintreppen hinauf und öffneten die hohe, schwere Holztür beim Eingang. Der Marmorboden funkelte im Abendlicht und die Säulen strahlten in Gelb, Rot und Blau, da die Sonne durch

die Glasmalereien schien. Die Bilder erzählten die Geschichte der gläubigen katholischen Albaner.
Die Holzbänke mit dem geschnitzten Adlerkopf bildeten zwei lange Reihen, die zum Altar führten, wo Jesus mit ausgebreiteten Armen vor seinen Jüngern stand. Doch anders als in vielen Kirchen wurde hier nicht der Kreuzestod dargestellt. Vielmehr war es so, als würde Jesus in einem Strahlenmeer um ihn herum wieder auferstehen.
Mir gefiel der Gedanke, dass in einem Land, das vom Geist der Wiedergeburt lebte, auch diese Heiligkeit so aufleben konnte.
Ich folgte der Tradition und zündete wieder drei Kerzen an. Dieses Mal jedoch galten die Kerzen meiner Familie, meinen Freunden, und die letzte war für meine Großmutter.

Wir wollten die Kathedrale gerade verlassen, als uns vom Altar ein Mann entgegenkam. Er sah nicht aus wie ein Pfarrer, dennoch empfand ich es als unhöflich, einfach wieder zu gehen. Wir grüßten ihn und es stellte sich heraus, dass er einer der Architekten der Kathedrale war.
Er freute sich, dass Gäste aus dem Ausland zu seinem Werk gefunden hatten, und bot uns eine kleine Führung durch die Kathedrale an.
Mit einem Fahrstuhl brachte er uns auf den Aussichtsturm, wo wir auf ganz Prishtina sehen konnten. Die Stadt wirkte im Abendlicht sensationell.
«Ein Wunder, dass ich um diese Zeit noch hier bin», erzählte der junge Mann, der seinen Arbeitsplatz im Kellergeschoss der Kathedrale hatte.
«Normalerweise gehe ich schon früh, da man sonst nicht durch den Verkehr kommt», sagte er.

«Hat die Kathedrale nicht eine spezielle Geschichte?», fragte ich, denn ich erinnerte mich daran, wie das Bauwerk jahrelang stillgestanden war.
«Nun, ich möchte nicht zu sehr ins Detail gehen, doch wie immer ist das, was gottgegeben ist, wahr geworden. Wie in der alten Anekdote», sagte der junge Mann und erzählte uns eine Geschichte.

Gottgegeben

Ein Mann war in die Jahre gekommen und konnte seine Felder nicht mehr selbst bearbeiten. Er heuerte deswegen Arbeiter an, die seine Maisfelder bestellen sollten.
Die Arbeiter staunten, als sie die Größe des Landes sahen, und wurden eifersüchtig. Sie besprachen, das Feld nur spärlich zu bepflanzen, da sie dem Alten die Ernte nicht gönnten.
In diesem Sommer sollte es jedoch kaum regnen und die wenigen Jungpflanzen sogen jeden vom Himmel fallenden Tropfen auf. Der Alte hatte die beste Ernte des Dorfes und war erfreut über das Werk der Arbeiter.
Auch im nächsten Jahr heuerte er dieselben Arbeiter an und diese, wiederum von Neid erfüllt, bepflanzten das ganze Feld mit viel zu vielen Samen. Sie dachten, dass der Alte dieses Mal sein blaues Wunder erleben würde.
Doch in diesem Sommer sollte es so viel regnen, dass – während der Wind und der Sturm die Felder der anderen zerstörten – dem Alten viele Kolben übrigblieben, als die Regentage zu Ende gingen. Die Arbeiter mussten einsehen, dass ihre Taten keinen Einfluss hatten – was gottgegeben war, konnte man einem Menschen nicht nehmen.

Der junge Mann grinste und sagte:
«Nun – was auch immer unsere Projekte einst unterbrach, so steht die Kathedrale heute in ihrer ganzen Pracht da und erfreut uns alle. Was vorherbestimmt ist, wird passieren – wie nennt ihr das so schön?
Ach ja. Kismet.»

33

Das Feld war von Gänseblümchen und Mohnblumen bedeckt und der leichte Wind, der wehte, ließ die Blumen unter dem bewölkten Himmel tanzen. Das Feld sah unberührt aus und wild, und am liebsten wäre ich hineingerannt, hätte mir die kleinen Geschenke der Natur angesehen, sie berührt und an ihnen gerochen. Doch es hätte etwas an der Schönheit zerstört, die diesen Ort so besonders machte.

Luan und Gjon liefen voraus, die Karte in der Hand und auf die Stadt zeigend. Wir waren in «Shala e Bajgores», einer Gegend, die für ihre Wanderwege bekannt war, und genossen die frische Luft hier oben, während wir den Weg zurückgingen.

Die letzten Stunden hatten uns viel Kraft gekostet und doch fühlte ich mich beflügelt von den Eindrücken, die ich von der Natur im Norden Kosovos hatte sammeln können. Das Gebiet lag etwas mehr als eine Stunde Fußweg von der Stadt Mitrovica entfernt; von da aus hätte man wahrscheinlich tagelang die weitläufigen Hügel und Berge besteigen können.

Hava erzählte mir, dass ihr nie bewusst gewesen sei, dass es solche Landschaften auch in Kosovo gab, und wie dankbar sie war, diese Natur und die vielen schönen Städte kennenzulernen. Ich lächelte zufrieden, denn es erging mir wie Hava: Auch wenn dies mein Heimatland war, hatte ich mich noch nie mit den Regionen Kosovos befasst. Ich fragte mich, ob meine Eltern mir mehr hätten zeigen können, doch im selben Moment verwarf ich den Gedanken angesichts der Herausforderungen, die sie damals zu bewältigen hatten.

Sie hatten selbst keine Kindheit genossen, in der Wanderausflüge oder Entdeckungsreisen möglich gewesen waren. Wie viele Generationen vor ihnen hatten sie bereits in ihrer Kindheit mit wenig auskommen und dafür hart arbeiten müssen. Selbst in der Schweiz sorgten sie sich darum, dass ihre Familien im Kosovo genug Geld hatten, und versuchten, jeden Rappen fünfmal zu wenden, bevor sie ihn ausgaben. Alles was sie hatten, was wir hatten, versuchten sie mit denen zu teilen, die sie im Kosovo zurückgelassen hatten.

Und wenn wir dann mal in der Heimat waren, konnten sie nicht genug Zeit mit den Menschen verbringen, die sie das ganze Jahr hindurch vermisst hatten. Es war verständlich, dass das Näherbringen unserer Kultur durch Reisen nicht an erster Stelle stand.

Doch wenn es mal die Zeit erlaubte, fuhren wir mit unseren Großeltern und den engsten Verwandten in die Berge. Die Männer grillten Fleisch, während die Frauen die albanische Spezialität «Fli» zubereiteten. Dies war eine meiner liebsten Erinnerungen an meine Kindheit.

«Was geht dir durch den Kopf, Shote?», fragte mich Hava, als ich gedankenverloren in die Gegend schaute.

«Bitte entschuldige, Hava. Ich musste gerade an früher denken, an die Zeit, in der meine Eltern mit uns in den Urlaub nach Kosovo fuhren und wie wir die Tage hier verbrachten. Es war etwas Besonderes zu wissen, dass die ganze Familie hier ist und du sie am Ende jedes Urlaubs wieder zurücklässt.»

Hava nickte verständnisvoll und fragte mich:

«Wie ist denn das für dich? Wo fühlst du dich zu Hause?»

Das war keine einfache Frage und ich versuchte Hava zu beschreiben, wie ich es empfand.

«Ich liebe den Kosovo. Ich liebe meine Familie hier, meine Freunde, die Kultur und, ach, die Lebensphilosophie! Dieses «alles so nehmen, wie es kommt». Und es gibt so vieles, das ich vermisse, wenn ich nicht hier bin. Im Kosovo liegen meine

Wurzeln, meine Heimat und ich fühle mich zu ihm hingezogen, wie eine Biene sich immer von den Blumen angezogen fühlen wird. Doch, wo auch immer ich in der Welt unterwegs bin, freue ich mich immer, in die Schweiz zurückzukehren. Sie ist mein Halt, mein sicherer Hafen. Ein Ort, an dem ich meine Ambitionen leben kann. Sie hat so vieles, was ich noch lernen muss und, nun ja – die Schweiz hat mich großgezogen. Und dafür liebe ich sie.
Sie ist mein Zuhause.»
Hava schaute mich an und lächelte.
«Es muss schön sein, zwei Orte zu haben, die einem so viel geben wie diese beiden dir», sagte sie.
So hatte ich das noch nie gesehen.

Wir erreichten die Stadt Mitrovica müde und hungrig und setzten uns in eines der ersten Restaurants, das wir auf dem Weg zurück entdeckten. Es war später Nachmittag geworden, draußen war es noch warm und eine Kellnerin deckte soeben einen der Tische, die vor dem Restaurant standen.
Luan und Gjon waren in ein Gespräch über die Stadt vertieft und fragten die Kellnerin, wo denn die Brücke sei, welche die Stadt teilte: in den Süden, der hauptsächlich von Albanern bewohnt war, und den Norden, wo kaum noch Albaner lebten.
Die Kellnerin erklärte ihnen den Weg und es schien sie nicht zu erstaunen, dass wir uns nach der Brücke erkundigten.
«Gehen denn viele Touristen da hin?», fragte ich.
«Nun ja, nicht nur Touristen, auch die Bewohner pendeln hin und her und auch Händler. Es ist nun mal, wie es ist», sagte die Kellnerin lächelnd und nahm unsere Bestellung auf.
«Shote, sieh mal», sagte Luan und zeigte auf eine Gruppe junger Soldaten, die gerade in unsere Richtung kamen.

«Sind das Schweizer?», fragte er und zeigte mit dem Finger auf seine Schulter, als Hinweis auf die Wappen der SWISSCOY-Soldaten, die jeden Moment an uns vorbeigehen würden.
Ich nickte und musste lächeln, da einige meiner Freunde in der Schweiz Teil dieser Schutztruppen waren. Sie waren in die verschiedenen Regionen des Kosovo verteilt worden und sollten für Ruhe und Ordnung sorgen. Für mich waren sie eine Art Sinnbild dafür, dass ich selbst im Kosovo ein Stück Schweiz finden konnte.
Es waren fünf oder sechs Soldaten, unter ihnen eine junge Frau.
«Grüezi mitenand, bonjour und buongiorno!», grüßte ich sie, als sie an mir vorbeigingen, und lächelte.
Die Gruppe blieb stehen, die Soldaten grüßten mich freundlich auf Deutsch und zogen weiter.
«Was hast du ihnen gesagt?», fragte mich Luan.
«Ich habe sie nur in fast allen Landessprachen gegrüßt», antwortete ich und erklärte meinen Freunden, dass in der Schweiz vier Sprachen und zig Dialekte gesprochen würden.
«Leider spreche ich kein Rätoromanisch, das wäre die vierte Landessprache gewesen», ergänzte ich.
Die drei zeigten sich erstaunt, dass das kleine Land so vielfältig war und ebenso, dass es üblich war, mindestens zwei Landessprachen zu beherrschen.
«Das heißt – du sprichst vier Sprachen?», fragte mich Gjon.
«Das ist so, Gjon. Aber in der Schweiz ist das nichts Besonderes», ergänzte ich.
Die anderen schüttelten den Kopf und lachten über meine Art, die Dinge immer herunterzuspielen.
«Hast du jemals daran gedacht, zurückzukehren und hier zu arbeiten? Du könntest die Sprachen unterrichten, die du beherrschst und den Kindern erklären, wie die Welt da draußen funktioniert», fragte nun Hava.
Ich dachte kurz darüber nach und stellte mir vor, wie das wäre.

«Dafür muss ich noch einiges selbst lernen – vor allem, wenn es darum geht, wie die Welt da draußen wirklich funktioniert. Außerdem wäre ich mit meinem sehr begrenzten albanischen Wortschatz kein gutes Vorbild für die Kinder», wandte ich ein und die anderen stimmten mir lachend zu, da ich noch immer sehr unterhaltsame Ausdrücke gebrauchte, die es im Albanischen nicht gab.
«Da gibt es eine sehr passende Geschichte dazu», sagte ich, als ich mich an eine Erzählung meiner Mama erinnerte.

Macht der Gewohnheit

Ein weiser Mann war bekannt dafür, gute Ratschläge zu geben oder Vorkommnisse innerhalb einer Familie zu klären. Früher war es üblich, dass sich die Dorfbewohner an solche Weisen wandten und so kam es, dass eine Witwe den Mann aufsuchte.
«Weiser, ich muss dich um einen Gefallen bitten. Mein Sohn isst so viel Zucker, dass er mich in den Ruin treibt. Ich habe sonst niemanden und möchte ihn nicht vor den Kopf stoßen. Könntest du ihm bitte den Zucker verbieten?», fragte sie ihn.
Der Weise dachte über die Worte der Frau nach und bat um eine Woche Bedenkzeit. Die Wartezeit erstaunte die Frau, doch sie machte sich keine weiteren Gedanken darüber und ging nach Hause.
Nach einer Woche stand sie dem Weisen erneut gegenüber und bat diesen wiederum um den Gefallen.
«Es tut mir leid, aber ich benötige noch eine Woche Bedenkzeit», antwortete der Weise wieder.
Nach einer weiteren Woche ließ er die Frau samt deren Sohn zu sich rufen.
«Mein Junge. Von jetzt an ist es dir verboten, mehr als einen halben Teelöffel Zucker am Tag zu essen. Haben wir uns verstanden?», fragte der Weise.

Die Worte des Weisen waren heilig und so hatte der Junge keine Wahl, als diesem zuzunicken und sich in Zukunft an die Vorgaben zu halten.
Die Frau bedankte sich bei dem Weisen und wollte sich gerade verabschieden, als ihr die lange Wartezeit auf die Antwort doch keine Ruhe ließ.
«Weiser, wieso hast du für die Entscheidung so viel Zeit benötigt?», fragte sie ihn schließlich.
Der Weise lächelte und antwortete:
«Auch ich trug dieses Laster und verzehrte zu viel Süßes», gab der Weise zu.
«So musste ich zuerst lernen, es selbst abzulegen, bevor ich es von jemand anderem erwarten konnte.»

«Na, wenn das so ist – dann will ich aber nichts mehr über meine Fahrkünste hören!», sagte Luan und wir lachten, genossen das Essen und tranken Wein unter dem freien Himmel Mitrovicas.

34

«Moj zeshkanja ime», sangen die Gäste, die sich an den Händen hielten und zum alten bekannten Lied von Trix tanzten, so dass der Sänger Xhela nur noch in die Hände klatschte und den Gästen die Freude am Lied ließ.

Ardiana und Betim tanzten in der Mitte des Saals und lachten und sangen mit ihren Familienmitgliedern. Das Glück war ihnen ins Gesicht geschrieben.

Ich stellte mir vor, wie anstelle der albanischen Gesänge eine schöne, langsame Melodie auf dem Piano die beiden in diesem Moment begleiten würde. Und ich musste, wie immer an Hochzeiten, meine Freudentränen zurückhalten. Doch der Anblick der beiden rührte mich und ich wandte mich zurück an den Tisch, suchte meine Serviette, um mir die feuchten Augen zu trocknen, und sah Luan, wie er seine Hand ausstreckte und mir ein Taschentuch reichte.

Er lächelte mich an und ich sah in seine traurigen Augen, nahm zögerlich das Taschentuch und drehte mich zur Menge um. Ich fühlte mich schuldig, ihn so zu sehen, und ich wünschte mir, es wäre alles einfacher für uns.

Ich versuchte meine Gedanken auf das traumhafte Fest zu lenken und suchte nach Hava und Gjon, die irgendwo in der Menge tanzten. Ich musste nicht lange Ausschau halten, denn die beiden waren eines der Paare, das sofort auffiel. Wie sie sangen und tanzten, einander anschauten und sich der Musik hingaben und den Moment genossen, war wunderschön mitanzusehen. Hava trug mein langes, königsblaues Kleid mit einem langen Ausschnitt am Bein und dünnen Trägern, das ich seit Ewigkeiten besaß. Sie sah umwerfend darin aus.

Gjon und Luan hatten sich bei einem befreundeten Schneider Anzüge ausgeliehen und es war schön, sie in diesem schicken Aufzug zu sehen. Sie wirkten erwachsen, selbstbewusst und ich liebte es, sie so anmutig zu erleben.
Ich schaute wieder zu Luan und als ich die Hand ausstreckte, um ihn zum Tanz aufzufordern, lächelte er, stand auf und zog mich an der Hand zur Tanzfläche.

* * *

Die Hochzeit war sehr traditionell gehalten und so kam es, dass sich alle Gäste des Bräutigams am frühen Nachmittag bei ihm zu Hause versammelten. Es war Brauch, dass der Bräutigam und seine gesamte Familie und Freunde zum Haus des Brautvaters fuhren und dort in einer herrlichen Zeremonie die Braut abgeholt wurde. Als wir beim Haus von Ardianas Familie ankamen, wurden die Frauen und Männer getrennt und zu verschiedenen Feiern geführt. Den Männern wurde Paukenmusik vorgespielt, während die Frauen aus Betims Familie draußen vor der Haustür Ardiana zu Ehren alte Volkslieder sangen. Eine junge Cousine Betims spielte das Instrument «Def» und sang lauthals vor, während die anderen Familienmitglieder ihr folgten:
«Oj Lulije, oj Lulije, du weiße Taube, hat deine Mutter sich von dir verabschiedet?
Eine gute Reise, eine gute Reise wünschte mir meine Mutter, in Tränen habe ich sie zurückgelassen», lautete der herzzerreißende Text aus alten Zeiten.
Betim wurde von der Mutter Ardianas ins Haus gebracht. Einige Minuten später trat Betim heraus und führte seine Braut an der Hand. Sie gingen die Treppen vom Haus zum Hof hinunter, wo wir alle auf sie warteten.
Betim lüpfte den roten, durchsichtigen Schleier, schaute seine Braut liebevoll an und küsste sie auf die Stirn.

In diesem Moment traten Ardianas Brüder und Schwestern und auch ihre Eltern nach vorne. Sie verabschiedeten sich tränenreich von ihr und Ardianas Vater küsste ihre Hand, bevor er sie Betim reichte. Ardianas Gesicht war von Trauer und Glück zugleich gezeichnet und ihre Tränen erinnerten daran, dass diese Zeremonie zu früheren Zeiten eine schmerzhafte Trennung der Tochter von ihrer Familie bedeutete, in der arrangierte Ehen noch die Norm waren. Bis heute noch empfinden Bräute dieses Gefühl des Zurücklassens ihrer Liebsten, auch wenn die Zusammenkunft zweier Menschen in der heutigen Zeit aus Liebe geschieht.
Das junge Paar ging die wenigen Schritte zum prächtig dekorierten Auto, das im Hof bereitstand. Mit dieser Fahrt würde ihr gemeinsames Leben beginnen.
Die zurückgebliebenen Gäste verfielen in Tränen, umarmten sich und die rührende Zeremonie fand ein Ende: Die jungen Frauen, die soeben ein neues Familienmitglied gewonnen hatten, verabschiedeten sich von der Familie der Braut, welche gemäß der Tradition ihre Tochter einer neuen Gemeinschaft übergeben hatten.

* * *

Der Saal war wie aus einem Märchen und ich schwärmte für die weißen Rosensträuße, mit denen die Tische dekoriert waren. Der ganze Raum war in Weiß und Gold gehalten, Letzteres ganz dezent, so dass lediglich ein Schimmern zu sehen war, wenn das Licht auf die Goldrahmen der Tischnummern fiel.
Xhela hatte ein langsames Lied angestimmt und bat die Gäste darum, die Tanzfläche für das Ehepaar zu räumen, so dass Betim und Ardiana zu «Lulebore», einem alten, traditionellen Liebeslied, tanzen konnten.
Kaum hatte Xhela den letzten Ton des Liedes gesungen, verstummte die Musik seiner Band und eine Surle ertönte. In Begleitung der Pauke, die wir «Tupan» nennen, kamen drei junge

Musiker zum Zug und eröffneten die Melodie für die engagierten Tänzer, die nun in traditionellen Trachten auf die Tanzfläche kamen.
«Weißt du, wie dieser Tanz heißt?», fragte mich Luan, der noch neben mir stand, und lächelte mich an.
«Nein, ist das nicht irgendein Tanz?», fragte ich unsicher.
«Es ist die ‹Valle e Shotës› – der Tanz der Shote», sagte er und zeigte auf die Tänzerinnen und Tänzer, die als Paare in der Mitte tanzten, während die zwei Paukenspieler um sie herum musizierten und die Gäste, die einen großen Kreis gebildet hatten, zum Takt klatschten.
Ich wusste nicht genau, was mich so berührte, als ich dastand und zu der schönen Melodie tanzte.

Ich wollte auf die Toilette gehen, doch als ich beim Hauptausgang war, sah ich, dass Betim und Ardiana draußen standen und eine Zigarette rauchten. Als sie mich erblickten, rief mich Ardiana zu ihnen.
«Bitte sehr», sagte Ardiana und reichte mir eine Zigarette. In Erinnerung an den Schafhirten dachte ich nicht lange nach, nahm mir eine und fühlte mich sonderbar, tatsächlich eine Zigarette zu rauchen.
«Eure Hochzeit ist ein Traum!», sagte ich und zeigte mit einer Hand auf mein Gesicht. «Wie ihr seht, habt ihr mich gleich mehrfach zu Tränen gerührt!», gestand ich ihnen und Ardiana nahm mich in den Arm und hielt mich fest.
«Weißt du, es ist alles schön und wunderbar und das Fest ist tatsächlich so, wie wir es uns gewünscht haben. Aber das ist nur ein Tag in einem ganzen Leben. Mal sehen, wie der Rest wird», sagte sie lachend.
«Ich mache mir bei euch beiden keine Sorgen», erwiderte ich und lächelte sie an, als sie wieder zurück in Betims Arme lief.

«Ich mir eigentlich auch nicht», meinte Betim und ergänzte lachend: «Und wenn mir doch langweilig wird, mache ich es wie in der Legende des Hoxhas!»
«Ach – du wieder mit deinen Geschichten! Wieso habe ich dich geheiratet?», fragte Ardiana provokant und küsste ihren Ehemann.
«Ja, ja, schon gut. Shote, willst du vielleicht meine Geschichte hören?», fragte er mich lächelnd und zog die Augenbrauen hoch.
«Immer doch, Betim!», sagte ich lachend und lauschte seiner Geschichte.

Die Speisen des Paradieses

Es war einmal ein Imam, ein Hoxha, wie wir ihn nennen, der für seine Predigten im ganzen Ort bekannt war. In einem Jahr, gerade zur heiligen Fastenzeit Ramadan, erzählte er den Menschen von den Speisen, die im Paradies auf die Rechtschaffenen warteten. Die Fastenzeit fiel in diesem Jahr auf den Herbst und der Hoxha erwähnte, dass unter anderem der Kürbis eine dieser Delikatessen im Paradies sei.
Um den Hoxha zu ehren, wurde ihm in den nachfolgenden Tagen jeder Speise Kürbis beigefügt.
Nach zwei Wochen konnte der Hoxha jedoch keinen Kürbis mehr sehen und sehnte sich nach einem knusprig gebratenen Hühnchen. Die ganze Nacht lang lag er wach und dachte darüber nach, wie er seinen Mitmenschen die Nachricht überbringen sollte, ohne sie vor den Kopf zu stoßen oder wählerisch zu wirken.
Am nächsten Tag, als der Hoxha seine Predigt hielt, erzählte er wieder von den Speisen des Paradieses, doch dieses Mal ergänzte er: «Es ehrt mich sehr, dass ihr denkt, ich als Hoxha verdiene es, täglich die Speisen des Paradieses zu genießen. Doch passt auf,

denn ich könnte von dieser Behandlung überheblich werden und von mir selbst so überzeugt sein, dass ich meinem Glauben abtrünnig werde. So empfehle ich euch, um weiterhin meine Bodenständigkeit zu erhalten, mir hin und wieder ein gebratenes Huhn zu servieren», schloss der Hoxha und lächelte zufrieden über seine List.

«So ist das also, kaum einen Tag verheiratet und schon solche Gedanken!», warf Ardiana ihm vor und wir lachten, während der kühle Wind ihre Zigarette ausblies.
«Nein, Zemer. Ich habe von Anfang an nur Hühnchen gewollt – und seit ich dich kenne, habe ich nie genug davon bekommen», sagte Betim und küsste seine Braut.
Hand in Hand gingen die beiden zurück zu ihrem Hochzeitsfest.
Ich schaute ihnen nach und freute mich für sie, da sie sich sicher waren, die richtige Entscheidung für den Rest ihres Lebens getroffen zu haben.
Dieses Glück wünschte ich jedem Einzelnen, der sich danach sehnte.

35

Die lange Straße war wie ausgestorben und ich bat Luan, das Radio im Auto abzustellen, als eine Melodie ertönte, die diesem Weg nicht angemessen war.
Doch was konnte überhaupt angemessen hierfür sein? Trauergesänge?
Vielleicht heroische Lieder wie «Mora Fjalë» von Shkurte Fejza, die Adem Jashari besangen, doch das hätte ich wohl nicht ertragen. Fühlte sich mein Herz nicht schwer genug an?
Ich stellte das Radio ab und schaute aus dem Fenster.
Es war mein Wunsch gewesen, hierher, nach Drenica, zu kommen, der sechsundfünfzig Seelen zu gedenken, die als Familie vereint unter derselben Erde begraben lagen.
«Helden werden dort begraben, wo sie fallen», sagt man bei uns.
Wir näherten uns der Gedenkstätte der Familie Jashari und fuhren langsam am Museum vorbei, das in Form einer weißen Glaspyramide die Besucher begrüßte.

Ich fragte mich, wie oft der Betonboden unter meinen Füßen wohl mit den Tränen der Trauernden gewaschen worden war.
Zwei albanische Fahnen wehten im Wind oberhalb des alten Hauses der Familie, das nun von einem Gerüst instand gehalten wurde und ein Abbild der puren Zerstörung darstellte.
Ich schaute über das weite Feld, auf die einzelnen Stationen, die wie ein Weg durch die Geschichte der Familie führten, und wusste nicht, wo ich beginnen sollte. Ich atmete tief durch, schaute zu meinen Freunden und zeigte mit dem Kopf auf die Gräber, die am Ende des Feldes aufgestellt waren.

Schulklassen besichtigten den Schauplatz, wo die Existenz dieser ganzen Familie ausgelöscht wurde. Nun war der Ort Sinnbild für das Leid, das Opfer der Jasharis und für den Tod.
Ich empfand all dies jedoch als Zeugnis des Widerstands, des Muts und vor allem der Unsterblichkeit des Willens, alles für die Freiheit aufzugeben – sogar das eigene Leben.
Nein, dieser Ort war nicht für Tränen gemacht. Dieser Ort stand für den unzerstörbaren Überlebensgeist der Menschen, dachte ich, während ich die Schusslöcher an den Wänden des alten Hauses betrachtete, hinter denen sechsundfünfzig Krieger, Väter, Mütter, Töchter und Söhne ihr Leben gelassen hatten. Ich versuchte die Löcher zu zählen, doch es waren zu viele. Sie waren lediglich ein Hinweis darauf, mit welcher Wucht die Jasharis attackiert worden waren.
Nur zwei Mitglieder der Familie hatten den Angriff in den Tagen vom 5. bis zum 7. März 1998 überlebt.

Wie das Blut, das durch die Adern der Menschen geflossen war, die nun unter den weißen Steinblöcken ihre letzte Ruhe fanden, führte ein dunkelroter, fließend gemalter Streifen über jedes einzelne Grab der Familienangehörigen. Die Blöcke befanden sich am Ende des Hofs und ich konnte den zwei Soldaten, die dort Wache standen, nicht in die Augen sehen. Ich drehte mich um, lief an den Menschenmengen vorbei und wollte zurück ins Auto – ich hatte genug gesehen.
Doch dieses alte Haus – ich konnte nicht gehen, ohne selbst das Ausmaß der Zerstörung gesehen zu haben, welche sich hier abgespielt hatte. Ich ging die Treppen hinauf, hielt mich am Geländer fest und schaute in ein großes Loch an der Wand, das durch die Explosion einer Granate entstanden war. Kleiderfetzen, ein einzelner schwarzer Männerschuh und Holzspäne lagen herum.

An einer Wand hingen noch die eisernen Kleiderhaken.
Ich schüttelte den Kopf, schaute zu meinen Freunden, die unten am Haus warteten, und sah ihnen den Schmerz an. Sie schienen die Dimension des letzten Krieges zum ersten Mal zu begreifen. Gjon hielt Hava, die ihre Tränen nicht zurückhalten konnte, und auch Luan kämpfte mit seinen Gefühlen.
«Er ist am Leben», stand oberhalb des großen Bildes Adem Jasharis. Es fühlte sich hier an, als bedeutete der Satz: «Er wird hier für immer weiterleben.»
Ich prägte mir das Bild ein und betete, dass kein Mensch je wieder die Schmerzen ertragen musste, die hier an diesem Ort dokumentiert waren.

«Haben Sie eine Frage?», riss mich eine Stimme aus meinen Gedanken.
Ich drehte mich zur Seite und ein Mann stand neben mir. Er lächelte mich an, in seinem dunkelgrauen Anzug, dem weißen Hemd und der unauffälligen Krawatte.
«Nichts, was Sie mir anhand von Geschichtsbüchern erklären könnten», sagte ich und beobachtete, wie der Mann die Arme hinter dem Rücken verschränkte. Er musste um die fünfzig Jahre alt gewesen sein, und ich war mir nicht sicher, ob er einer der Führer der Gedenkstätte oder ein gewöhnlicher Besucher war.
«Wissen Sie, dass einer der männlichen Nachfahren der Gefallenen seine Hochzeit an genau dem Tag feierte, an dem das Massaker sich jährte?», fragte er mich und zog seine buschigen, grauen Augenbrauen hoch.
«Er wollte dem 7. März, dem Tag, der das Leben der Familie in ein Davor und ein Danach teilte, eine neue Bedeutung geben. Nachdem jahrelang der Schmerz der Familie an diesem Tag dominierte, sollten nun auch das Glück und die Liebe gefeiert und geteilt werden», erklärte er mir.

Die Kraft aufzubringen, ein dermaßen bedrückendes Ereignis, diesen Schmerz, auf solche Art und Weise abschließen zu können, schien mir unvorstellbar.
«Ich muss immer wieder innehalten und mich fragen, wieso wir Menschen uns dies gegenseitig antun», antwortete ich und blickte erneut auf die trostlosen Reste der Mauern dieses Hauses. Hinter mir lag das «Feld der Versöhnung», ein weiterer Teil der Gedenkstätte. Die Bilder und Namen aller Gefallenen standen an den hohen, weißen Säulen.
«Man erzählt sich in der Gegend nicht umsonst, was das gefährlichste Wesen ist», sagte der Mann und erzählte mir eine kleine Geschichte.

Das gefährlichste Wesen

Eine junge Frau war mit ihrer Großmutter unterwegs, als sie am Waldrand, nicht weit von ihnen entfernt, eine Schlange sah.
«Großmutter, lass uns weiter weg vom Wald gehen, denn sieh nur – dort ist eine Schlange, die uns verletzen könnte», sagte die junge Frau ängstlich.
«Mach dir um die Schlange keine Sorgen, mein Kind. Solange du Tiere nicht angreifst, werden auch sie dir nichts tun. Es gibt nur ein Wesen, das ohne Rücksicht angreift und zerstört», sagte die alte Frau.
Die Enkelin schaute erstaunt und die Großmutter fuhr fort:
«Der Hund beißt nicht die Hand, die ihn füttert. Schlangen greifen nur diejenigen an, die sie bedrohen. Der Wolf lebt nicht ohne Grund weit entfernt vom Menschen. Denn der Mensch ist anders. Der Mensch bringt selbst jenen, die ihm beistanden, nur Kummer. Hast du je ein Wesen erlebt, das seinesgleichen so viel Leid und Schmerz zufügt wie der Mensch?»

«Verstehen werde ich es nie», antwortete ich und schüttelte den Kopf.
«Du musst es nicht verstehen. Das ist nicht unsere Aufgabe. Auch musst du weder verurteilen noch es verzeihen können. Das ist die Aufgabe des Herrn. Jeder von uns hinterlässt seine Spuren auf der Welt. Auch die Menschen, die diese Taten hier aus Machtgründen oder für Geld begangen haben, werden ins Jenseits kommen. Wie sagen wir so schön?

«Das letzte Hemd hat keine Taschen.»

Wir werden nichts mitnehmen, außer unserer Seele, und nichts anderes wird am Tag des Jüngsten Gerichts gewogen. Darum achte darauf, dass deine Seele nicht zu schwer wird – weder durch deine eigenen Taten noch von dem Leid, das du mit dir trägst», sagte der Alte und tippte mir lächelnd auf die Schulter.

Ich ging zu meinen Freunden und auch sie waren bereit, sich von diesem Ort zu verabschieden. Ich musste nochmals an die ersten Momente hier denken und wie ich mir gesagt hatte, dass dies kein Ort der Tränen sein durfte.
Ich blickte auf die Gedenkstätte und sah einen Ort des Stolzes, an dem der Geist der Freiheit zu spüren war und an dem wir dieser Familie unsere Ehre und unseren Respekt zollten.
Ein Ort der Dankbarkeit, für das Opfer, das sie erbracht hatten.
«Bac u kry», sagten die freien Menschen im Land, als der Krieg zu Ende war.
«Onkel – es ist geschafft».

36

Die Eindrücke des Ausflugs nach Drenica hatten uns alle schwer mitgenommen und die Fahrt zurück nach Prishtina verbrachten wir schweigend.
Zurück im Haus meiner Eltern gingen wir zu meinem Großvater, der im ersten von zwei Stockwerken lebte. Er bereitete gerade sein Abendessen zu: eine Kartoffelsuppe mit Gemüse und getrocknetem Rindfleisch.
Ich nahm ihm die Arbeit ab und ließ ihn sich mit meinen Freunden unterhalten, die ihn über das Leben im Kosovo zur Zeit des Kommunismus in Albanien ausfragten.
Ich hörte von der Küche aus, wie er ihnen von den damaligen Zuständen erzählte. Großvater hatte zu dieser Zeit in einer Fabrik gearbeitet und erklärte, wie friedlich das Zusammenleben aller Nationen damals gewesen war.
«Es funktioniert immer nur so lange, wie alle an einem Strang ziehen. Sobald einer mehr will als die anderen, entsteht Chaos», sagte er und zündete sich eine Zigarette an.

Nach dem Abendessen saßen wir noch lange bei ihm und Großvater erzählte von seiner Kindheit in Svircë, dem Dorf in Medvegja, in dem er und auch mein Vater großgeworden waren. Er erzählte von meinen Urgroßeltern, die ich sogar noch kennenlernen durfte, und wie sie damals an Geister, Teufel und andere Mythen geglaubt und ihren Kindern diese alten albanischen Märchen erzählt hatten.
«Ich kann mich kaum noch an deine Erzählungen erinnern, Baba. Welches Märchen habe ich als Kind denn gern gehört?», fragte ich ihn und Großvaters Augen leuchteten, als er zu erzählen begann.

Des Königs Junge

Es war einmal ein König, der eine wunderschöne Frau hatte. Leider konnten sie keine Kinder bekommen und der König bat alle Zauberer und Magier des Landes zu kommen, um seiner Frau und ihm zu helfen. Viele mächtige Zauberer versuchten ihr Glück, doch nichts half. Eines Tages tauchte ein neuer Zauberer auf, der dem König einen Pakt anbot:

«Wenn ich es schaffe, dass deine Frau dir Kinder gebärt, will ich, dass du mir deinen erstgeborenen Sohn schenkst!»

Der König und seine Gattin dachten tagelang nach und entschieden sich dafür, den Pakt einzugehen.

Kurz darauf wurde die Königin schwanger und gebar einen Jungen. Es dauerte nicht lange, bis sie bereits wieder schwanger wurde und ein Mädchen gebären sollte. Der Zauberer erschien sogleich und forderte vom König den versprochenen Sohn ein.

Schweren Herzens übergab der König seinen Sohn, der vom Zauberer in sein Reich mitgenommen wurde.

Er zog den Jungen in seiner Burg groß, die neunundneunzig Zimmer besaß, und behandelte ihn wie seinen eigenen Sohn. Alle Zimmer standen dem Jungen frei, doch eines war für ihn strengstens verboten.

Wie die Jahre vergingen, wuchs der Junge zu einem jungen Mann heran, der vom Zauberer in Magie und Wissenschaften gelehrt wurde. Der Jüngling kannte alle achtundneunzig Zimmer in- und auswendig und mit jedem Tag wuchs seine Neugier, was sich im letzten Zimmer befinden würde.

Mit der Zeit lernte der Jüngling auch die Gepflogenheiten des Zauberers kennen und wusste, dass dieser jeweils vierundzwanzig Stunden am Stück schlief, dann vierundzwanzig Stunden wachte und in vierundzwanzig Stunden nur einmal aß.

Als der Jüngling seine Neugier nicht mehr bremsen konnte, beschloss er zu warten, bis der Zauberer wieder in seinen Schlaf verfiel. Dann machte er sich auf, das neunundneunzigste Zimmer zu betreten.
Als er die Tür zum Zimmer öffnete, sah er alle Tiere, die es auf Erden gab. Die Tiere begannen laut zu schreien und zu rufen und der Jüngling sah, dass der Zauberer hier sein Bett hatte und ruhte. Trotz des Lärms wachte der Zauberer nicht auf und der Jüngling traute sich, in das Zimmer hineinzugehen.
Er sah, dass die Tiere alle Futter bekommen hatten, doch der Zauberer das Futter der Stuten und der Hunde vertauscht hatte. Der Jüngling ging zu den Tieren und tauschte ihr Futter. Die Stuten wollten sich bedanken und rieten ihm, schnell zu verschwinden, bevor der Zauberer wach würde, und sagten ihm, er solle ein Waschbecken mit einer Wasserkanne, etwas Salz und einen Kamm aus dem Zimmer mitnehmen und schnell gehen. Kaum hatte der Jüngling die Dinge in einer Tasche verstaut, öffnete der Zauberer die Augen und stürzte sich voller Enttäuschung auf den Jüngling, um diesen zu töten, da dieser die einzige Regel des Hauses nicht befolgt hatte. Der Jüngling floh mit einer der Stuten und der Zauberer ritt ihm hinterher.
«Wirf ihm das Salz zu!», schrie die Stute, was der Jüngling tat. Sogleich warf sich vor dem Zauberer ein hoher Berg auf, den er erklimmen musste.
Der Zauberer war jedoch flink und dem Jüngling schnell wieder auf den Fersen.
«Wirf den Kamm!», befahl die Stute wieder und so tat es der Jüngling. Nun bildete sich ein dichter Wald vor dem Zauberer, den er erst mühselig durchwandern musste. Doch auch dieses Mal war der Zauberer geschickt und erreichte den Jüngling fast.
«Wirf die Wasserkanne und das Waschbecken!», schrie die Stute nun und als der Jüngling dies tat, entstand vor dem Zauberer ein großes Meer.

Der Zauberer schwamm so schnell er konnte, doch der Jüngling war bereits in ein anderes Reich geflohen, wo der Zauberer keine Macht mehr über ihn hatte. Er sah nur noch, wie der Knabe ihm entkam.

«Ach, was für eine süße Geschichte – und das war Shotes Lieblingsmärchen?», fragte Luan meinen Großvater und trank aus dem kleinen Teeglas, das ich soeben gefüllt hatte.
«Nun ja – sie liebte alle Märchen, um ehrlich zu sein. Doch viele hatten mit sterbenden Müttern und armen Mädchen zu tun. Irgendwie schien ihr dieses Märchen, in dem niemand sein Leben lassen musste und der Junge seine Freiheit fand, am besten zu gefallen», erklärte mein Großvater lächelnd. Ich saß zu seinen Füßen und er streichelte mir über mein Haar.
«Dann hat sich ja nicht viel geändert», meinte Hava lächelnd.
Wir sprachen über andere Märchen und Erzählungen und ließen uns mit den Geschichten etwas von dem Schmerz nehmen, der sich in unseren Herzen nach diesem Tag angesammelt hatte.

37

2498 Höhenmeter lagen hinter uns und wir saßen auf dem Steinboden, am Gipfel unserer Wanderung, lauschten dem Wind, während unsere Körper langsam abkühlten und zur Ruhe kamen.
Die Aussicht in «Maja e Lubotenit» war atemberaubend schön und ich atmete die kalte Luft durch die Nase ein, zog sie tief in meine Lungen, bis sich auch mein Bauch mit der frischen Brise füllte, und atmete aus, den Blick auf die Berge und das Tal gerichtet.
Ich streckte die Arme zum Himmel aus, als könnte ich ihn berühren, und bewunderte die Farben der Natur, die Nuancen, die sie geschaffen hatte und die sich uns hier oben darboten.

* * *

Die Liebe zur Natur teilten glücklicherweise auch meine Freunde mit mir und als ich vorschlug, vor der Reise zu Havas Tante in Kumanova, das in Nordmazedonien lag, noch eine Wanderung in der Nähe von Ferizaj zu unternehmen, hatten sie begeistert zugestimmt.
Wir waren um sechs Uhr früh in Prishtina aufgebrochen, hatten in einer Bäckerei in Ferizaj Luans Lieblingsessen geholt – «Mantija», die mit Rindfleisch gefüllten kleinen Pite-Täschchen – und waren dann bis zu den letzten Hütten vor dem Wanderweg vorgefahren.
Die Sonne stand bei unserer Ankunft in Luboten schon hoch am Himmel und einige Wandergruppen waren bereits weit oben zu sehen.
Der Weg hinauf hatte uns durch den Wald geführt, der uns glücklicherweise etwas Schatten spendete, bevor die steilen Passagen in der prallen Sonne folgten. Ab und an begegneten wir anderen Wandergruppen, die auf derselben Route unterwegs waren.

«Ist das nicht einfach traumhaft?», fragte ich in die Runde, als sich die letzte Gruppe vor uns wieder auf den Rückweg gemacht hatte und wir den erklommenen Gipfel für uns allein hatten.
«Eine der schönsten Kulissen, die ich je gesehen habe», antwortete Gjon und zeigte mit dem Daumen nach oben.
Die Steine, auf denen wir saßen, schmerzten durch das lange Sitzen und ich musste aufstehen und meine Beine ausschütteln.
«Geht ihr in der Schweiz denn auch so oft wandern?», fragte nun Hava, die es sich in Gjons Armen gemütlich gemacht hatte. Ich dachte an die schönen Berge, die ich auch zu Hause bereits hatte erklimmen dürfen und auch solche, die mir noch bevorstanden.
«Ja, sehr oft sogar! Ach – es gäbe so viele Orte, die ich euch gern zeigen würde! Den Hallwilersee oder den Blausee zum Beispiel, den Oeschinensee oder die längste Hängebrücke der Schweiz im Wallis! Ihr würdet es dort lieben, bei den schönen, alten Häusern in Randa und den Bergflüssen! Und, ach, der Seealpsee natürlich! Wir würden bis zum Gipfel hinauf wandern, im Berggasthaus Aescher-Wildkirchli Rösti mit Spiegeleiern essen und Süßmost trinken», schwärmte ich und träumte vom Essen in der Schweiz. Meine Freunde schauten mich irritiert an und ich musste lachen, als Gjon sich wieder über meine Albanischkenntnisse «beschwerte» und dabei den Kopf schüttelte. Ich beschrieb ihnen die Schweizer Spezialitäten und erzählte von dem Restaurant, das gleich unten am Seealpsee lag und von dessen Terrasse aus man einen wunderschönen Blick auf die Berglandschaft im Appenzell hatte.
«Also, ich bin sofort dabei!», rief Luan und zwinkerte mir zu.
«Die Schweiz ist sowieso mein nächstes Ziel», sagte er schelmisch und ich wusste, worauf er hinauswollte. Ich musste lächeln und war froh, dass Luan das Thema zwischen uns beließ und auf diese Art und Weise damit umging. Ich hatte befürchtet, es könnte merkwürdig zwischen uns werden und ich schätzte es, dass

wir dort weitermachen konnten, wo wir aufgehört hatten – als Freunde.
«Luan, ich muss zugeben, dass du beim Essen tatsächlich genauso gut mithalten kannst wie beim Klappe aufreißen», sagte ich ihm und musste lachen, während er genüsslich seine letzte Mantija verspeiste.
«Soll das heißen, dass ich nur rede und nichts dahinter steckt?», fragte er und stand ruckartig auf.
«Wenn das so ist: Wer als Letzter unten ankommt, bezahlt heute das Abendessen!», rief er, bevor er den steilen Berg hinunterrannte.
«Luan, halt sofort an! Das ist gefährlich!», rief Hava ihm nach, doch er rutschte bereits den Hang hinunter und man hörte ihn von weitem lachen.
«Na dann – ihr habt ihn ja gehört», zwinkerte ich unserem Paar zu, nahm meine Tasche in die Hand und rannte los.
Ich hörte nur noch, wie Gjon zu Hava sagte:
«Dein Bruder wieder!»

Luan wartete einige hundert Meter weiter unten auf mich und als ich ankam, saß er auf dem Boden und atmete ebenso schwer wie ich.
«Das war unglaublich!», sagte er und ich setzte mich neben ihn.
«Was denkst du, wie lange werden die beiden brauchen?», fragte ich lachend.
«Ach, das wird wohl eine Weile dauern», meinte er und ließ sich nach hinten auf den Boden fallen. Ich tat es ihm gleich und wir schauten beide zum Himmel, zu den Wolken, und ließen die Sonne unser Gesicht wärmen, während der Wind uns etwas Abkühlung verschaffte.
«Luan … vermisst du deine Tochter?», fragte ich ihn und traute mich kaum ihn anzusehen.

Luan drehte sich zu mir, schaute mich an und lächelte verhalten.
«Jeden Tag, Shote.»
Ich sah ihm den Schmerz an und wünschte, ich hätte ihm diesen nehmen können.
«Ich wollte mich noch bei dir bedanken. Du gehst so gut mit der Situation zwischen uns um», ergänzte ich und lächelte ihn an.
Luan nickte und holte tief Luft.
«Ich habe gesagt, dass ich warten werde, und im Gegensatz zu dir kann ich sehr geduldig sein. Außerdem … ist das wohl Karma, Shote. Ich habe es nicht anders verdient», meinte er und stützte sich auf seine Ellbogen auf.
«Wieso sagst du denn so was?», fragte ich und schaute ihn an. Die Sonne stand genau hinter ihm und warf Schatten auf sein Gesicht, was dieses noch markanter wirken ließ.
Luan lachte und sagte:
«Es gibt dazu eine schöne Geschichte – du wirst sie lieben!», antwortete er und erzählte.

Wie du mir

Ein armer Bauer verkaufte seine Butter kiloweise auf dem Bazar, als einer der anderen Händler des Markts bei ihm einkaufte. Dieser war jedoch ein Schlitzohr: Kaum zu Hause angekommen, wog er die Butter des Händlers, um das Gewicht zu prüfen.
Seine Waage zeigte nur achthundert Gramm an und der Händler machte sich sofort wieder auf den Weg zum Bazar, um den armen Bauern zur Rede zu stellen.
Dort angekommen, beschuldigte er diesen des Betrugs. Er schrie so laut, dass selbst die anderen Händler herbeikamen, um zu sehen, was passiert war.
Der arme Bauer nickte bloß und sagte dann:

«Es tut mir sehr leid, der Herr. Ich bin so arm, dass ich mir keine Waage leisten kann. Deswegen habe ich meine Butter mit dem bei Ihnen gekauften Zucker abgewogen.»

Ich musste schmunzeln, weil ich verstand, worauf Luan hinauswollte.
«Das heißt wohl, dass in Tirana einige junge Mädchen an einem von dir gebrochenen Herzen leiden, wenn ich das richtig verstehe?»
«Tirana? Pha! Albanien, meine Liebe! Aber da du ja nicht willst …», antwortete er schelmisch und wir mussten beide lachen.
«Aha – während wir uns vorsichtig den Berg hinab wagen, habt ihr beide es euch gemütlich gemacht!», hörte ich Hava von oben rufen und sah die beiden langsam in unsere Richtung kommen.
«Los, wir haben eine Wette zu gewinnen!», sagte ich zu Luan, reichte ihm meine Hand und wir machten uns gemeinsam auf.

38

Sie hatte dieselbe schöne Ausstrahlung wie Hava und Luan, doch ihre Augen schienen so viel Schmerz in sich zu tragen, dass er ihr Lächeln überdeckte. Sie trug ihre dunklen Haare offen, ein schwarzes, langes Kleid und hatte, abgesehen von einem Ring, ihren Schmuck abgelegt.

Havas und Luans Tante Merita, ihre Teze, wirkte so jung, voller Herzlichkeit und Güte und ich versuchte mir vorzustellen, wie wohl die Mutter der Geschwister ausgehen hatte.

«Wie gefällt es euch hier in Kumanova?», fragte Merita ihre Familienmitglieder und ergänzte im selben Atemzug: «Bitte bedient euch!», während sie mir eine Schale mit Schokoladenpralinen reichte.

«Wir haben bisher nicht viel sehen können, Teze, da wir gestern noch wandern waren und erst am späten Nachmittag im Hotel ankamen ...», und bevor Hava weitererzählen konnte, fiel ihre Tante ihr bereits ins Wort.

«Hotel? Sagt mir bitte nicht, dass ihr Geld für ein Hotel ausgegeben habt, wenn hier doch das ganze Haus leer steht!», rief sie empört und fügte hinzu:

«Heute bleibt ihr hier!»

Hava öffnete den Mund, um etwas einwenden zu können, doch ihre Tante hob bereits die Hand, um ihr anzudeuten, dass sie noch nicht mit uns fertig war.

«Es kommt nicht infrage, meine Liebe, dass ihr dieses Haus verlasst, ohne morgen mit mir in aller Ruhe zu frühstücken. Dann könnt ihr weiterziehen, wohin ihr wollt!», schloss sie ab und lächelte uns an. Ich konnte mir ein Grinsen nicht verkneifen, denn es wäre bei meinen Verwandten kaum anders abgelaufen.

Wir stimmten nickend zu und Merita klatschte vor Freude in die Hände.

Merita war etwas über sechzig Jahre alt und durchlebte, nach dem Verlust ihrer Schwester, gerade eine der schmerzhaftesten Phasen ihres Lebens.
Ihr Mann war vor einigen Monaten verstorben und hatte sie allein in Kumanova zurückgelassen.
Ihre drei Kinder, die in Deutschland lebten, arbeiteten daran, ihr die Dokumente vorzubereiten, damit sie zu ihnen auswandern könnte. Man hörte heraus, dass sie den Umzug nur ihren Kindern zuliebe in Kauf nehmen würde. Es war spürbar, dass sie selbst nicht bereit war, ihre Heimat zu verlassen.
Merita machte uns Kaffee und servierte uns eine selbstgebackene Bakllava, die köstlich war. Ich fragte sie nach dem Rezept und war verblüfft, als sie mir erzählte, was ihr Geheimtipp war.
«Orangenkonfitüre, Liebes! Am besten cremst du die getrockneten Teigblätter ein wenig ein, bevor du die gehackten Walnüsse und Mandeln verstreust. Das gibt dem Gebäck diese leichte, fruchtige Süße!», erklärte Merita mir.
Sie erzählte uns aus ihrem Leben, während Hava und Gjon sich in der Küche um das Abendessen kümmerten.
Nach dem Festmahl, das die beiden zubereitet hatten, saßen wir im Wohnzimmer und tranken gemeinsam Tee. Merita erzählte von ihrer Zeit als Mädchen, wie sie durch eine Cousine ihren Mann kennengelernt hatte und dass es für sie nie einen Zweifel daran gegeben habe, dass er der Richtige gewesen war. Sie schaute dabei auf ein altes Bild von ihnen beiden, das sie als junges Paar zeigte. Meritas ansteckendes Lachen, das Strahlen ihrer Augen kamen sofort wieder zum Vorschein, als sie auf die Liebe ihres Lebens schaute.

Es musste schön gewesen sein, den einen Menschen zu finden, der einen so strahlen lässt, dachte ich und schaute zu Luan, der in diesem Moment ebenfalls zu mir blickte.
«Nun erzählt aber ihr – was gibt es Neues? Hava, wann höre ich endlich von Nachwuchs? Und Luan! Wann hast du eigentlich vor, dein gutes Herz zu verschenken?», fragte sie und legte ihren Arm um Luans Schulter, der gleich neben ihr saß.
«Ach, Teze, wer sagt denn, dass es an mir liegt? Meine Herzdame will mich vielleicht einfach nicht und nun warte ich, bis sie mich armen Mann doch noch nimmt!», antwortete er ihr so sarkastisch, dass selbst ich über seine Worte lachen konnte.
«Faule Ausreden! Als ob dir jemals eine Frau das Herz brechen könnte, mein Junge. Du hast alles, was man sich nur wünschen kann – die Richtige wird das auch erkennen und keine Sekunde zögern!», erklärte Merita überzeugt und drückte ihrem Neffen einen Kuss auf die Wange.

Luan wechselte geschickt das Thema und fragte Merita nach ihren Soldaten.
«Deine Soldaten?», rutschte es mir heraus und ich entschuldigte mich bei ihr für meine Ungeduld.
«Ach, keine Sorgen, Liebes. Meine Soldaten sind die Krieger, die während der Aufstände hier in Nordmazedonien bei mir gelebt haben», und Merita erklärte, wie sie 2001 um die siebzig Soldaten bei ihr im Haus versteckt hatte. Junge Männer, kaum fünfundzwanzig Jahre alt, die monatelang von hier aus militärische Operationen durchführten, um für die Gleichberechtigung der Albaner in Nordmazedonien zu kämpfen.
«Es waren schreckliche Umstände, die diese jungen Männer zu solchen Protesten gebracht hatten. Und wäre ich dreißig Jahre jünger gewesen, wäre ich mit ihnen in den Krieg gezogen!», sagte sie und lächelte stolz.

Dank dieses Einsatzes, des Mutes der Soldaten und weiterer Aktionen konnte schließlich das Rahmenabkommen von Ohrid abgeschlossen werden, das mehr Rechte für die albanische Bevölkerung vorsah. Unter anderem die Anerkennung des Albanischen als zweiter Landessprache.

«Es war den Kampf wert, doch wir mussten so viele junge Männer begraben … Jeder Gefallene war einer zu viel», sagte sie und blickte hinauf, als sähe sie zum Himmel.

«Nach all der Zeit war ich wie eine Mutter für diese Männer und genauso nannten sie mich – Nana. Noch heute, wenn mir ihre Mütter auf Festen oder Kundgebungen begegnen, bedanken sie sich bei mir und erzählen mir, sie seien die Mütter meiner Söhne.»

Die Worte Meritas bewegten mich sehr und ich sah die Frau vor mir nicht mehr allein als Tante, Mutter und Ehefrau, sondern als eine Kämpferin.

«Jedes Mal dachte ich, so musste sich Doruntinas Mutter gefühlt haben», ergänzte sie und zuckte mit den Schultern.

«Wer ist denn Doruntina», fragte ich in der Meinung, es könnte eine Verwandte der Familie sein.

«Das ist eine Legende, Liebes.»

«Teze, erzähl nur. Unsere Shote liebt Geschichten», sagte Luan und seine Tante begann zu erzählen.

Konstantin und Doruntina

Es war einmal eine Mutter, die dreizehn Kinder hatte, zwölf Söhne und die wunderschöne Doruntina. Um ihre Schönheit wusste man bis in ferne Länder und so kam es, dass ein Prinz, der vierzehn Reisetage mit dem Pferd entfernt lebte, um ihre Hand anhielt. Elf ihrer Brüder waren gegen die Vermählung und auch die Mutter sträubte sich dagegen, ihre Tochter so weit weg zu geben.

Konstantin, der jüngste Bruder, wollte jedoch dem Glück seiner Schwester nicht im Wege stehen und gab seiner Mutter das Versprechen – Besën –, dass er Doruntina, wann immer die Mutter es wollte, nach Hause holen würde. Konstantins Schwur überzeugte die Mutter, der Heirat zuzustimmen.

Kurz nach der Vermählung jedoch brach ein Krieg im Land aus und die Mutter sah ihre Söhne einen nach dem anderen fallen.

Doruntina war derweil glücklich mit ihrem Prinzen verheiratet, der so weit weg lebte, dass die Nachricht des Kriegs und des Todes ihrer Brüder nicht bis zu ihr drangen.

Drei Jahre vergingen und die Mutter zündete am Todestag, wie jedes Jahr, an den Gräbern Kerzen für ihre Söhne an. Erschüttert vom Schmerz, nicht nur ihre geliebten Söhne verloren zu haben, sondern auch die Tochter nicht erreichen zu können, verfluchte sie ihren Sohn Konstantin, der sie von der Heirat Doruntinas überzeugt hatte. Dabei hatte er ihr geschworen, dass er Doruntina immer nach Hause holen würde, wenn sie das wünschte.

Es vergingen zwei Wochen, als es um Mitternacht an der Tür des Hauses der Mutter klopfte. Sie traute ihren Augen nicht, als sie ihre Tochter Doruntina sah. Sie fragte ihre Tochter, wie sie aus der Ferne zu ihr gekommen sei, und ihr blieb beinahe das Herz stehen, als Doruntina ihr antwortete, dass Konstantin sie beim Prinzen abgeholt habe und sie die vierzehn Tage durchgeritten seien.

Die Mutter fragte mit zittriger Stimme, wie das sein könne, da Konstantin – und auch ihre elf weiteren Brüder – im Krieg vor drei Jahren gefallen seien.

Doruntina schaute ungläubig zu ihrer Mutter und fiel ihr in die Arme. Nun verstand sie, weshalb Konstantin ihr gesagt hatte, er müsse noch kurz zur Kirche, um etwas zu erledigen. Denn bei der Kirche lagen die Gräber.

«Das Versprechen, das dafür stand, selbst nach dem Tod noch eingehalten werden zu müssen, ließ Konstantin von den Toten auferstehen», erklärte Merita und fügte an, dass es hunderte Versionen dieser Geschichte gegeben habe. Selbst Ismail Kadare hatte dieser Geschichte ein Buch gewidmet.
«Für mich ist es so, wie es meine Großmutter mir erzählte», sagte sie und lächelte in die Runde.
«So – nun ab ins Bett mit uns, es ist schon spät. Ich habe euch die Zimmer aufgeteilt und, bitte, fühlt euch wie zu Hause!», sagte Merita und stand auf.
Die anderen verabschiedeten sich und gingen auf ihre Zimmer, als ich noch ein Glas Wasser holen wollte. Merita war in der Küche, reichte mir ein Glas aus der Vitrine und lächelte mich an.
«Darf ich dich etwas fragen, Liebes?» Sie machte eine kurze Pause und sagte:
«Ist es wegen seiner Tochter?»

Ich kannte Meritas Blick. Es war der Blick einer Mutter, die das Beste für ihren Sohn wollte.
Ich schwieg und wusste nicht, was ich ihr sagen sollte, und Merita fuhr fort, als sie meine Hilflosigkeit bemerkte.
«Ich sehe doch, wie er zu dir schaut, wenn er deine Reaktion abwartet. Wie der Ton seiner Stimme sanfter wird, wenn er zu dir spricht. Und ich beobachte dasselbe auch bei dir. Und wenn es euch beiden so ergeht – was steht dann zwischen euch?», fragte Merita mit ihrer sanften und liebevollen Stimme.
Es war ein sonderbarer Moment, denn ich spürte, dass es nicht nur Luans Glück war, das sie beschäftigte. Es war ihr ein Rätsel, weshalb zwei Menschen nicht zusammenkommen konnten, die so füreinander empfanden.

«Nein … mit seiner Tochter hat es nichts zu tun», entgegnete ich ihr und dachte darüber nach, wie ich ihr meine Gefühle beschreiben konnte.
«Gut, denn die kleine Shpresa ist ein liebes Mädchen und es fiel Luan sehr schwer, sie damals wegzugeben, als seine Freundin bei der Geburt starb. Er war noch so jung … wie hätte er da nach der Kleinen schauen können, mit gerade mal sechzehn Jahren, ohne Eltern, ganz allein? Er hatte doch noch Hava, die selbst auch noch ein Kind war und nach der er schauen musste.
Es war eine weise Entscheidung, sie bei Shpresas Großeltern zu lassen. So hatten sie einen Teil ihrer Tochter bei sich, was ihnen half, den Schmerz zu überwinden.»
Merita schaute mich mit schmerzerfüllten Augen an und sagte: «Er ist ein großartiger Mensch und was es auch ist, das dich von deinem Glück abhält, ich hoffe, es ist es wert.»
Sie legte ihre Hand auf meine, gab mir einen Kuss auf die Wange und wünschte mir eine gute Nacht.
«Gute Nacht», sagte ich, als Merita die Küche verließ und mich mit tausend Fragen zurückließ.

39

Ich wünschte, ich hätte mir einige Tage mehr nehmen können, um Skopje in seiner ganzen Vielfalt erkunden zu können, denn die Stadt, die ich nur aus den Erzählungen meines Vaters kannte, war unvergleichlich.

Zeit wäre auch nötig gewesen, um die Unruhe in mir zu besänftigen, denn ich wusste, dass mir nur noch zwei Tage mit meinen Freunden blieben, bevor sich unsere Wege trennen würden. Wir sprachen nicht darüber, denn dieses Mal gab es keinen weiteren Aufschub – ich würde in einer Woche in die Schweiz reisen und auch auf sie wartete der Alltag, den sie die letzten vier Wochen hatten vergessen können.

Vier Wochen. Ich glaube, nie glücklicher gewesen zu sein als in diesen vier Wochen.

Luan wollte die Zeit bis zu unserem Abschied noch auskosten und hatte für «Shkup», wie wir die Stadt auf Albanisch nannten, gleich eineinhalb Tage eingeplant. Hätte ich geahnt, wie besonders die Stadt am Vardar war, hätte ich auf einen längeren Aufenthalt bestanden.

Ich liebte die kleinen Geschäfte im alten Bazar und die Cafés, die mit Süßigkeiten lockten. Besonders die «Tullumba» hier hatten es mir angetan. Ihr Teig wurde frittiert, ähnlich wie bei Churros, und dann mit Zuckerguss beträufelt. Sie waren köstlich!

Wir stöberten in alten Schmuckläden und liefen vom Bazar zu der alten Steinbrücke, die, wie Luan uns erklärte, bereits seit dem Jahr 1421 hier stand. Wir besuchten die Bauwerke der Stadt, die Moscheen, die orthodoxen Kirchen und die langen Mauern der Burg von Skopje. Seit Jahrhunderten standen diese Monumente hier und sie hatten sich in der immer moderneren Hauptstadt ihren Platz bewahrt.

Ich musste an all die Legenden und Geschichten denken, die ich auf meinem Weg gehört hatte, auch sie waren Teil der Moderne geworden, zumindest für mich. Ihr Wert war bis zum heutigen Tag genauso beständig wie die robusten Steine, die, einer auf dem anderen, die Mauern der Bauwerke bildeten. Sie schienen unzerstörbar zu sein.
Der Abend brach an und unser Hotel, das in der Nähe des Museums für zeitgenössische Kunst lag, bot einen schönen Ausblick auf die Stadt.
Ich fiel müde ins Bett, schloss die Augen und dachte daran, wie ich die Geschichten wahren könnte.

* * *

Wir spazierten durch den Park, den Fluss entlang, und setzten uns ans Ufer, packten die eingekauften Sachen aus den Taschen und legten sie auf die Decke, die wir gestern am alten Bazar gekauft hatten. Es war eine dieser Tischdecken aus dicker Baumwolle, rot und weiß kariert und groß genug, dass wir alle darauf Platz hatten und Luan sich sogar hinlegen konnte.
Hava hatte auf einem kleinen Markt frische Tomaten und Gurken, Schafskäse, Suxhuk, Joghurt, Brot, Nüsse, Oliven und Honig für uns eingekauft. Sie breitete die Pappteller aus und reichte uns die Plastikmesser.
«Voilà! Genießt es!», sagte sie stolz, als sie alles aufgetischt hatte. Das Picknick war ihre Idee gewesen, denn der Park war einer der schönsten Plätze in Skopje. Wir hatten für den Abend bereits ein Hotel in den Wäldern von Prizren gebucht und genossen noch die letzten Stunden, die uns hier blieben.

«Na, Shote, was hast du vor, wenn du wieder zurück in der Schweiz bist?», fragte mich Hava und nahm einen Bissen von

dem frischen Brot, das sie mit Schafskäse und Honig belegt hatte.
Ich hatte mich noch nicht damit befasst, was mich in der Schweiz erwartete, und blickte ich auf die letzten Wochen zurück, war ich mir nicht sicher, was nun kommen würde.
«Also, bevor ich eine lebensverändernde Entscheidung treffe, werde ich erst einmal ausgiebig mit meiner Familie essen gehen! Ich muss ihnen so vieles erzählen und zeigen ... Ich bin gespannt, wie sie auf die Fotos und die Geschichten reagieren werden! Ich weiß allerdings noch immer nicht, was danach kommt», sagte ich und lächelte in die Runde.
«Ach, ich kann mir gar nicht mehr vorstellen, wie es sein wird, wenn ich dich nicht mehr jeden Tag sehe!», sagte Hava traurig und musste sich zusammenreißen, dass ihr nicht wieder Tränen hochkamen.
«Wir werden dich sehr vermissen ...», sagte sie und nahm mich in den Arm.
«Ach, hör auf, Hava! Sonst fangen wir alle noch an!», rief Luan und warf einen herumliegenden Kiefernzapfen nach ihr.
«Okay, das reicht! Daran denken wir nicht! Wir haben heute noch den ganzen Tag und auch morgen noch Zeit für uns. Und ihr werdet mich ja in der Schweiz oft besuchen kommen und auch ich besuche euch. Ihr werdet sehen, dass ihr euch wünschen werdet, mich endlich loszuwerden», sagte ich den Tränen nahe und lachend zugleich.
Wir stießen mit den Joghurtbechern auf eine gemeinsame Zukunft an und begannen, unseren Plan der Wiedervereinigung zu schmieden.

Wir wollten gerade aufräumen und aufbrechen, als wir einen älteren Mann auf der Brücke vor uns beobachteten, der eine Weile lang dort stand und Münzen in den Fluss warf. Luan

zeigte mit dem Kopf auf ihn, und als wir alle zu ihm blickten, schaute auch er zu uns. Ich erschrak, als er uns beim Beobachten erwischte, und wir grüßten den Mann.
«Bitte entschuldigen Sie, wir wollten Sie nicht stören», sagte nun Luan und der Mann kam zu uns herüber.
Die schöne Brücke war mir bereits aufgefallen, als wir angekommen waren. Sie bot einen Blick auf den wunderschönen Fluss, in dem Blätter schwammen, was für Juni eher ungewöhnlich war. Das Bild des dunkelgrünen Flusses, der die danebenliegenden Baumreihen spiegelte, war märchenhaft.
Der alte Mann erklärte uns, dass er immer wieder an diese Stelle komme und wann immer er das Gefühl habe, dass sein Leben aus den Fugen geriet, er Münzen in den See werfe.
«Aber wieso denn Münzen? Wünschen Sie sich dann etwas?», fragte ich ihn und er lachte.
«Wünsche sind Wünsche, aber Gebete sind Gebete. Jeder hat seine ganz eigene Art und Weise, mit Sorgen umzugehen. Ich stehe da, denke an diesem traumhaften Ort über mein Leben nach und für jedes Problem, das ich lösen konnte, werfe ich eine Münze in den See – für die Muse, die mich zur Lösung inspirierte», erklärte er uns.
«Manche mögen mich für verrückt halten, aber wie die Geschichte uns lehrt, soll man nicht urteilen über das, was jemand sagt, sondern man soll schauen, wie die Umstände desjenigen sind, der spricht.»
Ich schaute meine Freunde an und sie wussten bereits, was jetzt kommen würde.
«Würden Sie mir die Geschichte bitte erzählen?», fragte ich den älteren Mann und er stimmte lachend zu, als er mir die Geschichte des Gauners erzählte.

Die Worte des Weisen

Zu der Zeit, als noch Könige herrschten, hatte ein Mann einen schweren Fehler begangen: Er hatte am Bazar einen Sack Kartoffeln gestohlen und wurde dafür inhaftiert. Wie damals üblich, wurde der Täter für den Prozess zum König gebracht.
Der König rief für die Ermittlung des Strafmaßes immer eine Jury aus verschiedenen Dorfbewohnern zusammen, die ihm bei seiner Entscheidung mit Ratschlägen zur Seite stehen sollte.
Nach der Erläuterung des Falles fragte der König seine vierköpfige Jury nach deren Ansichten zur Strafe des Gefangenen.
Einer in der Jury sprach: «Erhängt ihn!»
Ein Zweiter meinte: «Man sollte ihn köpfen!»
Ein anderer sprach: «Bei lebendigem Leibe verbrennen sollte er!»
Der letzte Mann aber sagte zum König: «Ich kenne diesen Mann als ehrlichen und guten Bürger, der arm ist und nur seine Familie ernähren wollte. Ich weiß, seine Tat wiegt schwer, doch ich würde ihm dieses Mal vergeben unter der Voraussetzung, dass er Reue zeigt.»
«Das tue ich, mein Herr, ich schwöre es!», erklärte der Angeklagte und weinte bitterlich.
Der König erwiderte:
«Da du reuig bist, darfst du dir dein Strafmaß selbst aussuchen, jedoch nicht den Vorschlag des Mannes wählen, der um deine Freilassung bat!»
Der Gefangene überlegte und fragte den König, ob er ihn unter vier Augen sprechen dürfe. Der König war gutmütig und stimmte der Bitte zu. Als sie unter sich waren, sagte der Gefangene:
«Mein König, eines wollte ich dir noch sagen, bevor ich mein Urteil wähle. Deine Jury ist nicht ehrlich zu dir und verfolgt nur ihre eigenen Interessen. Sieh sie dir an – der eine ist Henker, der Zweite Schlächter und der Dritte ist Feuerbestatter. Nur der Vierte ist ein rechtschaffener Bürger.

Und wie sagten die Alten? Hör nicht darauf, was jemand sagt, sondern wer es ist, der spricht. Sieh dir seine Umstände an und urteile dann!»
Der König verstand die Botschaft des Gefangenen und ließ ihn sogleich freisprechen. Die anderen drei Bürger wurden mit den von ihnen vorgeschlagenen Methoden hingerichtet.

«Da ich genug Geld zu haben scheine, um es in einem Fluss zu versenken, könnt ihr davon ausgehen, dass ich schon viele meiner Probleme erfolgreich lösen konnte», ergänzte der Mann lachend.
Ich griff in meine Tasche und holte eine Fünf-Franken-Münze aus der Schweiz aus meinem Geldbeutel, die ich immer als Glücksbringer bei mir trug. Auf dem «Fünfliber» war der Schweizer Held Wilhelm Tell abgebildet und die Münze hatte, nebst ihrem Wert, ein Stück Schweizer Kultur an sich.
«Für die großen Sorgen», sagte ich und reichte dem Mann die Münze.
Er schaute sie strahlend an, bedankte sich und wünschte uns allen ein langes und gesegnetes Leben.

40

Ich tauchte in das sprudelnde Wasser ein, legte mich auf den Boden und versuchte mich mit den Armen unten zu halten, um das Rauschen in meinen Ohren, die Abgeschiedenheit, noch einen Moment länger zu spüren.

«Was willst du danach tun?», hallten Havas Worte zu meiner Rückkehr in die Schweiz in meinem Kopf nach und ich konnte ihr keine Antwort darauf geben.

Ich tauchte auf und blickte zu meinen Freunden, die am Rand des Innenpools saßen und durch die großen Glasscheiben auf die Berge Prizrens blickten. Man sah auf die Täler, den Wald und auf die lange Straße, die zu dem Gipfel führte, wo sich unser Hotel befand.

Als wir dem Geschäftsführer, der ebenfalls Luan hieß, erzählten, welchen Weg wir hinter uns hätten und dass dies unser letzter gemeinsamer Abend sei, öffnete er den Spa-Bereich für uns. Die Aussicht war traumhaft, es war noch früher Abend und die Sonne ging langsam hinter den Bergen unter, um dem Mond zu entkommen, der langsam am Himmel auftauchte.

Nach unserer Pause im Bad stiegen wir zu unserem großzügig gebauten Waldhäuschen herunter, wo einige andere Gäste draußen noch mit einem Glas Wein den Abend genossen.

«Malet e Sharrit» hieß dieses Gebiet und es lag in der Nähe des bekannten Kurorts «Prevallë», der für seine außerordentliche Schönheit bekannt war. Man erzählte sich, dass die Luft in diesen Bergen heilende Kräfte habe, weshalb die Gäste das ganze Jahr hindurch die Wälder besuchten, besonders aber im Winter hierherkamen. Die Skigebiete waren nicht weit weg und im Frühsommer konnten die Berge für Wanderungen genutzt werden.

Hava und ich machten uns für das Abendessen bereit und teilten uns zum letzten Mal ein Zimmer. Es brach mir das Herz, wie Hava sich erneut die Augen nachschminkte, da sie immer wieder in Tränen ausbrach.
Ich lehnte mich an den Türrahmen, sah ihr zu, wie sie ihre Haare richtete und die großen, wilden Locken auf die eine und dann wieder auf die andere Seite schwang, sich kritisch im Spiegel anschaute und dann mein Spiegelbild dort sah. Sie zwang sich zu lächeln, doch ihre rot geschminkten Lippen zitterten und die Mundwinkel zeigten nach unten.
Ich ging zu ihr hin, nahm sie in den Arm und tröstete sie, obwohl mich der Abschied genauso schmerzte. Ich hatte nie eine Schwester gehabt und Hava war die erste Freundin, die ich als solche bezeichnen konnte.
Sie hatte mit mir die letzten Wochen durchgestanden, die mit Tränen, Freuden und unglaublichen Geschichten gefüllt gewesen waren, hatte mit mir gelacht, getrunken und über das Leben philosophiert und so manches Mal hatten wir den Sonnenaufgang gemeinsam erlebt, nachdem wir uns die ganze Nacht lang über unsere Träume und Wünsche unterhalten hatten.
Der einzige Trost war, dass ich sie bei Luan und Gjon zurückließ, und wusste, dass die beiden sich gut um sie kümmern würden.
Und ich würde in eine Welt zurückkehren, in der ich meinen Platz noch finden musste.
Ich ließ Hava los und sagte ihr das Einzige, was ich ihr in all dieser Zeit noch nicht gesagt hatte:
«Ich hab dich lieb, meine kleine Schwester.»

Wir hatten uns einen Platz gleich am Kamin ergattern können und Luan hatte jede Vorspeise auf der Karte bestellt. Er nannte das immer «Vorspeisenparty» und wenn dann noch Platz in seinem Magen übrig war, belästigte er die Kellner mit Fragen

zu den Hauptspeisen und Desserts – das war seine Taktik, und ich würde für immer an diese Momente denken, wenn ich irgendwo auf der Welt eine eigene «Vorspeisenparty» zelebrierte.
Oberhalb des Kamins hing ein großes Gemälde von Gjergj Kastrioti Skenderbeu, der streng dreinschaute. Auch hier im Kosovo wurde er als Held verehrt.
Unser Tisch wurde mit einer Käseplatte und verschiedenen Salaten gedeckt; frisches Brot, frittierte Hühnchenspieße mit einer knusprigen Panade, gefüllte Paprika, dicke Kartoffelschnitze und eingelegtes Gemüse folgten. Ich schaute zu Luan und musste laut lachen – er hatte tatsächlich jede einzelne Vorspeise bestellt.
Wir aßen und ließen die letzten Wochen Revue passieren, ich las aus meinem Notizbuch einige der Geschichten vor und wir mussten an all die Menschen denken, die uns auf unserem Weg begegnet waren.
«Wir müssen uns von Herzen bei dir bedanken, Shote», sagte Gjon und wurde plötzlich ganz ernst.
«Du bist in unser Leben gekommen und hast innerhalb von drei Tagen alles auf den Kopf gestellt. Wir waren in unserem Alltag gefangen, hatten uns nie groß Gedanken über unser Leben gemacht – wir haben gelebt, so wie wir es kannten, ohne den kleinen Dingen große Aufmerksamkeit zu schenken. Du hast es geschafft, dass wir unsere eigene Heimat mit anderen Augen sehen durften, hast uns gezeigt, wie man Bekanntes neu entdecken kann und hast uns deine Geschichte erzählt und uns damit gezeigt, wie herausfordernd das Leben für euch ist, fern von euren Familien und eurer Heimat.
Worte können nicht beschreiben, was die letzten Wochen für uns bedeutet haben», sagte er und fasste Hava und Luan bei den Händen, die nun meine Hände nahmen.

«Es war die phänomenalste Erfahrung, die wir hätten machen können, und hätte mir jemand an diesem Abend in Tirana, als ich dir deinen Tee auf die Dachterrasse brachte und wir uns unterhielten, gesagt, dass du ein solch bedeutender Teil unserer Leben werden würdest, ich hätte es nicht geglaubt. Du weißt gar nicht, wie prägend diese Reise und dein Wesen für uns waren. Vielleicht wissen nicht einmal wir das jetzt so genau. Aber eines wollen wir dir mitgeben, bevor sich unsere Wege morgen für eine Weile trennen – denn ganz trennen werden sie sich nie. Du hast eine Familie in Tirana. Du hast Freunde fürs Leben, die dich für den Rest deiner Zeit nicht mehr missen wollen. Und was es auch ist, das deinem Herzen gefehlt hat – wir wünschen dir alle, dass du in erster Linie siehst, was für ein besonderer Mensch du bist, was du bewirkst und wie viel Liebe du in die Welt trägst. Du behandelst jeden Menschen mit dem größten Respekt, verinnerlichst jede Eigenschaft, die dir jemand zeigt, und hörst den Menschen zu. So etwas gibt es in der heutigen Zeit nicht mehr oft.
Und, wie gesagt – wenn es etwas gibt, das dir noch fehlen sollte, wird es dich finden, wenn die richtige Zeit dafür gekommen ist. So wie du uns gefunden hast, als wir dich brauchten und nicht einmal wussten, dass es jemanden wie dich gibt.»

Wir fielen uns in die Arme und ich konnte kaum in Worte fassen, was ich fühlte. Ich hatte den drei je einen Brief geschrieben, den ich ihnen erst am nächsten Tag beim Abschied geben wollte.
Ich wollte mich sammeln und ihnen all das sagen, was mir auf dem Herzen lag, holte tief Luft, doch Luan unterbrach mich.
«Bitte nicht. Nicht heute. Wir haben genug gelitten und zwei Herzstillstände an einem Abend ertrage ich nicht!», sagte er und lächelte traurig, während er meine Hand streichelte.
«Okay, okay!», sagte ich lachend und musste an ein altes Sprichwort meiner Großmutter denken.

«Ihr Lieben – nur eines noch: Alles, was ich sagen kann, ist, dass ich nur das in die Welt gegeben habe, was ich auch von euch erhielt. Denn wie sagt man so schön:

«Die offene Hand gibt und erhält – nur die geschlossene Hand kann beides nicht»

Die anderen drei mussten lachen – ich war tatsächlich im Geist zu einer dieser alten Frauen geworden, die überall ihre Weisheiten und Anekdoten erzählen mussten. Das also hatte die Reise aus mir gemacht!
«Ich liebe euch alle von Herzen!», sagte ich noch und stand auf. «So. Und nun kommt mit – ich weiß, wie wir diesen Abend legendär werden lassen!»

Wir saßen auf dem großen Bett in unserem Zimmer, verteilten die Spielkarten und zeichneten eine Punktetabelle, wie jedes Mal, wenn wir «Zhol», das albanische Kartenspiel mit je zehn Karten, zu spielen begannen.
Wir lachten, spielten, schrien, wenn Luan wieder einmal gewann und wir nicht wussten, wie es ihm gelang zu schummeln. Wir aßen Chips und Schokolade, tranken Tee und spielten Runde um Runde, bis wir unsere Augen kaum noch offen halten konnten.
Es war der perfekte Abschluss einer einzigartigen Zeit. Ich schaute in die Runde, während die anderen ihre Karten sortierten, und dankte Gott für alles.

41

Der Ort nahm uns ein kleines Stück der Trauer und wandelte sie in die Hoffnung um, dass die Tage schnell vergehen würden, bis wir uns alle wiedersähen. Ja, das konnte Prizren. Mit ihrer romantischen Art, den überall wachsenden und aufgestellten Blumen in allen Farben, schaffte die Stadt es, einem die Gewissheit zu geben, dass selbst zwischen den kalten, groben Steinen etwas so Schönes wie eine Blume wachsen konnte.

Dann musste es auch neben all der Trauer und der Wehmut, die wir an diesem Tag empfanden, etwas Positives geben. Selbst wenn wir das in diesem Moment nicht erkennen konnten.

Wir waren gleich nach dem Frühstück vom Hotel losgefahren und in etwas mehr als einer halben Stunde bereits in einem Café mit Blick auf den Lumbardhi i Prizrenit angekommen. Hier wollten wir später am Tag noch die Steinbrücke mit der dahinterliegenden Moschee bewundern.

Wir tranken Kaffee, plauderten über unsere Pläne in den nächsten Tagen und was wir unterwegs vermisst hatten.

«Könntest du nicht hier leben?», fragte mich Luan und Hava und Gjon schauten mich gespannt an.

«Ich glaube, ich könnte überall für eine Weile leben … auch hier. Oder in Tirana. Vielleicht ein Jahr lang oder ein paar Monate. Aber ich glaube, dann würde ich wieder weiterziehen wollen. Was ist mit euch?», fragte ich sie und wollte vor allem wissen, was Luan mir antwortete.

«Ich bin ein Kind der Welt – meine Heimat ist die Erde! Solange ich meine Arbeit tun kann, bin ich glücklich!», sagte er und lehnte sich lächelnd im Stuhl zurück.

«Apropos Arbeit: Sag mal, was ist jetzt mit deiner Arbeit als Drehbuchautor? Wird das noch was?», fragte ich ihn.

«Stell dir vor, Hava muss von nun an allen in Tirana erklären, dass du doch nicht berühmt wirst!», ergänzte Gjon und wir mussten lachen.
«Naja, wenn das so weitergeht, dann werde ich wohl eher der gebildetste Touristenführer Tiranas mit Erfahrungen im angrenzenden Ausland als ein Drehbuchautor», erwiderte Luan, als hätte er mit seinem Traum bereits abgeschlossen.
«Lass dich vom Leben überraschen, Luan, man weiß nie, wie alles kommt», sagte ich augenzwinkernd und fragte mich, wie die drei, insbesondere Luan, wohl auf meine Briefe reagieren würden.

Wir spazierten durch die Stadt, erkundeten die alte Festung in Prizren, die mich, wie die vielen Burgen vor ihr in Albanien, sehr beeindruckte. Von der Festung aus konnte man auf die ganze Stadt hinunterblicken, sah die vielen Moscheen, die Museen und die schöne Altstadt.
Es war spürbar, dass Prizren eine Stadt der Kultur war. Sie zeichnete sich auch durch viele Festivals, wie das jährlich stattfindende Doku-Fest, aus. Früher war Prizren die Hauptstadt Kosovos und bekannt dafür gewesen, dass selbst die Einwohner der Stadt die alten Traditionen wahrten und lebten.
Man sagt, dass es zwei Dinge gibt, welche die Menschen in Prizren allen Albanern voraushätten: ihre Kulinarik und die Goldschmiedekünste.
Wir hatten soeben die «Kathedrale Unserer Lieben Frau von der immerwährenden Hilfe» besucht, als ich weiter vorne einige Schmuckläden entdeckte. Während meine Freunde in einem Restaurant Tee tranken, ging ich in Richtung der Goldhändler. Wie immer, wenn ich mehrere Geschäfte zur Auswahl habe, sah ich mir die Verkäufer an – beim sympathischsten würde ich dann einkaufen.

In einem der Schmuckläden war ein älterer Mann beschäftigt. Er war gerade dabei, die Ringe zu polieren, die er ausgestellt hatte, und schaute beim Ertönen der Türklingel auf. Ich grüßte den Herrn und sagte ihm, dass ich einige Geschenkideen für meine Familie suche.

«Etwas Besonderes als Erinnerung an eine lange Reise. Hätten Sie da etwas Passendes?», fragte ich ihn und er nickte lächelnd, rückte seine Brille zurecht und kam zu mir nach vorne.

Der Händler zeigte mir nicht nur die Kunstwerke, welche seit Generationen von seiner Familie selbst hergestellt wurden, sondern er erklärte mir auch, worauf ich achten müsse, wenn ich Gold kaufte, und gab mir Ratschläge zur Aufbewahrung des Goldes. Er erzählte mir, welchen Wert Goldschmuck früher bei jungen Frauen gehabt hatte und von der Hochzeit seiner Enkelin: Er hatte nur für sie ein sogenanntes «Pes Lirësh» angefertigt. Die traditionelle Goldmünze wurde meist von Generation zu Generation an die frisch verheirateten, jungen Frauen weitergegeben. Er hatte ein Foto davon gemacht und zeigte es mir voller Stolz.

«Sie weinte vor Freude!», sagte der Mann, der bereits eine zittrige Hand hatte.

Ich sah an den Preisen des Geschäfts, dass er weit unter der Konkurrenz verkaufte, und war erstaunt, dass dennoch kaum Gäste in seinem Schmuckladen waren.

Ich hatte ihm erklärt, wie meine Familienmitglieder waren, und er stellte mir einige Ideen für sie zusammen: schön verzierte Tabakschachteln für meine Brüder, edle Goldringe für meine Schwägerinnen, einen Armreif mit Verzierungen für meine Mutter und eine Pfeife für meinen Vater. Als er alles zusammentrug und abwog, fiel mein Blick auf einen Füllfederhalter, der mit einem vergoldeten Deckel versehen war. Ich fragte, ob ich mir ihn genau ansehen dürfe, und der ältere Mann holte ihn aus der Vitrine heraus.

Er war perfekt.
Im Regal gab es auch Tassen, die mit Goldelementen verziert waren und die ich noch für Hava und Gjon einpackte. Nun hatte ich alles.
«Ich glaube, ich habe noch nie so viele Geschenke an eine einzige Person verkauft!», sagte der Mann lachend und strahlte mich an.
«Wissen Sie, die letzten Monate waren nicht einfach gewesen. Die neuen Geschäfte sehen modern und schick aus, haben diesen neuartigen Schmuck und, ach, ich weiß es auch nicht … Aber meine alten Kunden sterben und die Jungen kommen selten hierher. Als Händler alter Schule kann ich nicht mehr mithalten!», erklärte er mir seufzend.
«Es tut mir sehr leid, das zu hören … und ich verstehe, wie es Ihnen ergeht. Ich sehe das so oft. Unsere Generation ist immer mehr darauf ausgerichtet, im Internet einzukaufen oder in großen Centern, so dass diese schönen, alten Geschäfte leider oft in Vergessenheit geraten. Ich hoffe jedoch, das Schicksal führt noch viele neue Kunden zu ihnen, denn Ihre Herzlichkeit kann man in keinem Internetshop finden», sagte ich zu dem alten Mann und betete in Gedanken für ihn und seine Familie.
Er packte jedes Geschenk ein und legte mir alles zusammen in eine schwarze Plastiktüte.
«Ich danke Ihnen herzlich, dass Sie bei mir waren», sagte er und ergänzte: «Gott möge Sie schützen – und Sie mit einem guten Mann vermählen!», sagte er lachend und tippte mit dem Zeigefinger auf seinen Ringfinger. Da ich keinen Goldschmuck trug, schloss er, dass ich noch ledig war.
«Ich muss noch sehr, sehr viel Gutes tun, bis es für einen tollen Mann reicht», sagte ich dem Mann im Spaß, doch er schaute mich ernst an und sagte:
«Er sieht alle unsere Taten», und blickte nach oben zum Himmel.

«Wie eine alte Geschichte besagt: Wir können nur dafür sorgen, dass wir in diesem Leben genug Gutes tun, dass – wenn der Engel kommt, um uns zu holen – wir mit weißer Weste gehen, mit einem reinen Gewissen. Alles andere liegt bei Gott.»
Ich musste lächeln, als ich den Mann fragte:
«Würden Sie mir, bevor ich gehe, noch die Geschichte erzählen?»

Weiße Weste

Ein alter Mann fragte einen Engel, wann sein letzter Tag auf Erden sei, und erfuhr den Zeitpunkt seines Todes. In der Hoffnung, dem Todesengel entfliehen zu können, versteckte sich der Alte im Kamin. Durch den Ruß wurden seine Hände, sein Gesicht und seine Kleider so schmutzig, dass er aus dem Kamin stieg und sich waschen wollte.
In diesem Moment erschien der Todesengel vor ihm, um ihn ins Jenseits mitzunehmen.
Der Mann wollte noch Zeit gewinnen und sagte, er könne so nicht mitgehen, voller Ruß und mit dreckigen Kleidern, er wolle sich erst noch waschen.
Der Engel entgegnete ihm:
«Du armer Mensch, deinem Schicksal kannst du nicht entfliehen. Denn dein Gesicht kannst du waschen, wie du möchtest und auch deine Kleider wechseln. Doch eine weiße Weste bekommst du nicht durch dein Erscheinungsbild, sondern durch die Taten zu deinen Lebzeiten.»

«Nun habe ich Sie aber lange genug aufgehalten», sagte der Mann, als ich mich bei ihm bedankte und seine Hand schüttelte.

«Ich danke Ihnen vielmals für Ihren Besuch», sagte er nochmals zum Abschied, bevor die Tür wieder ins Schloss fiel.

* * *

Ich legte mein Besteck auf den Tisch, lehnte mich zurück, die Hände auf meinem Bauch, und atmete tief durch.
«Ich kann keinen Bissen Essen mehr sehen!», rief ich aus und die anderen lachten. Auf meinem Teller waren nur noch die Reste des gebratenen Hühnchens zu sehen und ich leckte noch den Rest der fabelhaften Marinade von meinen Fingern ab.
«Das war ein super Tipp», sagte ich zu Luan und klopfte ihm auf die Schulter. Er hatte von Freunden die Empfehlung bekommen, in einem der ortsansässigen Restaurants zu essen und bei «Halimi» das Hühnchen zu probieren. Das Restaurant hatte die lobenden Worte verdient, denn das Essen war hervorragend gewesen.
Hava schaute auf die Uhr und blickte traurig zu mir. Ich wusste, dass in einer Stunde mein Bus nach Prishtina fahren würde und sie dann mit dem Auto zurück nach Tirana mussten.
«Eine Nacht noch? Nur noch heute?», fragte ich in die Runde in der Hoffnung, sie würden nochmals mit mir nach Prishtina kommen.
Doch ich wusste, dass es an der Zeit war, das gemeinsame Kapitel vorerst abzuschließen und die drei wieder in ihr altes Leben zurückkehren zu lassen.

Sie brachten mich zur Busstation und ich stand am selben Punkt wie vor einigen Wochen: ein Bus, der mich an einen Ort bringen würde, wo ich hoffte, Antworten zu finden. Doch dieses Mal blickte ich auf eine einzigartige Zeit zurück und hatte in den letzten Wochen etwas vom Schönsten erfahren, was man im Leben nur finden kann: wahre Freunde.

Ich umarmte die drei innig, weinte, lachte und hielt sie, bis der Buschauffeur seine Zigarette fertig geraucht hatte und mir andeutete, dass wir nun losfahren würden.
«Bitte nehmt das», sagte ich und reichte jedem ein Säckchen mit dem Brief und ihrem Geschenk.
«Worte können nicht beschreiben, was ich für euch empfinde und wie dankbar ich euch bin», sagte ich und stieg in den Bus.
Als ich an meinem Platz saß, sah ich sie noch neben dem Bus stehen, Gjon und Hava weinten und winkten mir zu.
Luan hielt seine Hand ans Herz und schaute mit Tränen in den Augen zu mir, bis der Bus so weit gefahren war, dass ich ihn nicht mehr erkennen konnte.

42

Lieber Gjon,

weißt du noch, als wir uns auf der Dachterrasse über die Liebe unterhielten? Du sagtest mir, ich solle nach dem suchen, was ich brauche, was ich in einem Menschen erkennen wolle. Es war dein erster Rat an mich und nun, viele Wochen später, vergeht kein Tag, an dem du mir nicht zeigst, wie die Welt aussehen kann, wenn man sie mit offenen Augen betrachtet.

Es ist kaum zu glauben, dass wir nur einige gemeinsame Wochen hatten, denn es kommt mir vor, als hätte ich einen großen Teil meines Lebens mit euch verbracht.
Ich bin sehr stolz auf dich, Gjon. Denn du hast so früh entdeckt, wofür das Leben steht. Du gibst dich ihm hin und ziehst dein Umfeld mit, du kümmerst dich um deine Liebsten, du bist der starke Rücken, der uns alle trägt. Du bist die Beständigkeit im Leben so vieler Menschen und ich selbst habe deine Fürsorge und Achtsamkeit, zusammen mit deinem wundervollen Humor, geliebt und geschätzt.

Ich danke dir, dass du dein offenes Herz so teilst und mir zeigtest, dass es auch mal verletzt werden darf, damit es stärker wird. Ich danke dir für den Mut, die Hoffnung und den Eifer, den du täglich beweist, indem du dich den Herausforderungen des Alltags stellst, selbst wenn dies bedeutet, etwas Wichtiges wie die Familie zu riskieren.

Lieber Gjon, ich schaue zu dir auf. Ich hatte nie die Möglichkeit, einen Freund zu haben. Nun weiß ich, auf einem Hügel, oben in

Tirana, wo man auf einer der schönsten Dachterrassen zu den Sternen blicken kann – da bist du.
Ich hoffe, all das Gute, dass du mir auf unserer Reise mitgegeben hast, findet seinen Weg zu dir zurück.
Ich habe einen Freund fürs Leben in dir. Und du eine Freundin.

In Liebe Shote

PS: In der Tasche findest du zwei Tassen, die für Hava und dich sind. Sie sehen gewöhnlich aus, doch wer ihren Wert erkennt, sieht, dass sie einzigartig sind. So wir ihr beide das für mich seid.

43

Meine liebe Hava,

ich habe es mein Leben lang vermisst, eine Schwester zu haben. So sehr ich meine Familie auch liebe und verehre, so hat mir dennoch immer etwas gefehlt.
Wenn du dich fragst, wie man etwas vermissen kann, das man nie besaß, dann kann ich dir nur erklären, dass es dieses Gefühl ist: als hätte man mit einer guten Nachricht jemanden nicht erreichen können, um das Glück zu teilen. Als würde immer jemand fehlen, wenn die Welt für einen zusammenbricht und alle anderen da sind, nur dieser eine Mensch nicht. Als müsste da ein enger Vertrauter sein, doch man ist auf sich gestellt.
Und nun weiß ich, weshalb mir all das fehlte. Als hätte meine Seele gespürt, dass da noch etwas ist. Dass da noch jemand ist.
Während mir alle sagten, es sei die Liebe, die mir fehlt, da wusste ich es besser. Obwohl, auch das ist eine Liebe – die Liebe zu einer Schwester.
Nun sehe ich dich und ich sehe dich in all den Momenten, in denen ich mir dich schon früher in meinem Leben gewünscht hätte. Doch das Schicksal wusste, dass es jetzt passieren muss, damit ich niemals vergesse, wie es war, bevor du in mein Leben tratst.
Was einige Wochen ausrichten können – ist das nicht unfassbar? Vielleicht ist auch das ein Wunder des Lebens.

Hava, seit unserem ersten Treffen hast du mich in Staunen versetzt, hast mir in deinem riesigen Herzen einen Platz geboten und mich mit deiner Fürsorge und Liebe beschenkt. Du hast mein Leben bereichert und bist mit mir diesen Weg gegangen, der für mich so

wichtig war. Siehst du – am Ende warst du doch zur richtigen Zeit am richtigen Ort.
Ich hoffe, ich kann dir eines Tages all die Liebe, Freude und Hoffnung zurückgeben, die du in mir geweckt hast Du bist ein wahres Geschenk für diese Welt, meine liebe Hava.
Wisse, dass du nun ein Teil von mir bist und die Distanz, die zwischen uns besteht, nur in Kilometern existiert.
In Gedanken, im Herzen, in meiner Seele bist du immer bei mir.

Bis wir uns wiedersehen, in Liebe
Deine Schwester Shote

44

Mein geliebter Luan,

hier sind wir nun, weit weg von dem Park, in dem wir saßen, ich dich anschaute und zum ersten Mal nach langer Zeit mein Herz spürte. Mir wurde warm, ich lief rot an, doch du merktest es nicht. Glücklicherweise nicht.
Ich hatte mich verliebt.
Doch zum ersten Mal in meinem Leben wollte ich dieses Gefühl nicht empfinden.
Denn wenn ich bereits nach nur einigen Stunden mit dir eine solche Verbindung spürte, hätte es mein Ende bedeutet, dich zu verlieren.
Und so entschied ich mich, diesen einen Tag mit dir zu genießen.
Ich stellte mir vor, wie der Rest meines Lebens hätte sein können, mit dir an meiner Seite.
Wie oft ich lachen würde. Wie du mich necken würdest. Wie du mich lehren würdest. Wie wir gemeinsam an unseren Träumen arbeiten würden.
Diese Vorstellung unseres Zusammenseins hätte mir als Liebe gereicht.
Ich traute mich nicht, an ein «uns» zu glauben, und ließ meine Gefühle bei einem Brunnen in Korcë zurück, im vermeintlichen Glauben, dass du niemals mir gehören würdest.

Luan, ich glaube an dich. Ich habe deine Zeilen gelesen und erfahren, welche Gedanken du zu Papier bringen kannst. Hör nicht auf, an diesen Worten zu arbeiten. Hör nicht auf, weil das Leben sonst zu riskant wäre. Hör nicht auf, denn die Welt braucht deine Ideen, deine Visionen und deine Träume auf der Leinwand.

Ich habe dir den Füllfederhalter geschenkt, damit du bei jedem Zweifel daran erinnert wirst, dass ich an dich glaube. Das werde ich, bis ich endlich in einem Kino sitze, Freudentränen weine und meine Hand ans Herz halte, weil ich das Ergebnis deiner erreichten Träume auf der Leinwand bewundern darf.
In der Zwischenzeit gehe ich weiter meinen Weg – bis ich die Erfüllung finde, nach der ich so lange schon suche.

Wisse, dass mein Herz genauso dein ist wie deines meins. Dass ich den Tag voller Sehnsucht erwarte, an dem ich zu dir zurückkehren kann. Wenn du dann, wo auch immer das Leben dich bis dahin hinführt, noch wartest – dann bin ich dein.
Für uns zwei hat die Reise erst begonnen.

In Liebe
Deine Shote

45

Wann immer ich nicht wusste, wo ich noch Halt finden konnte, ging ich an den einzigen Ort, der sich für mich überall wie ein Zuhause anfühlte: in ein Fußballstadion.

Schon als kleines Kind war ich begeisterter Fußball-Fan und liebte es, meinen Brüdern beim Spielen zuzusehen. Neunzig Minuten lang würde es um nichts anderes gehen als um das Spiel. Hier gab es keine Ängste oder Zurückhaltung. Jeder gab sein Bestes. Für mich blieb dieser Kampfgeist immer ein Teil der Atmosphäre in einem Stadion, und dies an einem solchen Ort zu spüren, hatte mir oft die Kraft gegeben, aufzustehen und weiterzumachen.

Ich schaute auf das neu gebaute Stadion mit dem Schriftzug «Fadil Vokrri» und spürte einen Stich in meinem Herzen. Fadil Vokrri war ein ehemaliger Fußballspieler, der geradezu als Symbol für sportliches Talent im albanischen Raum galt. Er hatte mit seiner Spielkunst international für große Begeisterung gesorgt und sein Leben diesem Sport gewidmet. Als Erster hatte er im Jahr 2008 das Präsidentschaftsamt des Kosovarischen Fußballverbandes übernommen.

Ihm hatten wir es unter anderem zu verdanken, dass Kosovo als Verband bei der UEFA und der FIFA anerkannt wurde und zum ersten Mal in der Geschichte eine eigene Fußballmannschaft stellen konnte.

Zehn Jahre lang führte er den Verband und sein plötzlicher Tod ließ die albanische Fußballwelt in großer Trauer zurück.

Ich hatte ihn einmal getroffen, als er bei einem Turnier unter albanischen Fußballvereinen in der Schweiz zu Besuch war. Meine Brüder nahmen am Turnier teil und obwohl nie eine andere Frau diese Spiele besuchte, war es mir immer eine

Freude, meine Brüder auf dem Feld spielen zu sehen. So sehr, dass mich nicht einmal die Blicke der anderen Spieler störten, weil der Fußballplatz ein Männerterritorium war. Damals schien eine Aufnahme des Kosovarischen Verbands in internationale Organisationen unmöglich. Zufällig saßen Fadil Vokrri und ich am selben Tisch und ich wurde ganz nervös, als er mich fragte, ob ich mich denn wohlfühle unter all diesen Jungs. Ich hatte lächeln müssen und erwiderte, dass ich für meine Brüder alles tun würde – selbst wenn das bedeutete, mich den Löwen zum Fraß vorzusetzen. Er hatte lachen müssen und wir philosophierten über den Fußball, so dass auch mein Vater sich zu uns an den Tisch setzte und dem Gespräch folgte, von seiner Jugend in Prishtina erzählte und die beiden in alten Erinnerungen schwelgten. Fadil Vokrri hatte damals vorausgesagt, in knapp zwei Jahren unsere Jungs auf der internationalen Fußballbühne spielen zu sehen.
Er sollte recht behalten.

Sein Einsatz für den Sport des Kosovo war immens. Ihm ein Fußballstadion in Prishtina zu widmen, war eine schöne Geste des Volkes, ihm für diesen Einsatz zu danken.
Ich verabschiedete mich von dem Freund meines Cousins, der mich durch das Stadion geführt hatte, und machte mich auf den Weg zum Taxistand. Dieser lag oberhalb des Kreisels in Dardania und ich sah von weitem schon, dass gerade das letzte Taxi wegfuhr.
Gegenüber gab es ein Restaurant und obwohl ich mich früher gescheut hätte, allein hineinzugehen, hatten mir die letzten Wochen gezeigt, dass die schönsten Begegnungen oft dann zustande kamen, wenn man über seinen Schatten sprang.
Ich ging hinein und sah, dass das Restaurant fast leer war. Am letzten Tisch saßen ein Mann und eine Frau. Sie kam mir

irgendwie bekannt vor und ich konnte es kaum glauben, als ich plötzlich erkannte, wen ich vor mir hatte:
Shkurte Fejza.

Sie war eine Legende, eine Ikone der albanischen Musik. Sie war die Stimme des Volkes in den über vierzig Jahren, in denen sie Musik gemacht hatte. Shkurte Fejza zu sehen, ließ mich erstarren und hin und her gerissen von dem Wunsch, sie anzusprechen, und dem Wunsch, ihre Ruhe nicht zu stören, stand ich wie angewurzelt da.
Sie schaute zu mir hinüber, lächelte und grüßte mich.
Ich lächelte verlegen zurück, ging zu ihr hin und entschuldigte mich für die Störung. In diesem Moment wandte sich auch der Herr zu mir und ich erkannte, dass es Salih Zogiani war, der Autor des Buches, das ich vor ein paar Tagen in Prishtina gekauft hatte.
«Bitte entschuldigen Sie, dass ich Sie in Ihrer Freizeit belästige … ich konnte nicht anders, als kurz zu Ihnen zu kommen, um mich bei Ihnen zu bedanken», sagte ich und spürte, wie meine Stimme zitterte.
«Sie können sich nicht vorstellen, welche Werte Sie mir und so vielen anderen vermittelt haben, die im Ausland leben. Ihre Lieder haben wir schon als kleine Kinder mit Inbrunst auf Demonstrationen gesungen, als wir für die Freiheit unseres Landes auf die Straße gingen. Wir haben die Lieder auf der langen Fahrt in den Kosovo gesungen, voller Vorfreude darauf, in die Heimat zu kommen. Sie haben uns etwas von dem Schmerz genommen, indem Sie uns nie vergessen haben. Sie haben uns besungen und uns die Kraft gegeben, das Leben weit weg von zu Hause durchzustehen.» Mir liefen die Tränen die Wangen hinunter, doch ich lächelte. Wann im Leben hatte man die Gelegenheit, einem Menschen wie ihr zu begegnen und diese

Worte an sie richten zu können? Mein Herz pochte wie wild und ich wischte mir die Tränen weg.
«Sie sind ein Teil meines Lebens, seit ich denken kann», sagte ich ihr und sie streckte mir ihre Hände entgegen, die ich nahm und sie voller Dankbarkeit, Demut und Freude schüttelte.
«Ich danke Ihnen vielmals für diese Worte, junge Frau. Es war mir immer eine Ehre, und niemand von uns sollte vergessen, welchen Beitrag Ihre Eltern und auch Ihre Generation für unser Land geleistet haben und noch heute leisten. Sie haben uns alle nie vergessen, Sie haben Ihr Land niemals vergessen und obwohl ein anderes Leben mit anderen Umständen Sie beeinflusst, Sie andere Sprachen lernen mussten und eine andere Kultur entdeckt haben, sind Sie hier. Sprechen unsere geliebte Sprache und singen unsere geliebten Lieder», sagte sie und hielt noch immer meine Hände.
«Wollen Sie sich nicht zu uns setzen und einen Tee mit uns trinken?», fragte der Schriftsteller nun. Ich hatte soeben erst begonnen, die Bücher Salih Zogianis zu lesen. Eines trug ich sogar bei mir; neben dem Notizbuch meiner Großmutter hatte es mich in den letzten Tagen stets begleitet.
Ich bedankte mich für das Angebot und nahm neben den beiden Platz.
«Schauen Sie, das werden Sie kaum glauben!», sagte ich und suchte sein Buch in meiner Tasche. Ich erwischte das Notizbuch meiner Großmutter, legte es auf den Tisch und griff nochmals in die Tasche, um die Sammlung seiner Anekdoten hervorzuholen.
«Ach, sieh an! Das lest ihr jungen Leute noch?», fragte er mich lachend. Salih Zogiani, ich nannte ihn Baci Salih, war ein herzlicher, humorvoller und überaus sympathischer älterer Mann. Wir sprachen über seine Anekdoten und wie er sieben Bände mit Geschichten schreiben konnte. Er erzählte uns von seiner Kindheit, dass er sie in der «Oda» seines Vaters verbracht

hatte und wie er angefangen hatte, die Geschichten auf allem zu notieren, was er finden konnte.
«Ob Zigarettenschachteln, Zeitungsfetzen, Servietten – alles reichte für eine oder zwei Geschichten!», sagte er lachend und winkte mit der Hand ab, als ich sagte, wie sehr ich seine Arbeit bewundere.

Auch Shkurte Fejza verehrte seine Geschichten und sie erzählte, wie sie gemeinsame Fernsehauftritte gefeiert hatten.
«In einer Show fragte mich der Moderator, ob ich wisse, welche die Lieblingsanekdote von Shkurte Fejza sei. Und natürlich wusste ich es ganz genau», sagte er und lachte laut, «denn wir beide haben denselben Humor und daher konnte ich mir bereits denken, welche Anekdote das hätte sein können», erzählte Baci Salih.
Ich sah die beiden an und spürte die Verbundenheit, die sie – wie sie mir erzählten – in den letzten Jahrzehnten aufgebaut hatten. Im Raum hatte sich eine einzigartige Energie gebildet, in der wir über das Leben in der Schweiz sprachen und über die Art und Weise, wie wir, fern von der Heimat, unsere Kultur versuchten aufrechtzuerhalten. Wir sprachen über die Veränderungen im Kosovo und im albanischen Raum, wie die Jugend heute ihre Rechte einforderte in Fortsetzung des Kampfes, den ihre Eltern in den Achtzigerjahren geführt hatten.
«Nun muss ich aber die Anekdote hören, die Sie so zum Strahlen bringt!», sagte ich zu Baci Salih und er zögerte nicht, mir sie zu erzählen.

Zwei Sprachen der Lehren

Es waren einmal zwei Männer, die beide ihre Söhne frisch verheiratet hatten. Wie es der Brauch damals wollte, zogen die jungen Frauen zur Familie des Ehemanns, wo zu dieser Zeit noch die Eltern und andere Familienmitglieder zusammen hausten. Die beiden jungen Ehefrauen hatten sehr tüchtige Mütter. Und oftmals ist es so: Wenn die Mütter tüchtig sind, kommen ihre Töchter nie dazu, das Handwerk des Kochens zu lernen.

So war es auch bei den zwei jungen Bräuten, und als der Tag kam, zum ersten Mal das Brot für das Familienessen zu backen, versagten beide Schwiegertöchter und das Brot war ungenießbar.

Im Haus der ersten jungen Braut kostete der Schwiegervater das Essen, rümpfte die Nase und schaute in die Runde. Im Wissen, dass seine Schwiegertochter das Brot gebacken hatte, sprach er:

«Wer auch immer das Brot gebacken hat: Sollte diejenige Person das Brot mit den Füßen gemacht haben, dann kann ich nur lobende Worte aussprechen. Doch sollte das ein Werk der Hände sein, dann schäme dich in Grund und Boden für das Verschwenden unserer Zutaten!»

Die Schwiegertochter zuckte zusammen und wollte nie wieder ein Brot backen, denn sie hatte es beim besten Willen versucht und war daran gescheitert. Sie überließ das Kochen fortan der Schwiegermutter, da sie sich vor der Reaktion des Schwiegervaters fürchtete.

Der andere Schwiegervater, der das ungenießbare Brot ebenfalls kostete, schaute zu seiner neuen Schwiegertochter und fragte sie:

«Meine Liebe, hast du denn den Teig gut durchgeknetet?»

Die junge Frau nickte.

«Hast du denn den Teig so lange geknetet, bis er schwitzte?», fragte er lächelnd und freundlich.

Die Schwiegertochter verneinte und der weise Alte riet ihr:

«Wenn du das nächste Mal das Brot knetest, hör erst damit auf, wenn der Teig schwitzt.»
Am nächsten Tag ging die junge Frau in die Küche mit dem Wissen, was sie nun zu tun hatte. Doch sie knetete und knetete den Teig, bis sie müde wurde, und dennoch schien der Teig nicht schwitzen zu wollen. Sie knetete über eine Stunde lang und gab schließlich auf. Sie legte den Teig in den Ofen und es wurde ein prächtiges, großes Brot daraus.
Als der Schwiegervater das Brot kostete, fragte er seine Schwiegertochter erfreut:
«Na, meine Tochter – hast du den Teig geknetet, bis er schwitzte?»
Die Schwiegertochter verstand nun und antwortete lächelnd:
«Vater, der Teig musste nicht schwitzen, denn das habe ich beim Kneten genug für uns beide getan!», und gemeinsam genossen sie fortan das Abendbrot.

«Und die Moral der Geschichte ist: Mit zarten, lieben Worten isst man weitaus besseres Brot als mit kalten und herzlosen!», sagte Baci Salih und brachte Shkurte Fejza und mich zum Lachen.
Ich fragte Bacin Salih, ob ich die Geschichte notieren dürfe, da ich bereits einige gesammelt hätte und das Notizbuch, gefüllt mit Anekdoten, meiner Großmutter ins Grab legen wolle.
«Wieso denn ins Grab?», fragte nun Shkurte Fejza und ich erklärte ihr, welchen Hintergrund das Notizbuch hätte, welche Reise ich unternommen hätte und wie es zum Sammeln der Geschichten gekommen sei.
«Es war wohl eine rechte Bürde, die Reise zu unternehmen», sagte Shkurte Fejza bedacht. Ich nickte und spürte, wie sehr mich die Reise verändert hatte.
«Und dann wurde sie zu einem Segen», entgegnete ich ihr und lächelte, denn das war sie tatsächlich.

«Shote, ich habe in meiner Musik stets versucht, unsere Kultur widerzuspiegeln – sei es mit unseren einzigartigen Trachten, den Texten, die so viel Geschichte beinhalten, oder den Liedern, die Teil unserer Kultur wurden. Eines meiner Kostüme ist sogar aus der Zeit von Gjergj Kastrioti Skenderbeu, also aus dem fünfzehnten Jahrhundert! Du hast so viel davon erlebt und gesehen. Wenn dir die Kunst von Baci Salih oder auch meine Lieder so viel Liebe, Kraft und Unterstützung boten – wieso willst du dann etwas, das du geschaffen hast, unter der Erde vergraben?», fragte sie mich.
Ich dachte darüber nach und fragte sie:
«Was ist, wenn es nicht genug ist? Wenn das niemand lesen möchte?»
«Als unserem Volk alles genommen wurde, blieb uns nur noch das, was wir im Herzen trugen, was wir Wort für Wort wiedergeben konnten. Das hat mich beflügelt, Teil dieser Bewegung zu sein. Ich habe dabei nicht an meine Person gedacht und welche Auswirkung meine Texte und meine Stimme auf mein Leben haben würden. Es ging mir um die Nachricht, die ich teilen wollte. Es wird immer Menschen geben, die die Dinge anders sehen und das ist auch richtig so. Du machst deine Arbeit nicht für die, die dir im Weg stehen, sondern für diejenigen, die Kraft, Mut und Hoffnung aus deinem Werk schöpfen.»
«Ich weiß gar nicht, was ich sagen soll», antwortete ich und es war, als würde ich träumen.
Die beiden lächelten mich an und sprachen mir Mut zu, die Geschichten weiterzutragen. Ich sprach den beiden meinen Dank aus und fragte, ob ich irgendetwas tun könne, um mich für ihre Zeit und ihre Geschichten zu revanchieren.
«Tu etwas für dich: Frag dich, wie deine Geschichte weitergehen soll.»

Baci Salih traf damit ins Schwarze. Es war die Frage, die mir noch immer im Kopf herumschwirrte: Was würde mich glücklich machen?
Ich verabschiedete mich von meinen beiden Idolen und dankte dem Schicksal, dass es mich hierhergeführt hatte.

46

Großvater saß vor mir, nahm einen Bissen von der scharfen Paprika und genoss die Schärfe im selben Moment, wie er sie verfluchte. Ich musste lachen, denn er liebte den Geschmack so sehr, vertrug ihn aber nicht.

«Na, Großvater, welche Pläne hast du denn heute?», fragte ich ihn und nahm einen Schluck von meinem Grüntee.

«Pläne? Ich habe keine Pläne mehr», sagte er und zog die Augenbrauen hoch. «Was soll ich auch für Pläne haben, meine Kleine. Ich komme ja nicht einmal die Treppe bis zum Garten runter. Die Nachbarn fürchten sich jedes Mal, dass ich mir alle Knochen breche, und eilen herbei, als ob ich ihre Hilfe benötigen würde. Nein, ich habe keine Pläne!», sagte er und beschimpfte nun auch den scharfen Suxhuk.

«Sag mal, wieso lässt du dir immer diese scharfen Paprika und den Suxhuk bringen, Baba? Du fluchst ständig und das kann dir doch nicht guttun?», fragte ich ihn besorgt und schenkte ihm ein Glas Milch ein, welche die Schärfe etwas mildern sollte.

«Ich liebe es nun mal», sagte Baba und strahlte mich an wie ein kleiner Junge, der einen Streich gespielt hat und nun erwischt wurde.

Ich schaute den alten Mann vor mir an und streichelte über seinen Kopf, wo nur noch an der Seite einige weiße Haare waren.

«Wann musst du wieder zurück, meine Kleine?», fragte er mich, als er fertig gegessen hatte und nun die Milch austrank.

«In zwei Tagen, Babë, leider», antwortete ich ihm und lächelte, obwohl es mich schmerzte, ihn hier wieder allein zurückzulassen.

Ein Vogel kam an den Fenstersims und ich legte ihm etwas trockenes Brot hin. Der Kleine schnappte sich das Stück und flog davon.

«Das ist doch schön, Shote, alles hat seine Zeit. Es gibt eine Zeit zum Arbeiten, eine Zeit zum Ruhen, eine Zeit zum Reisen und um zurückzukehren, zum Lieben, zum Innehalten oder Trauern. Man muss nur zu schätzen wissen, dass diese Zeiten kommen, wie es das Leben für einen vorsieht. Und wenn man alle Phasen durchgestanden und alle Lektionen gelernt hat, dann kommt die Zeit zum Gehen», sagte er und zündete sich eine Zigarette an.
«Du magst vielleicht recht haben, Babë. Ich habe in den letzten Jahren nie auf die Zeichen geachtet, die das Leben mir gab, das sehe ich erst jetzt. Vielleicht war ich zu sehr fokussiert auf das, was ich *wollte*, ohne Rücksicht darauf zu nehmen, was ich *konnte*. Was denkst du, Baba – welche Zeiten hast du noch nicht abgeschlossen?», fragte ich ihn.
Großvater nahm einen langen Zug seiner Marlboro und blies den Rauch aus dem Fenster.
«Ich weiß es nicht, Kleines», sagte er traurig und schaute auf die Wand, wo einige Fotos von uns Enkelkindern, unseren Eltern und von meinen Urgroßeltern vor dem Haus in Svircë hingen.
«Heilige Welt», sagte mein Großvater, nahm einen letzten Zug und drückte seine Zigarette in dem alten, dunkelgrünen Aschenbecher aus. Ich hatte ihm aus Albanien ein schönes Feuerzeug mitgebracht, das er nun in seiner Zigarettenschachtel verwahrte.
«Ich war da noch ein kleiner Junge», sagte er und zeigte auf das Bild seiner Eltern. «Das war noch im Dorf oben. Warst du schon mal da?», fragte er mich.
Svircë war ein Dorf in der Gegend Medvedja und tatsächlich war ich als kleines Mädchen einmal dort gewesen. Ich konnte mich nicht mehr an viel erinnern, nur daran, dass wir unterwegs an einem Waldrand eine Schildkröte sahen und mein Vater sie mitnahm, damit sie nicht von einem Auto überfahren werden konnte.
«Das ist Ewigkeiten her, Baba. Ich erinnere mich kaum noch daran», sagte ich.

«Ich war auch schon seit Jahren nicht mehr da oben. Wer weiß, was da überhaupt noch ist.»
«Baba, was meinst du? Wollen wir heute nicht hingehen?», fragte ich ihn und sah, wie seine Augen zuerst ganz groß wurden und er sich dann wieder besann.
«Hör auf, Kleines. Ich schaffe es nicht einmal mehr bis zur Treppe – wie soll ich da den Berg hinaufklettern?», sagte er.
«Baba, Papas Jeep ist doch hier. Mit dem können wir bis vor die Haustür fahren. Aber ich verstehe natürlich, wenn du den Weg nicht mehr genau weißt, es ist ja schon einige Jahre her, seit du das letzte Mal da warst …», sagte ich im Wissen, wie sehr er Unfähigkeit hasste. Und prompt erwiderte er:
«Ich? Den Weg nicht kennen? Blind würde ich zurück nach Hause finden!», und die Art und Weise, wie er «nach Hause» sagte, bestätigte mich in meiner Ahnung, wie sehr er seine Heimat vermisste.
«Also los: Holen wir deine Jacke und fahren los – oder was meinst du?», fragte ich ihn und er nickte lachend.

Die Fahrt nach Medvegja war lang und mühselig gewesen: Die alten Wege waren kaum noch zu erkennen und Büsche, wilde Sträucher und Baumzweige hingen wild in die Straße hinein. Ich war froh, als mein Großvater das Tal erkannte und aufgeregt sagte: «Hier, gleich hier!»
Der Weg teilte sich in zwei Straßen, die beide auf das Gelände meiner Familie führten.
Seit einigen Kilometern hatte es kaum noch Häuser gegeben, Menschen hatte ich seit dem Anfang des Waldgebiets keine mehr gesehen. Auch unser Hof sah von außen aus, als würde er jeden Moment in sich zusammenfallen. Doch der Blick meines Großvaters, als wir an den Gräbern seiner Familie vorbeifuhren und vor dem Hof hielten, war die Reise bereits wert.

Ich half Baba beim Aussteigen und reichte ihm seinen Stock. Der Boden war teilweise ausgetrocknet, da es seit Wochen nicht mehr geregnet hatte, und stellenweise wuchs wildes Gras empor, das seit Jahren nicht gemäht wurde.

«Ach, Kleines», seufzte mein Großvater und sah auf die Ruinen seines einstigen Zuhauses.

«Hier», sagte er und zeigte auf die vielen kleinen Häuser und Bauten, die allesamt noch halbwegs standen. «Das alles gehört uns», und er zeigte auf die weite Wiese bis zu einem Bach weiter unten.

«Noch weiter, über die Wälder hinaus», sagte er und hielt sich zitternd am Stock fest. Er zeigte mir die Häuser seiner vier Brüder und dann das Haus, wo mein Vater geboren worden war und bis zu seinen Teenagerjahren gelebt hatte.

Das Gelände war riesig, es umfasste mehrere «Oden», Ställe, Speicher für Korn, Milchprodukte und Heu. Es gab zwei große Häuser mit Öfen: Einer war für das Trocknen von Fleisch, der andere für das Brennen von Schnaps.

«Da haben wir Birnen, Pflaumen und Kirschen gebrannt», erklärte er schmunzelnd und blieb stehen.

«Heilige Welt», sagte er wieder und schüttelte den Kopf.

Wir gingen langsam zum Brunnen und er zeigte mir, wo sie die Pferde, Schafe, Kühe und Ochsen gehalten, welche Obstbäume hier einst geblüht hatten und wo der Mais, das Korn und das Gemüse geerntet worden waren.

Eines der Häuser war so verfallen, dass die Mauer nicht einmal einen Meter über den Boden reichte. Großvater setzte sich darauf und ich tat es ihm gleich.

Ich schaute über die Häuser, die aus Lehm und Holz gebaut worden waren, die vielen ausgetrockneten Bäume, deren Äste nackt in den Himmel ragten. Ein Kirschbaum war entzweigerissen

worden, vielleicht war dort ein Blitz eingeschlagen. Es war grau, der Himmel war bewölkt und zum ersten Mal, seit ich die Reise angetreten hatte, wünschte ich mir einen Regenschauer.
Ich wünschte mir, dass so viel Wasser vom Himmel fallen würde, dass es den Boden segnen und den Ort von der Einsamkeit befreien würde, die hier herrschte.
Wir hatten all das verlassen, diese wundervolle Natur, die Berglandschaft und das Land, von dem mein Vater und seine Vorfahren gelebt hatten.
Ich sah zum Haus meines Vaters, sah die kleinen Fenster in der zerfallenen Wand, welche Blicke auf die dünnen Holzbretter gewährte, die sie Mauern genannt hatten.
Ich fragte mich, wie sein Leben als Kind hier oben wohl gewesen war. War er – wie ich – abends, wenn es dunkel wurde, ans Fenster gegangen und hatte zum Mond und zu den Sternen geschaut? Hatte er sich je vorgestellt, was für ein Leben auf ihn warten würde? Ich fragte mich, ob er je das Land betrachtet und geahnt hatte, dass er es zum letzten Mal sah?
Als ich meinen Großvater mit Tränen in den Augen sah, konnte ich meine nicht mehr zurückhalten. Er hatte diesen Ort als Erster verlassen und eine andere Zukunft für sich und seine Familie gewählt.
«Großvater, hast du dich jemals hiervon verabschiedet?», fragte ich ihn mit zittriger Stimme.
«Ich werde mich erst hiervon verabschieden, wenn ich dort unter der Erde liege», sagte er während er seine Tränen wegwischte und zeigte auf die Gräber seiner Vorfahren.
«Ach, Baba», erwiderte ich, nahm seine Hand und küsste sie. Ich lehnte mich an seine knochigen Schultern, legte meinen Arm um ihn und zog ihn zu mir. Er weinte und sagte eine lange Zeit nichts. Auch ich konnte kein Wort mehr sprechen, denn ich spürte seinen Schmerz und wusste nicht, wie ich ihn lindern konnte.

«Ihr habt hier alles gehabt, was ihr brauchtet. Wieso seid ihr gegangen?», fragte ich meinen Großvater, der mich verzweifelt anschaute.
«Aus demselben Grund, weshalb auch deine Eltern den Kosovo verlassen haben. Um unseren Kindern eine schönere, einfachere Zukunft zu ermöglichen», erklärte er mit tiefer Stimme.
Ich war mir dieser Tatsache niemals bewusst gewesen und erst jetzt begriff ich, dass dies die Schlaufe war, die uns Generation für Generation heimsuchte. Wir versuchen alle, dieses Glück zu finden. Wir versuchen alle, nach mehr zu streben, damit das Leben unserer Nachkommen besser sein konnte.
Baba schaute mich an und drückte meine Hand.
«Nicht weil wir das alles vergessen haben, kommen wir nicht mehr hierher. Sondern weil es schmerzhaft ist zu sehen, was wir zurückgelassen haben. Das müssen du und deine Generation besser machen. Ihr dürft nicht vergessen, woher ihr kommt, ihr müsst die Orte sehen, fühlen und verstehen, wo eure Eltern, eure Großeltern geboren wurden und gelebt haben. Ihr müsst sehen, welche Opfer sie erbracht haben, damit ihr heute das Leben führt, das ihr führen dürft. Vielleicht schafft ihr es dann, das aus eurem Leben zu machen, was wir niemals konnten.
Ein Zuhause aufzubauen, das Bestand hat.»
Baba sprach leise, steckte sich eine Zigarette in den Mund und zündete sie mit meinem Feuerzeug an. Er blies den Rauch aus und atmete die frische Luft von Svircë ein.
«Weißt du, ich habe das Gefühl, dass wir nicht mehr wissen, was wir tun. Dass wir nicht einmal mehr verstehen, wohin wir gehen …», antwortete ich ihm.
Großvater nahm einen weiteren Zug von seiner Zigarette und sprach:
«Shote, was erwartest du von diesem Leben? Was würde *dich* glücklich machen?»

«Diese Frage stelle ich mir immer wieder, Babë … ich will so vieles und dann denke ich …» Ich traute mich nicht, den Satz zu Ende zu denken, denn in meinem Kopf hörte ich bereits alle Widersprüche, die mir dann entgegenkommen würden.
«Ach, meine Kleine … kannst du es denn nicht erkennen?», fragte er mich.
Ich schaute Baba an doch verstand ich nicht, was er damit meinte.
«Seit du ein kleines Mädchen warst, hast du versucht, eine gute Tochter zu sein. Dann wurdest du älter und hast dich bemüht, eine gute Albanerin zu sein. Und in der Schweiz eine vorbildliche Fremde. Ich weiß noch, wie du dich mit deinen Büchern hinter dem Holzofen versteckt hast, damit du lesen und lernen konntest. Es war, als ob du ein schlechtes Gewissen hättest, weil du in der Schweiz leben durftest, während die anderen Kinder den Krieg, die Zerstörung und die Armut miterleben mussten. Also zahltest du dafür, indem du dir keine Pause gönntest, versuchtest perfekt zu sein, damit du deinen Platz in der vermeintlich heilen Welt rechtfertigen konntest.
Bis heute siehst du dich in der Schweiz als Gast, der dankbar zu sein hat für das Glück, dort leben zu dürfen. Dein Drang, etwas Außerordentliches aus deinem Leben zu machen, um zu beweisen, dass du diesen Platz wert bist, hat dich alles gekostet, was du hattest – bis du dich selbst nicht mehr erkannt hast.
Und die Anerkennung für all deine Entbehrungen ist nie gekommen – denn du lässt sie nicht zu.
Du lässt dir selbst keine Ruhe, bestrafst dich, indem du dir keine Liebe erlaubst, keine Nähe zulässt, weil du denkst, du darfst nicht alles haben.
Als ob du darauf warten würdest, dass jemand kommt und dir sagt, dass es in Ordnung sei. Dass du es verdient hast. Doch das wird dir nicht die Erlösung bieten, die du dir so sehnlichst wünscht.

Du musst lernen, das Schicksal zu akzeptieren, das dir dieses Leben geschenkt hat. Nicht nur die schweren Zeiten, sondern vor allem auch das Glück. Denn du hast es verdient, glücklich zu sein. Erst wenn du *das* verinnerlicht hast, wirst du endlich frei sein.
Denn nichts kann dir diese Last abnehmen, meine Kleine. Keine Reisen, kein Mensch und keine Karriere.
Du musst es aus eigener Kraft schaffen, glücklich zu werden.»

Ich hielt meine Hände vor mein Gesicht und konnte spüren, wie der Schmerz in mir hochkam, sich formte, sich langsam zu lösen begann und durch meine Tränen endlich meinen Körper verließ. Es war, als hätte ich die Fesseln, die mich schon so lange gefangen hielten, nie bemerkt – und waren sie noch so klar zu sehen.
«Baba … wie … wieso weißt du …?»
«Weil es mir genauso erging, Kleines. Mein Leben lang.
Dennoch war deine Reise wertvoll und ich bin dir dankbar, dass du sie für deine Großmutter unternommen hast. Ich glaube, das schlechte Gewissen darüber, dass ich ihr das nicht ermöglichen konnte, hat mich wie eine alte Wunde über all die Jahre ständig begleitet. Jetzt wurde das Versprechen eingelöst.»
Ich küsste Babas Hände, auf die meine Tränen fielen, während ich sie hielt.
«Weißt du, wir hätten uns beide sehr viel Kummer ersparen können, hätten wir mal auf deinen Urgroßvater gehört. Denn dein Urgroßvater Kron, Gott habe ihn selig, hatte in ganz Medvegja einen guten Ruf. Er war ein strenger und frommer Mann, der wusste, wie man die Familie anführt. Ich erzähl dir mal eine Geschichte von dem alten Herrn. Dann verstehst du vielleicht, was ich meine.»

Schreiner seines Glücks

Dein Urgroßvater Kron war ein weiser Mann und bekannt dafür, seine Söhne und die Familie zu tüchtigen Arbeitern auszubilden. Es war in der ganzen Gegend bekannt, dass unsere Familie sehr wohlhabend war und wir einen großen Hof führten. So kam es, dass eines Tages ein junger Mann vor diesen hohen Holzmauern stand und durch das geöffnete Tor lief. Der Hof war leer und nur der Rauch, der aus dem Schornstein von einem der Häuser stieg, verriet, dass jemand zu Hause war. Er ging zu diesem Haus und klopfte an die Tür.

Als dein Urgroßvater die Tür öffnete, war er erstaunt, einen jungen Mann vor sich stehen zu sehen, denn seine Söhne und Töchter waren alle auf den Feldern arbeiten. Der junge Mann sprach schüchtern:

«Bitte entschuldigen Sie die Störung, Baci Kron. Mein Vater vom Dorf nebenan schickt mich, um Sie nach einem Pflug zu fragen. Hätten Sie einen, den Sie heute nicht brauchen?», fragte der junge Mann.

«Wir haben einen Pflug auf dem Dachboden, du kannst ihn dort holen.»

Der Jüngling kletterte die steile Holztreppe hinauf und fand den Holzpflug. Als er nach ihm griff, spürte er das Gewicht des Pflugs und trug ihn nur mit Mühe hinunter.

Der junge Mann bedankte sich und wollte gerade das Haus verlassen, als dein Urgroßvater ihn zurückhielt.

«Junge, eine Frage noch. Kannst du mir sagen, ob der Pflug aus Holz oder aus Eisen ist?»

Der junge Mann war irritiert über die Frage des Hausältesten und antwortete:

«Aus Holz, Baci Kron!»

Dein Urgroßvater nickte bloß und ließ den jungen Mann ziehen.

Der Junge ging nach Hause, um sein Feld zu bearbeiten. Immer wieder musste er jedoch an die Begegnung mit dem alten Kron denken und er kam nicht darauf, was dieser mit seiner Frage bezwecken wollte.
Am nächsten Tag brachte er den Pflug zurück und legte ihn an Ort und Stelle nieder, wo er ihn geholt hatte. Die Frage ließ ihm noch immer keine Ruhe und er sprach:
«Baci Kron, wieso haben Sie mir gestern die Frage zum Pflug gestellt? Es ist ja offensichtlich, dass der Pflug aus Holz besteht», fragte er.
«Wenn der Pflug aus Eisen besteht, dann kannst du jederzeit um einen solchen bitten, denn nicht jedes Haus hat einen eigenen Schmied. Wenn der Pflug aber aus Holz besteht, dann werde dein eigener Herr, nimm deine Axt und fertige dir aus einem Baum einen eigenen Pflug an.»
Der junge Mann verstand nun die Frage und deren Hintergrund. Entweder man macht sich abhängig von der Hilfe anderer oder man schmiedet sich sein eigenes Glück.

Hier war ich nun, schaute auf das riesige Tal meiner Vorfahren – und verstand.
All die Jahre hatte ich etwas gesucht, das mir fehlte. Es war das Verständnis gewesen, das ich nicht für mich selbst aufbringen konnte.
Die Schuld, die ich mir selbst zu Last gelegt hatte.
Nun konnte ich lernen, mein Leben, so wie es war, anzunehmen und, wie bei diesem Stück Holz in der Geschichte meines Urgroßvaters, daran zu schleifen, es zu bearbeiten und zu formen, bis es so war, wie ich es brauchte.
Ich hatte es in der Hand, mich endlich von den selbst auferlegten Fesseln zu befreien.

47

«… das war es, Nana, deine Reise. Ich danke dir dafür, dass ich einen Blick in deine Träume werfen und dieses Abenteuer mit dir erleben durfte.»

Wie es der Brauch war, hatten wir nach dem ersten Jahrestag ihres Todes das Holzbrett mit ihren Daten durch einen Grabstein ersetzt. Nun schaute mir ihr Abbild darauf entgegen und ich vermisste es, sie darauf lächeln sehen zu können.

Ich legte den Strauß weißer Rosen auf ihr Grab und holte mein Notizbuch hervor. Ich blätterte durch die Seiten und musste lächeln.

Ein kleines Buch, ein großer Segen.

«Das werde ich noch eine Weile lang brauchen, Nana», dachte ich und tippte auf ihr Notizbuch. Der Gedanke, einen Roman zu veröffentlichen und die erlebten Geschichten mit der Welt zu teilen, stimmte mich nervös und glücklich zugleich. Bald würden alle die Reise meiner Großmutter und die gesammelten Erzählungen selbst miterleben können.

Ich schaute auf die Karte, die Luan an unserem ersten Treffen gezeichnet hatte. Sie musste nun erweitert werden – doch das hatte noch etwas Zeit. Ich freute mich bereits, ihn in meinen Plan einzuweihen.

«Ich hoffe, du hast es genossen, Nana.»

Ich lächelte und verabschiedete mich von meiner Großmutter mit einem Versprechen:

«Die Reise hat erst begonnen.»

Dankbarkeit ist das Gedächtnis des Herzens

Ich danke euch für eure Unterstützung, eure Inspiration und eure Gedanken:

Arjeta Zuta
Nole und Liman Sylejmani
Rama und Fatime Haxholli
Tahir, Vahide, Sokol, Kastriot, Arjeta und Florentina Sylejmani
Nuhi Haxholli
Kadire Preniqi
Boran Ece und Vjosa Jusufi
Lidije Sinani
Shkurte Fejza und Salih Zogiani
Fadil Berisha
Maide Jashari
Valentina Pezzo, Stefania Pezzo und Luarta Koraqi
Willy Schläpfer
Thierry Gachnang
Oliver Nicolaus
Christian Graf und Andrea Graf
Dr. Ruven Karr

Ein besonderer Dank geht an die Menschen aus dem Kosovo, aus Albanien, aus Nordmazedonien und aus Montenegro, die mir auf der Reise zu den wundervollen Orten und den einzigartigen Geschichten zur Seite gestanden sind.
Möge all das Gute, das ihr in die Welt ausstrahlt, zu euch zurückfinden.